小学館文庫

上流階級

富久丸百貨店外商部Ⅲ

高殿 円

小学館

CONTENTS

CHARACTER

[富久丸百貨店]

桝家修平(ますやしゅうへい)［31］

外商部期待の星。女性職員からの人気は高いが、本人はビンテージ帽を愛するゲイ。芦屋の高級マンションの四階・五階をシェアして静緒と同居中。十六歳のとき桝家家の養子になる。

鮫島静緒(さめじましずお)［39］

富久丸百貨店唯一の女性外商員。バツイチ独身。子なし彼氏なし。芦屋の高級マンションの四階・五階をシェアして桝家修平と同居中。高校生のころ父が死去、製菓の専門学校に通った経歴がある。

紅蔵忠士（べにくらただし）

葉鳥と共に静緒を富久丸百貨店にヘッドハンティングした人物。本部販売促進部長を経て、現在は専務取締役。

邑智（おおち）

静緒の直属の上司。富久丸百貨店外商部営業一課課長。

時任真由美（ときとうまゆみ）

富久丸百貨店芦屋川店宝飾部の敏腕パート。

桜目かなみ（さくらめ）

静緒の友人。富久丸百貨店正社員。出産後上級職で返り咲く。

林（はやし）

富久丸百貨店芦屋川店地下一階にある「銀コーヒー」のオーナー。

葉鳥士朗（はとりしろう）

静緒の元上司。伝説の外商と呼ばれている。ミラノ在住。静緒と桝家の住むマンションの部屋の元オーナー。

堂上満嘉寿（どうじょうみつかず）

富久丸百貨店本部お得意様営業推進部勤務。桝家の元彼氏。

［静緒の顧客たち］

佐村博子（さむらひろこ）
専業主婦で元キャビンアテンダント。上の子慶太（けいた）が中学受験を控え、関西出身の静緒に頼る。

清家弥栄子（せいけやえこ）
葉鳥の元顧客で、現在は家族ぐるみで静緒の顧客。五十前にがんを患い闘病中。

藤城雪子（ふじしろゆきこ）
清家弥栄子の長女で、専業主婦。

百合子（ゆりこ）・L・マークウェバー
同じマンションに住む実業家で、キャリア同士の婚活サービスを営む。

鞘師（さやし）
美容整形に興味がある独身の四十代女性で、両親と三人暮らしの投資家。引きこもりの経験も、いまや投資家教室や講演に生かされている。スイーツ好きで体型を気にしている。

NIMA
人気イラストレーター。「強い」宝石を集めるのが好き。

鶴顕子（つるあきこ）
デンタルクリニックチェーンを経営する歯科医院長の夫人。孫の勇菜（ゆうな）の進路のためなら静緒と三人でフランス旅行へも行く。洋食器集めが趣味。

［製菓専門学校時代など］

雨傘君斗（あまがさきみと）
「ローベルジュ」のオーナー。静緒の幼馴染で六歳年上。静緒の協力で、実家のパン屋ローベルジュを洋菓子店としても成功させる。

井崎耀二（いざきようじ）
有名パティシエ。静緒は高校卒業後、井崎の製菓専門学校へ通う。

金宮寺良悟（きんぐうじりょうご）
静緒の製菓専門学校の同期。不動産業を営む。

上流階級　富久丸百貨店外商部Ⅲ

第一章　外商員、話を聞く

美容整形外科に来た。

芦屋(あしや)にある、待合室はすべて個室、そこにある椅子もすべて猫足という、ある意味ブランディングのしっかりしたオール自費診療クリニックである。

「こちらがバッカルファットですね」

タブレットで見せられたのは、白子のような大きさの、ぶよっとしたベージュ色の肉塊。

「ええと、これ、が、頬骨の下にある、んですか？」

「そうです」

「私の顔にもですか？」

「そうです。だからこれを除去すると必然的に顔が小さくなるんですね」

目の前の、白衣を着た医師が、もう百万回は説明したといわんばかりのよどみない口調で笑う。

「で、どうされます？」

　二十分ほどのカウンセリングのあと、細かく指定された料金表を提示される。鮫島(さめじま)静緒(しずお)は黙ったまま石のように硬直するしかなかった。

「へぇえ！　それで、静緒さん、バッカルファットとったんですか？」

　下階の広い吹き抜けリビングで、黒いでこぼこのある細長いタイヤのような筒に背中をこすりつけながら、同居人の桝家修平(ますやしゅうへい)が言った。

　芦屋の浜と海を見下ろす山の手のマンション。どう見つもっても一部屋一億はくだらない中層の、しかも広々とした最上階に位置するメゾネットは、静緒の暮らす五階と、桝家の暮らす四階部分あわせて百二十平米以上ある。寝室四つ、クローゼット三つ、バスルーム二つジャグジー付き、シャワールーム別、キッチン二つ、そして六甲山(ろっこうさん)を背に海を見下ろすバルコニー。もともと高台に建っているので、一階であっても目の前は展望がきき、マンションの高層階気分を味わえる設計になっている。いわんや最上階をや。

　静緒はこの部屋で、もう二年近く彼と同居をしている。はじめは不意打ちとなし崩しで始まったシェア生活だったが、部屋の持ち主が元上司の葉鳥(はとり)であったことが判明し、その後いろいろあって桝家の母親に売却されてからも、持ち主からのそのままでいいという言葉に甘えて、だらだらと住み続けてしまっていた。

「まさか、手術なんてそんな恐(こわ)いことしないよ!」

上のキッチンで静緒が野菜をオーブンで焼き、下のキッチンで桝家がお取り寄せしてそのまま温めた豆腐チゲを用意している。金曜日の夜の、なんとなくの打ち上げのようないつもの飲みの会だ。

「えー、じゃあなんで美容整形になんて行ったんですか」

「いや、それがだからさー。お客さんの要望で」

オリーブオイルと塩こしょうだけで仕上げた野菜のオーブン焼きと、ほんの少しバルサミコ酢を加えたにんじんのマリネ。これらに、職場である富久丸(ふくまる)百貨店芦屋川店の地下で仕入れたアンチョビバターを添えて、あとは生ハムとあつあつの豆腐チゲ。そろそろ代謝の落ちてきたアラフォーとアラサーの、カーボ配慮めしである。

「お客さん?」

「うん。美容整形に興味あるけど、恐いから、話聞いてきてって言われて」

「それで行ったんですか。話だけ聞きに?」

「いや、それがね」

十一月の山芦屋はそろそろ六甲おろしが吹き下ろす。なのに、二人ともラフなスウェット姿でいられるのは、ありがたい全部屋空調のおかげである。それでも朝の外気は冷蔵庫のような寒さだから、今日のチゲはおいしいだろう。

下の階のリビングにそれぞれおかずを持ちよって、今日は最初から赤ワイン。秋半ばはなにせ七五三というイベントがあり、外商で高価な着物を揃えていただくことも多いから、呉服と外商は無事その日が終わるまで、根気よくスマホを握りしめていなければならない。まれではあるが、用意した着物が入らない、思っていたようなものじゃないと土壇場で言い出すお客さんもいるし、この時期だから頼んでいたヘアメイクさんがインフルエンザ、なんてこともある。

今日は二人とも、無事七五三を乗り切ってお疲れ様でした会なのだ。

「前にもそのお客さんの代理で、受けたことある」

「えっ」

桝家はワインを注いでいた手を止めた。グラスにボトルの注ぎ口が当たってベルが鳴るようないい音がする。バカラだ。

「受けたって、整形ですか？」

「整形じゃないよ。ボトックスってやつ」

ああ～、なんだ、と桝家は失望感あらわに顔をしかめた。

「ボトックスごとき、いまどきだれでもやってますよ。注射一本ですむんですから」

「でもね、その方すごい怖がりで、でもどうしても美容整形はやってみたくて、悩んだすえに」

「鮫島さんに、代理で受けさせた？」

「そう」

話題のお客さんである鞘師さんは独身の四十代、このご近所にご両親と三人でお住まいの投資家である。もともと名門私立女子校に通っていたが、いじめやアップデートのない校則に縛られた集団生活への嫌悪感から中学時代からずっと不登校だったという。そんな彼女の人生が花開いたのは、ほぼ引きこもり生活を続けていた三十代後半だった。

実家は裕福で、働かなくても生きて行けるだけの資産はあったが、娘の将来を案じた両親は鞘師さんにひっきりなしに結婚をすすめた。親の頼みならと何十回と見合いをしたもののうまくいかず、さりとて親の心配はわかる。

『そうだ、めちゃめちゃお金持ちになろう！』

鞘師さんは逆転の発想をした。親はお金持ちの男性と結婚して、娘の将来に保険をかけたがった。ならば、私自身が使い切れないほどのお金を稼げば、親も文句を言わないのでは……？

彼女が選んだのはインターネットで気軽にできるようになった株投資だった。ほぼ独学でコツを身につけると、あっという間にサラリーマンの年収以上は稼げるようになった。投資額が増えれば、リターンも増えるので、彼女の資産はみるみるうちにふくれあがった。もともと慎重で人の意見に左右されないところと、自分が納得すればリスクをとれる性格が株投資にピッタリはまったのだ。

現在、彼女は自分と同じように学校に通えず、コミュニケーションの問題があって定職に就けない子供や若い人々のための投資家教室を開いている。日本にはまだまだ女性投資家が少ないが、若い頃から投資を人生にくみこむ訓練を受けていれば、将来とれる選択肢の幅がもっと広がるのではないか、と考えたからだ。同時に、ギャンブル依存症への理解を深めるために大学の専門講座に通っている。

そんな鞘師さんの活動は徐々に注目を集め、講演の依頼がひっきりなしに来るようになった。ハンディキャップを持つ人々への講演を中心に、時には注目の投資家として講師に招かれることもあるという。すると、雑誌に名前と写真が載る機会が増えていく。

「なるほどー。それで美容整形なんだ」

桝家がチゲのスープをふーふーしながら言った。

「そうみたい。このチゲ、おいしいねえ」

「でしょう。チゲにハマっていろいろ買ってみたんですけど、ここのが最高」

「寒い日にこれを食べたい気持ちわかりすぎる。トウガラシの辛みが皮膚の内側でぱちってはじけるね」

「韓国ドラマ観てると、みんなこれをおいしそうに食べてるんで、ついつい気になってハマっちゃったんですよねえ。……っていうか、そのお客さんの話に戻りますけど、そんなに思い切りのいい人だったら、美容整形くらいふつうにパッとしちゃいそうなのに」

思い切りのいい人が、全員行動が早いかと言えばそうではない。特に鞘師さんは異常なまでに健康志向で、酒タバコはやらず食べるものもオーガニック、月に一度は有名ブランドの経営するスパにお籠もりするという徹底ぶりだ。けれど、どうしてもやめられないのがスイーツで、日々の体重コントロールが悩みの種だった。

「まあね、四十を超えると今まで通り息をしてるだけでも太りますから」

鞘師さんの担当になってから、静緒の仕事はもっぱら彼女の話し相手である。それでも彼女は口にするモノのほとんどを富久丸百貨店芦屋川店で購入しているから、彼女が地下やお得意様向けパンフレット掲載品に支払った金額だけでも月に百万は飛ぶ。

その上、鞘師さんはアトピーもちなので、肌着だ普段着だ寝具だなんだとしょっちゅう替える。もちろん、一度講演や取材で着た服は当分着ないから、毎月二、三着はハイブランドで揃えることになる。いわゆるブランドといわれる店で売られている商品の中でもバッグは安いほう、実際服のほうがずっと高いのだ。

「それで、怖がりな投資家のためにボトックスを」

「最初はヒアルロン酸だったかな。いや、レーザーでシミ消しだったかも」

口コミや医者の言うことは信じられない、さりとて自分には友人もいない、だから実体験してきてほしいと言われたときは、さすがの静緒も驚いた。

「でも、行ったんでしょ？」

「お金出してくれるって言うし」

「即答したんですよね」

「ここでそうすれば、いいお客さんになってくださると……思って……」

「静緒さんも、そうしたかったんですよね」

「……頬骨の上のシミが、気になってて……」

外商という仕事は、どれだけお客さんに親身になれるかを売り物にしている、と静緒は感じている。もちろんローテーションで和牛と化粧品を届けるだけのお客さんもいるし、なにも言わなくてもパンフレットを見て電話をくれる人も、黙ってカードでばんばん買い物をしてくれる人もいる。

だが、百貨店の外商なんてほかにいくらでもいるのだ。百貨店だって富久丸百貨店だけではない、他社の営業の中でお気に入りがいればそこで買う。どこで買ってもブランドの商品は同じだし、なんならワインも肉も同じだったりする。

「みてくれは重要ですよ。僕の顔が気に入ってくれているお客さんも多いですしね」

いままでも海外のホテルじゃ身長でとってるところはたくさんあります。

顔に自信がある男が言うと、チゲをすすりながらでも説得力がすごい。

「僕は静緒さんの、その体当たり営業嫌いじゃないですよ」

「……毎度、一課内で物議をかもしてるのはわかってるよ」

「男でも、外商がお客さんからそっちの相談されること、そんなに珍しくないですよ。昔から妾宅(しょうたく)に行く文化があったわけだし。今だとセクハラスレスレだと思うけど、セクだからこそ相談できる相手もいないんですよ」

静緒がそこに交じることはないが、男性外商員同士の飲み会だと、EDや薄毛にはどういう食べ物や薬が効くのか情報交換はさかんに行われているという。

「それで、シミ取りして、ヒアルロン酸入れて、ボトックス？　そのうち脂肪吸引してって言われそうですね」

「それはもう言われた。さすがに麻酔使うのは恐いから断ってる」

「バッカルファットをとりたいのはわかるなあ。俺もそろそろ考えますすもん」

「あんたが⁉」

つやっつやのぴっちぴち三十一歳にそんなことを言われるとさすがに驚いて箸の先からハムが落ちた。

「だって、俺顔丸いほうですしね。そのうちブルドッグになるなーって父親見ててわかりますし」

「そうか……、そうかあ」

男性の美に関しては、努力を見せるのが恥と考える文化が未だ日本にあるのは確かだ。けれど、桝家が日々努力しているのは知っていたから、静緒はすぐに納得した。

「男性が、美容に関して興味をもったり実行したりすることに関して、偏見をもつのはよくない。注意しよう。うん」

「なに優等生みたいなこと言ってるんですか、真面目すぎ」

ちょっとワインがまわったのか、ケラケラ笑う。

「でも、たしかに美容整形の話って、仲の良いママ友同士でもしにくいですからね。シミ取りくらいならいざ知らず」

静緒が実験体となって美容外科へ行き、シミを取りヒアルロン酸を入れ、エラにボトックスを打ち、納得した鞘師さんが同じトリートメントを受ける。鞘師さんは徐々にコンプレックスを解消し、講演や撮影を過度に恐れることもなくなった。そのための衣装を店で買ってくれる。そんな感じで、静緒は鞘師さんといい関係を続けている。

そういえば、最近女性のニューリッチのお客さんが増えたように思う。以前は外商の客と言えば専業主婦だったが、いまでは静緒のご新規さんの半分が女性社長である。

「はー、羨ましいなあ。最近、あなためっちゃ調子いいですからね」

「そうかな」

「だって、最近三はいくでしょ」

二年前に、ひと月のノルマが一千五百万円と言われて四苦八苦していた静緒だったが、いまでは三千万円売り上げる月も少なくない。

「継続は力なりだよねえ」

「あなたの場合、もう外商にいなくても十分やっていけますよ。企画室とかで。結局、あなたの出した高級ランジェリー企画は満嘉寿(みつかず)が進めて大化けしそうな雰囲気だし、『御縁の会』だってもう二回めで成婚を出しそうな感じで、お客さんからもめちゃくちゃ評判もいいし」

一年ほど前に、外商部のてこ入れ企画で静緒がひねり出した高級ランジェリーラインの強化は、その場では却下されたものの、企画を気に入った遣(や)り手の営業マンが練り直し、押し通してとうとう実現した。最初はホテルの小さめの会場を貸し切って売っていたのが、予想外の来場者数と売り上げを記録して、あっという間にスカイオリエンタルホテルの最上階で特選会を開催するまでに成長したのだ。

「あれは、堂上さんの手柄」

「あなたが言いだしっぺだし、あなたの企画だってみんな知ってますよ。満嘉寿も公言してますからね」

桝家の言う堂上満嘉寿は本部お得意様営業推進部の人間で、外商員が売る商品を買い付けたり、イベントを企画したりする部署のチーフである。海外勤務が長く、外国の老舗デパートや名店との独自コネクションも強い。そんな堂上を桝家が下の名前で呼ぶのは、若かりし頃に二人が恋人関係にあったからである。現在はどちらもフリー、のはず。

「一緒にやろうって言われてやったんでしょ？　ちゃんと手柄は主張したほうがいいですよ」

「でも、実際フランスに行ったり、オーバドゥと話をつけたりしてきてるのは堂上さんだから」

チゲと生ハムとアンチョビバターですっかり気分が良くなり、ワインが進む。外商員の休みは週末が多い。これは土日に家に来て欲しくない専業主婦が客層の場合で、最近は働く女性のために稼働せざるをえないときもある。だから、大きなイベントや展示会を終え、大手振って休みをとれるのは最高だ。生きているって感じがする。

そう言うと、桝家は露骨に顔をしかめて、もっと休みをとるべきだとぼやくのだった。

「働きすぎですよね、我々は」

「そんなこと言ったって、とれないモノは仕方なくない？　私だってそりゃホットヨガとか通いたいし、白髪もマメに染めたいよ」

「社畜はみんなそういうふうに思考停止するんですよ。休みがとれないなんてありえないんです」

「実際、とれないじゃん」

「転職すればいいんですよ」

さらっと、高級シルクでも撫でるように桝家は言ってのけた。

「なんて？」

「だから、転職」

「うそでしょ」

「できる人間が、もっといい待遇を求めるのはあたりまえでしょ。会社が困るなら、もっと給料払って引き留めれば良い」

彼の発言は、どこからどうつついても正論で防御されている。それは認めるが、静緒にとっては意外でしかない。

「もしかして、桝家、そうなの？」

「転職ですか？」

「探してるの？」

「探してないわけでもないですけど、オファーはありますよ」

ふわ、と変な声が出た。

「ほんとにあるんだ。ヘッドハンティングって」

「あなただって、そもそもそれで富久丸に来たんでしょうが」

「そりゃーまあ、そうだけど」

静緒はもう見慣れた感のある桝家の、本人はまったくそのつもりはないのにどこか愛くるしさを感じる顔を見た。

「そうか、まだ桝家は若いしなあ」

「今が転職しどきってのはありますけど、静緒さんだって遅くはないでしょ。ある意味、結果出してる今こそ、売り時ですよ」

結果、というにはまだまだおこがましい限りである。ありがたいことに静緒が言い出しっぺの『御縁の会プロジェクト』は、もとは静緒の上げた企画ということで、今でも何度も会議に呼ばれ意見を聞かれる。

多くの親御さんたちの悩みは、結婚相談所でよい結果を得られなかったか、子供の側がやる気を失っている、もしくは一歩を踏み出せない、踏み出す気がないことだ。

『一人っ子が多いこれからの世代では、親はますます子供のためになにかしらの「ご縁」を望むでしょう。けれど、ナチュラルさを重要視する世代に旧時代のシステムをそのまま押しつけても、最初は拒否反応が出るのはあたりまえです。時代に合わせて、お見合いもアップデートすべきです』

　何度か有識者を集めての会議が繰り返された結果、静緒が強調した『さりげなさ』を重要視したプランがまとめられた。母の日・敬老の日にあわせた旅行プランで、有名仲人や老舗結婚相談所と提携し、男女比率や住んでいる地域を考慮したグループ分けなどこまやかな「さりげない出会い」を目指して情報が持ち寄られる。もちろん、旅行の内容も、忙しい人を対象とした近海クルーズから、有名ドラマや映画のロケ地めぐりと、出会い目的以外でも楽しめるよう工夫された。中でも好評だったのは、心理カウンセラーを同行させたプランだった。

　一番はじめに、おっかなびっくり始まったミニツアーで成婚しそうなカップルが出たことで、本部が俄然活気づいた。昨年秋の異動前に、静緒を本格的にそちらの企画室に行かせてはどうかという意見もあったという。

　こういう噂はどこからかまわるもので、次に機会があればうちも親子で参加したいと、静緒もたくさん声をかけられる。中にはわざわざ電話をかけてきた、離婚して独り身になった男性客もいた。

　会社内で評価はされつつある。空回りもするが、前よりずっと仕事がしやすい。静緒はまだまだこれからだと思っていた。

「でもね、俺たち薄給じゃないですか」

「そこは否定しない」

「俺たちの年収なんて、スーツ一着仕立てたら全部飛びますよ。そうでしょ」

「……スーツにもいろいろあると思うけどね」

つまり、桝家は仕事内容ではなく給料に不満があって、そろそろキャリアアップしようと考えているようだった。

「実際、どうです。一とかなら考えるでしょ？」

「一本？　そりゃ……」

今の仕事で年収一千万なんて考えたこともなかったけど、一度、冗談で古巣であるローベルジュの社長に話をされたこともある。独立するなら、それくらいないとと思わないこともない。

「四十前まで死ぬ気で働いて、あとは運用で生きていくのが一番平和ですよ。人間は老いていくばかりなんだから、会社組織にいたって下の世代のお荷物になるだけです。さっさとどいてあげて、辛い通勤と人間関係から解放されれば、経済も税収ももっとよくなると思いますけどね」

「そんなものかねえ」

「葉鳥さんだって結局はリタイアを選んだじゃないですか」

突然飛び出た葉鳥士朗の名にバカラグラスを落としそうになった。

「びっくりした。葉鳥さんのこと、急に言い出すから」

「急にもなにも、そもそも葉鳥さんからでしょう。僕ら」

葉鳥士朗は、静緒や桝家の元上司だ。富久丸百貨店外商部の顔として長年活躍し、元華族、旧皇族をも顧客にかかえる伝説の外商と呼ばれていた。いまは一身上の事情からフルタイム勤務を辞して、ミラノを拠点にしながら富久丸関連の仕事を続けている。

「いいな、桝家は葉鳥さんと仲良くやれて」

「ただのSNSのメッセージですよ。あなただってすればいい」

「いやいや、できないよ……。とくに理由もないのに」

そうそれ、とすっかり酔いのまわった顔で桝家は静緒を指さし、

「人生残り短いんですから、遠慮するだけ時間の無駄ってものですよ。俺もあなたも、明日はどうなるかわからない。一年後にどうなってるかだって」

「だから、転職しろって？」

「そういうわけじゃないですけど、自分を高く売れるうちに売るのも人生ですよってこと。葉鳥さんのこともそうです。すぐ会える距離にいるわけじゃないんだから、が

まんしないで、もっと楽に生きなきゃ」

だいぶ年下の桝家に諭すように言われて、とくに反論が思い浮かばない。自分は仕事はできないわけではないと思っているが、人生論となるとまだまだ自分自身に対しての掘り下げが足りないなあと思う。

この家を母親の四季子夫人が購入してから、桝家は以前より気楽そうだ。まるでオーナーのように振る舞うこともある。もっとも、こうなると桝家の機嫌を損ねれば同居はおしまいだから、そのときは母の眞子の住む新長田のマンションに戻るつもりである。

ある意味、今は逃げ場所のある気楽な独身生活なのだ。慣れない外商部に配属されて以降、ひたすら仕事に打ち込み、店の商品を積んでは京阪神を車で走り回る。そんな生活をするようになって二年以上経っても特に代わり映えはない。

（あ、そんなことない。芦屋で家も探しているし。前には進んでる。いちおう）

転職して五年経ったので、もう住宅ローンが組める。いつクビになるかわからない身としては、いまのうちに家を買って、母と二人暮らしも悪くない、静緒は密かにそう思っていた。

ワイン、もう一本開けようかな、と思ったところで、仕事用のスマホがピロリンと鳴った。お客さんからのメッセージだ。

「あ、やばいこれ、電話しなきゃいけないやつ」

「やめておきなさいよ。明日土曜ですよー」

「そういうわけにいかないの。お客さん、中学受験でね」

桝家はあーあと納得の入り交じった複雑な表情で、上階へ戻って行く静緒を見送ってくれた。


電話をしてほしいと連絡してきたのは、佐村博子さんという外商のお客さんである。年齢は静緒と同じで、お子さんが二人。上のお子さんが来年中学受験というので、最近はオープンスクールに説明会、見学会に塾との面談とあれこれ飛び回っていらっしゃる。この時期、そういうお客さんは少なくない。

担当者異動による引き継ぎで、静緒はこの春から佐村家の営業担当になった。奥様から担当者は女性でという希望があったという。ご主人は年じゅう出張で家をあけ、ほぼ一人でご子息の受験を乗り切らなくてはならないとあって、とにかく大変そうだ。しかもご本人は東京育ちなので、関西の私立中学校のことはまったくわからないらしい。

まずは校名と、場所を覚えるために、一日かけて二人でグーグルマップとにらめっこをした。自宅から通えて、治安のいい場所にある学校をピックアップし、偏差値を確認する。

そのうちに、

『あの、鮫島さん。よかったら、いっしょに付いてきていただけないかしら』

最初にお願いされたのは、とある大学付属の中学校の説明会だった。運転手付きのBMWの後部座席はめったに乗れるものではないし、そのあとお店にも行きたいとおっしゃるので快く同伴した。

「この間の、大阪のK校はいかがでしたか」

「……すごかったの。なんだか迫力負けしちゃって」

カフェよりも居心地の良いBMWの後部座席に向かい合って、佐村さんはどうしたらいいのかわからない、という表情をレイヤーのように重ねた。

「保護者のみなさん、みんな先生の説明をメモしたり、録音したり、熱心に質問されたりしてびっくりしちゃった。合同説明会のあとは、個別の説明会があって、まるで就職の面接みたいだったわ」

さらっとパンフレットしか配らない人気校もあれば、うちはプレテストもやってます、と生徒獲得に意欲的な新興校もある。中には立派なキャンバス地のトートバッグに、合格祈願の筆記用具セットをおみやげに持たせてくれる学校もあった。

「東京の学校しか知らないから、学校の名前を覚えるのだけでもせいいっぱい。灘くらいなら知っているけれど、灘の下のランクがどこで、どのあたりがどうなのかもさっぱり。しかも受験日だって関東とは違うの」

中学受験成功者のことを『二月の勝者』と呼ぶこともあるが、あれは東京だけで、関西の受験日は一月末にかたまっている。毎年三週め前後が本命、一日目の日程にあたるようだ。しかも佐村さんのため息の原因は、当事者である息子さんがあまり勉強に熱心ではないことだった。

専業主婦として近くで息子を見守ってきた彼女は、家をあけっぱなしでほとんど子供と顔を合わせない父親より、子供のことをよくわかっている。のんびりとしている気質の子だから、いまは地元の公立中学に進み、ゆっくりやりたいことを探せばいいのではないか、と思っていた。

しかし、それに異を唱えたのが、関西在住の夫の両親だったのだ。

『慶太はのんびりしている子だからこそ、付属にいれないとだめなのよ!』

姑に力説されて佐村さんは焦った。たしかに姑の言うことも一理あると思った。いくら地元の中学の偏差値が悪くないとはいえ、公立は公立、先生に嫌われれば内申書でなにを書かれるかわからない、と姑は嫁に訴えた。

『いまの公立の子は、内申書のためにわざと目が悪いふりをして、教壇の前の席に座って、とにかく先生にごまをするのよ。テストの点数より内申書の点数のほうが高いの。なぜって、そうでもしないと子供が先生の言うことをきかないからよ。いやいや学校のために委員をやって、先生にごまをすって、塾に行って受験勉強しても、行きたい学校にチャレンジさせてもらえない。確実に通る高校じゃないと、学校が出願すらさせてくれないの。落ちたら学校の責任になるから、先生たちは進学率のことだけであたまがいっぱい。こんなシステムくるってるわ。だけど変えるなら一番上から変えなきゃ意味が無い。先生たちだってサラリーマンなんだから』

長年、市議会議員のパトロンを務め婦人会の顔役でもある姑の言うことは、ただききついだけではなく、十分なサポートも受けられずあれもこれもと押しつけられる公立の教員たちへの理解も含まれていて、佐村さんはただただ圧倒されるしかなかった。

「ねえ、鮫島さん。今日の学校、どう思った？」

息子さんを塾の前で降ろしたあと、静緒は佐村さんの車で彼女の自宅へ戻った。芦屋の海が一望できる高台に、古い時代から建つマンションの最上階である。古いとはいえもともとがリッチ層しか住めない場所だし、メンテナンスがしっかりしていて山側は美しいグリーンビュー。どの部屋からも南の海と北側の山が楽しめ、敷地内には専用の公園まである。今でも購入するためには億を倍倍と詰まねばならない人気物件だ。

「どう、というのは？」

「説明会、すっごく人数多かったでしょう。あの学校はK大の付属で、共学校で人気が高いの。正直うちの息子は、今の成績では難しいと思う。本人は気に入っているみたいだけれど」

今日の説明会でもらってきたパンフレットをパラパラとめくりながら、佐村さんはがっくりと肩を落とした。

「ごめんなさいね。外商さんにこんなことにつきあっていただいて。よくないよね」

「いえ、お気持ちはわかりますから」

外商員として富裕層の家を渡り歩けば、自分の担当の中に必ず、子供が受験の年だというご家族がいる。

（そういえば、鶴さんのお孫さんの勇菜ちゃんも今年、受験だなあ。もっとも、もう地元の留学に強いミッション系スクールに決めておられるようだけど）

ありがたいことに、外商員になってわずか二年で、たくさんのお客様とおつきあいさせていただいている。中でも、リモージュのコレクターである鶴さんと、勇菜ちゃんとは、いっしょに南仏を旅した仲で、思い入れも深い。

（たいしたことしたつもりないんだけど、あれから鶴さんがほんとに人が変わったみたいに優しくしてくれるんだよなあ……）

みんなお育ちがよい方々のせいか、雑草のごとくしぶとくのしあがってきた静緒の生命力を過分に評価してくださるのである。

とはいえ、これもまた仕事だ。あくまでも静緒の行動はすべて、富久丸百貨店という会社の、外商部の仕事のため。

佐村さんとの間にも、当然ギブアンドテイクは十分に成り立っている。今日は息子さんの卒業式用のスーツをお持ちした。卒業式より半年前のこの時期にわざわざスーツを仕立てるのは、受験時に提出する写真を撮るためでもあるのだ。もちろん、その撮影も、富久丸百貨店に入っている店でする。

佐村さんもそのあたりはよくわかっていて、ご主人のスーツはしょっちゅう店で作らせるし、ご本人の買い物も派手なほうだ。もともと客室乗務員だったので、たとえ四六時中家の中にいる生活でも、身なりはきちんとされていて、最新のファッションと質の良いモノをセンス良く着こなされている。

「CAだったときは、とにかく時間がないから、翌日のフライトまでばーっと行ってばーっと買ってね。もう直感だけで生きていた。テロが起こるような国へのフライトもあったから、最悪どうなるかわからない。いま欲しいものを買わないでなんのためにこの仕事やってるんだ！　って。だからいまでもそういう生き方しちゃってるのよ」

佐村さんが前時代の主婦と違うのは、CA時代に貯めた給料を、早くから運用されているとことだ。今でも主人の年俸よりいい年もあるのよ、とこっそり教えてくれた。

とにかく思い切りよくお買い物をされるお客様だ。旧居留地のエルメスに行くときはいつも、車から降りる前にドアマンが彼女を見つけている。

自分のお金とご主人の給料を双方別に運用して、数億円のペントハウスで子供二人との四人暮らし。

(運用……、運用か……。最近リッチな女性のお客さんって、自分で運用されてる方が多い気がする)

社会人になって二十年近く、まったく運用方面には手を出さずに来た静緒である。もちろん、行き当たりばったりの人生すぎて、運用に回す資金がなかった、という点も大きい。

(あとは、お父さんの遺族年金とかぜんぶお母さんに任せっきりなこととか、一人っ子で独身だから医療保険をしっかりかけすぎなこととか、家に仕送りしてるのがなあ。かといって今更辞めることもできないし。お金を貯められる人は偉い)

いま欲しいものを買わないでなんのためにこの仕事やってるんだと思うまでは佐村さんと同じだが、欲しいものを手に入れるためにさらなる努力をしている点で佐村さんと大きく違う。

しかし、努力すれば手に入るものを努力して手に入れてきた新時代の主婦でも、どうにもならないこともある。それが、子供なのだ。

「塾でも、K大付属豊中(とよなか)中は難しいから、ランクを落として付属茨木(いばらき)中はいかがですかっていうのよ。私はまあ、結局最終的にK大に入れるならいいか、と思っていたんだけど」

「なにか問題が？」

「お姑さんが、反対して……」

曰く、K大茨木はもともとあまり偏差値の良くない学校を、K大が吸収合併してできた新しい付属校だったのだ。いくら佐村さんが昔とは違うんだと話しても、一度思い込んだイメージはなかなか払拭できないらしい。

「K大茨木に行くぐらいなら、C大中等部にしなさいって。でも、C大中等部は駅から遠くて通いづらいって、本人が乗り気でないの」

いったい自分の息子がどこの学校ならば手が届いて、どこならば難しいのかすらわからず、説明会に行っては悩み、他のママ友から情報を仕入れては悩みしているのだ。

「いまはネット出願できます。最終的には慶太くんが決めるにしても、考える時間は十分ありますよ」

「でもね、模試の点数が伸びないの。個別の先生もつけているのに」

個別の先生というのは、集団で受ける塾の授業以外に、進学塾内でマンツーマンの先生をつけて、さらに勉強するのである。田舎（いなか）ゆえに選択肢がほとんどなく、高校まで公立でだらりと進学して、大学入試戦争にすら加わらなかった静緒には、聞いていてもほとんど異世界のできごとのように感じる。

（佐村さんは、ご自身が上位の公立校の出身だし、聞けばご兄弟もみんな公立から旧帝大。なにもしなくてもというのは失礼すぎるにせよ、もともと出来が良い人が、自分のお子さんがそうでない、そこまでではないのを実感するのは、難しいことなんだろうなあ）

その佐村さんが、静緒に息子さんの進学の相談をする理由はとてもよくわかる。彼女が普段おつきあいしている方々のご子息は、もう一ランク、いやもっとはるか上位校を目指しているのだ。いくら自分が、たかだか小学校六年生時点での学力なんてまだまだと思っていても、上位ランクを狙っている人々の話には加われないし、周囲は佐村さんに気を遣うだろう。

実際、お友達に誘われて入った進学塾でも、慶太くんだけクラスを落とされて、本人も辛そうだと聞いている。

「ああ、もうとにかく早く受験、終わって欲しい！」

ひとしきり愚痴と不安を吐き出したあと、佐村さんは、最新の入試日程のプリントを静緒に渡して、入試のある一週間はできるだけいっしょにいて欲しい、そのためならいま愛用しているロロ・ピアーナでコートもセーターもジャケットも、ビキューナシリーズをすべて買い揃えてもいいと約束してくれたのだった。

　ロロ・ピアーナで普段着をすべて買い換えるということは、マンションが買えるくらいは必ず使う、ということだ。サラリーマンである静緒は、そっと自分の手帳の一月末に予定を書き込むしかなかった。

　とにかく親も子供も大変な世界なのだと黙って受け止める。佐村さんが望むなら、できるかぎりのサポートはしようと決心した。中学受験は毎年あるし、これからも佐村さんのように悩まれるお客さんは多いだろう。この世界のことを覚えるのにはいい機会だ。

　それが、自分の一年の主戦場のひとつになるとは夢にも思わなかった。

　それからだ、佐村さんの説明会同伴願いがさらにエスカレートしてきたのは。

「佐村さんって、あの、Gホテルグループの社長夫人ですよね」

　マンションの近くまで佐村家の運転手に送ってもらったわりには、ヘトヘトのクタクタで帰宅した。

　我が家では、休日の桝家がバイクを漕ぎながら韓国ドラマを楽しんでいたようだ。静緒の顔を見るなり、お疲れ様ですとレンチンした温かいおしぼりを出してくれる。

「あーもう、あんた、なんてできるヤツなの……！」

「急になんです？」

「急な仕事から帰ってきて、あったかいおしぼり渡されたら、さあ」

「僕のこと好きになりました？」

「……違う意味ではわりと」

涙袋ぷっくりの大きな目で、ニタァと笑う。

「ま、そうだろうと思ってました。いいですよもっと好きになっても」

「だれだって落とせるでしょ、この技」

「うーん、いままで彼氏と同棲したことがなくって、使えるかどうかは？」

「使えるよ。私が保証する。好きな男にプロポーズする前にやると効果抜群」

「心のメモに書き留めておきます」

その言い方からして、いま桝家に決まった相手はいないらしい。ちょっと前までは同じビンテージファッションを愛するナイスミドルと良い感じだと聞いていたのに、お別れしてしまったのだろうか。

（はやく……、はやくだれか桝家のことを大事にしてくれるイケメンが、桝家を見つけてくれますように）

こんなに顔がよくて、おしゃれでいいとこのボンで、仕事もまあまあできて留学経験もあってスマートなのだ。静緒のような人生一周まわった不惑の女と住んでおしぼりをレンチンしている場合ではない。

バスタブに湯を張って、フランシラの泥パックを顔から髪から塗りたくって一息ついた。ああ、とっておきの時のためのパックちゃんがもうない。買わねば。

ほとんどコットン製のブラデリスナイトブラに、コットン100のマキシワンピース。ああ、髪、髪が、ボサボサしている。パックしてももう効かなくなってきたら、覚悟を決めて美容院に行くしかない。

「あーーー、つっかれた！　明日こそは休むぞ‼」

わざわざ声に出すのは、そうでもしないと脳が、明日が休みだということを認識してくれないから。

ふと階下を見ると、桝家がフォームローラーの上に乗っかって仰向け（あおむけ）になり、両手をつきあげるようにしてタブレットを持ってドラマを見ている。器用なことだ。

「……中学受験ねえ。うちの母親、そんなにしんどそうだったかな？」

京都生まれの京都育ち。有名私立に幼稚園から通い、エスカレーターで大学を卒業したのち留学という、絵に描いたようなセレブコースをたどってきた桝家にとっては、受験はすでに記憶の彼方のようだ。

「あんたは幼稚園しか受験しなかったんでしょ？」

「まー、そうですね。うちの三兄弟みんなそうですよ。真ん中の兄貴だけ東大行きましたけど」

「お兄さん、弁護士だっけ」

「そうです。裁判所勤務も飽きて、M&Aにも飽きて、いまは人権弁護士とかやってるみたいですけど、あいつがいちばんうちで腹黒くて政治家に向いてるんで、そのうち出馬するんじゃないかな」

桝家の家の三兄弟は、聞けば聞くほどキャラが濃い。

「ところで、フランシラの泥パックどうです？」

「すごくいい」

「じゃあ、僕も買おうっと」

「残り使ってみる？」

「いいんですか？　あ、じゃあこっちの出張用SK－IIシートパックと交換ってことで」

彼からぶんどったシートパックを剝がす前に、寝落ちした。なんだか最近毎日こんな感じで日々が過ぎていく。

肉じゃがを作るために一万円分の三田牛（さんだぎゅう）を毎回お買い上げになるお客さんは、二ヶ月に一回は、特上のすき焼き用のお肉を買ってくださるし、ワインセラーがさびしくなってきたから、と電話をくださるお客様は、一ヶ月に百万円ぶん、ワインだけをお買い上げになる。

いったんそういうお客さんたちとのコネクションが築かれると、外商員の売り上げは、ただお客さんが食べて飲んで消費する商品だけで一千万ほど計上される。百人お客様がいれば、成人式・入学式・卒業式・七五三・十三参り、十九のお祝い、と年中着物に関わるイベントがあり、それらを回しているだけでどんどん売り上げが上積みされていく。

いくつものテナントと契約し、商品を陳列して、店にあるものを売るのとまったく違う商売であることがわかる。外商員が売るのは、人生のセレモニーを彩るためのお手伝いであり、サポートする時間なのだ。長期的におつきあいするコーディネーターとしての能力が問われる。

だから、静緒は佐村さんの受験戦争につきあうし、鞘師さんの美容のお悩みにも真摯に対応する。この人は伸びるな、というカンが働けば、その人の信頼を得るために時間を割いて、太い客になってくれるかどうか賭けにでる。

いま特に静緒が注目している新規のお客さんは、NIMAさんというイラストレーターだった。

NIMAさんという名前はもちろんペンネームで、本人曰くあまりよく考えもせず、適当につけたものらしい。彼女は、日本中がだれでも知っている有名な動物のキャラクターの生みの親だ。いまではそのライセンスとブランディング展開で生計をたてている。

「なんか、気分を変えたくて」

というゆるりとした思いつきで芦屋に引っ越してきたＮＩＭＡさんは、仕事の合間にぼーっと見ていたネットのページに、ヨットハーバー沿いの高層マンションが売りに出ていたので、勢いで買ってしまったのだ、と静緒に語った。

　そもそもの出会いは、時任さんの働く八階の呉宝美フロアで、ショウケースの中のダイヤリングを睨みつけているところを偶然見たこと。エンゲージリングでも選んでいるのか——と、その時は気にしなかったが、それにしてはやけに鬼気迫る顔だったので印象に残っていた。

　その後、二階のブランドフロアで仕事を終え、コーヒー豆でも買って帰ろうと地下のカウンター席のみの小さなコーヒーショップ「銀コーヒー」に立ち寄った。

「銀コーヒー」は、富久丸百貨店芦屋川店に勤務するスタッフにとって特別な店だ。場所こそ、フロアの北角、メインの動線からは外れており、隣もその前の店舗も特に人で混み合うような店ではない。そもそもスーパーと精肉店ばかりが目立ち、よく店に立ち寄る常連さん以外は存在すら知らないかもしれない、小さな小さな店である。

芦屋川店で働くスタッフは、休憩時間および定時外なら、この銀コーヒーさんでコーヒーを飲んでもいいことになっていた。理由は、銀コーヒーのオーナーの林さんがここの地権者だからである。

地権者というのは、この店の建っている土地の一部の権利者ということ。林さんのお父さんが始めた銀コーヒーは、かつてこの場所に芦屋川店ができる前から、ここでカフェを営んでいた。そのため、この店の中でも特殊なポジションにある。静緒が富久丸百貨店の社員になるよりずっと昔に、林さんが、こんなフロアの端っこに追いやられては客が来ないと本部に申し立てたことがあって以来、スタッフがここで休憩を取ることが許可されたのだそうだ。

サイフォンで丁寧にドリップされたアメリカンもおいしいが、深煎りした豆をスチームで出したエスプレッソも、仕事でクタクタになった体に沁みる。

「銀コーヒーは、ここのスタッフの血だから」

お世辞ではなく、みんなが口を揃えて言うのは、疲れたスタッフを見ると林さんがおかわりをごちそうしてくれるからだ。

その日も、静緒がカウンターで林さんと当たり障りのない話をして、二杯目のコーヒーをごちそうになった。めずらしく別のお客さんもいたので、林さんはサービスですと言って、そのお客さんにもおかわりをごちそうしていた。

「そろそろおれも、トシだからさあ」

林さんは今年七十六歳だ。もうお孫さんも大きい。本当はだれかここを継いでくれないかと思っていたが、二人いる娘さんはそれぞれ遠くにお嫁に行ってしまい、いまはご夫婦だけで店をきりもりしている。

「まあこんないい仕事もほかにないと思うんだよね。店があるかぎり、だれかが顔を観に来てくれるでしょ。若い頃はおれも、なんでうちの店がこんな地下の隅っこに追いやられなきゃなんねんだ！　と頭にきてつっかかったこともあったけど、あれ以来、みんなよくしてくれてね。ここで愚痴を聞いたり、恋愛相談とかにのったりね。冷房も暖房も効いてるし、座れるし、いい仕事なんだよ」

そんなふうに、最近は林さんの愚痴を聞くことも多くなってきた。静緒がうんうん相づちをうち、林さんが奥にひっこんだときだった。二席あけて並びに座っていた女性が、急に近付いてきて静緒の隣に座ったのだ。

「あの、さっき八階でお会いしましたよね。ここの店員さんですか？」

驚いて、思わず椅子からずり落ちそうになった。

「変なこと聞いてすみません。だけど、もしよかったらいっしょに選んで欲しいんです」

「なにを、選べば……」

「強いダイヤ」

それが、NIMAさんとの出会いだった。

そのとき彼女は、三階の婦人服フロアに仕事帰りに買い物にきているOLのように見えた。着ている服もバッグも靴もとりたてて高価なものではない。けれど、ダイヤを買うんだという強い意志にあふれていて、静緒はそのオーラに圧倒され、すぐに時任さんのもとへお連れした。

NIMAさんは、「とにかく強いやつが欲しい」と繰り返した。

「圧倒的に強くて、身につけてるだけでMPが回復しそうなヤツが欲しいです。HPも回復するならなおいいです。敵を倒せそうなものが欲しいんです！」

静緒と時任さんは顔を見合わせた。NIMAさんが言っている言葉のはしばしに知らないワードが挟まっているが、とにかく彼女がダイヤやジュエリーを身につけることによって、メンタルを立て直したいのだということだけは理解した。

先に口火を切ったのは時任さんだった。

「ご予算はいかほどで？」

その日、NIMAさんは時任さんが薦めた総カラット数七カラットのブルーダイヤ、百二十万円をカードで一括購入した。

それから、静緒のすすめで外商の顧客になったNIMAさんは、一ヶ月に一度くらい、急に「強くなれるアイテムが欲しい」と電話をかけてくるようになった。シャネルに連れていけばシャネルのスーツとバッグ、ブーツを「強そう」と気前よく買い、バックヤードでスタッフにあの人は何者だと小声で聞かれる。

強い時計が欲しい、と言われロレックスに連れて行けば、「勝てそう」と三百万の新作をぽんと買う。元気になる肉が食べたい、とメールがありすぐに神戸牛(こうべぎゅう)の特上を送ったら、次の日に同じ肉があと三セット欲しいと連絡があった。

NIMAさんのオーダーは、とにかく「自分が強くなれるもの」「自分を強さによって守ってくれそうなもの」。とくに最初に買った百二十万のブルーダイヤはとてもお気に入りだとか。心が弱くなったときは指にはめたまま寝るというので、むくんで大変なことになるかもしれないから、せめて寝るときは首からかけませんかと提案した。すると、ネックレスチェーンが欲しいというのでティファニーへ一緒に行き、チェーンのほかにも「防御力がありそう」な24金のバングルを買っていたくご満悦だった。

「あの人は、いったいなんの仕事してる人?」

あまりにも豪快に買うので、行く先々でそう聞かれるのも無理はない。新規のお客さんにはよくあることである。静緒も、NIMAさんの仕事については個人情報なので詳しいことは言えない。

「とっっってても人気のある有名漫画家さん、みたいな」

と言うとみな納得してくれる。本当はイラストレーターなのだが、NIMAさんは素性を知られるのを極端に嫌がっているので、ふんわり「言えない」オーラを出して煙に巻くのだ。

ＮＩＭＡさんは、あれこれ聞いてこず、黙って必要なだけ情報を渡してくれる静緒を気に入ったらしい。徐々に自分のことを話してくれるようになった。

「昔いじめられっ子でねー。中学で不登校になって家で絵ばかり描いてたの。漫画家になりたかったけど、飽きっぽくてどうしてもストーリー漫画を仕上げられなくて」

少しアルコールが入ると、ＮＩＭＡさんはくせなのか、ゆらゆら横に揺れながら言った。

「勉強も嫌い、運動も嫌い。友達と出かけるのもそんなに好きじゃない。ただ家に籠もって気の向くままにアニメとか映画とか見て、絵を描くことが好き。それだけしかできないの。いまもそう」

静緒の実家の十倍はあるだろう二十九階のテラスの目の前は瀬戸内海だ。眼下のマリーナには白いボートが白蝶貝（しろちょうがい）のネックレスのようにキラキラ光を反射しながら陸地につながれている。昔、ベンツさんのボートもここにあって、芦屋川の花火大会のときはここでパーティをしたことを思い出す。

「親は公務員だったから、私のことがぜんぜん理解できないみたいだった。いろんな病院につれていかれて、カウンセリングも受けたし、検査も……。とにかく高校を卒業して、公務員試験を受けてくれって懇願されても、無理だった。親に申し訳なくて勉強しようかなって気になっても三日ぐらいで飽きる。新しいことを始めるのがいやで、そんなことをするくらいなら死にたいの。私のことに干渉して欲しくない。だけど、そう思ってたらほんとに親が先に死んじゃって」

海に向かうテラスでゆったり足を伸ばしながらジンジャーソーダを飲む。まるでリゾートにでも来ている気分である。マリーナ付きの浜の家には伺ったことはあるが、ここは最近建ったばかりのホテル兼コンドミニアムなので、頼めばルームサービスがすぐに来るのもすばらしい。

「公務員試験のための専門学校に通ってたころ、たまたまSNSで描いていたイラストがバズっているのを、ある会社が見つけてくれて、それでそこからいくつかキャラクターを作ったの。そのころから、私のアカウントもフォロワーがすごく増えて、いろんな企業が声をかけてくれるようになって」

NIMAさんの代表作は、「うさチュウ」「ねこくまねこ」など、ウサギの着ぐるみを着ているねずみや熊の着ぐるみを着ているねこなど、〝服によってべつの生き物に擬態している〟動物キャラである。

「〝かわいいって言われたくてウサギの耳をつけてみたねずみ〟。自分は自分だから！とか言わない。ウサギもねずみも自分だし。好きな服を着て好きな姿をする。そんなかんじでぽつぽつ描いてただけなのに。RTとかすごくて、バズりまくって。世の中びっくりすることばっかり」

決してかわいいわけではなく、敢えて言えばぶさいく路線だが、シンプルで素朴な線画と水彩のような色づけ、そして特徴ある「ぬぎっ」という擬音。

「本音を言おうとしても、だれかのふりをしないとなかなか勇気が出ない。そんな私みたいな人のために、ぬぎぬぎシリーズを作ったの。大事なことを言うときに、ものすごくものすごくパワーがいることって、よくあることだと思ったから。私みたいなネガティブな人間は特にね。それが、あんなに受けるとは思わなかったな」

あくまで、自分のような社会的マイノリティのために……。何度目かの訪問のあと、NIMAさんはぽつりぽつりと込み入ったことを静緒に話し始めた。

「漫画家にはなれなかったから、絵本ならできると思って、ストーリー仕立てのものをネットで発表した。今まで作ったキャラクターを使って、Eテレでやってるみたいな世界観でやれたらと。あのころはネットがそこまでじゃなくて、出版社にも漫画や四コマ漫画しか受け付けてもらえなかった。自分がそれで食べていけるなんてぜんぜん思ってもみなかった」

お互いにねずみであることが言えないウサギと、ねこであることが言えない熊の二匹のストーリーは、NIMAさんの独特の味のある絵や、LINEスタンプ人気もあって爆発的にヒットした。

「人からどうこう言われるのは嫌いなの。だから、思いついたら描く、しかやらない。でもそれでいいって言ってくれる会社もあった」

ユーザーに求められるままに、キャラクターの数はどんどん増えていく。多様性をアピールしたい企業のためのオリジナルキャラを作ることもあった。

もちろん、メディアミックスの企画は無数に持ち込まれた。ミニアニメーションになり、CMになり有名アーティストとコラボもした。

気がつけばＮＩＭＡさんの元には数億のお金が振り込まれていた。

「そのときはもう両親もこの世にいなくて……、二人ともあっけなく病気で死んじゃった。二人揃ってがん。親は最後まで、私が一人でやっていけるか心配してた。だから、親には申し訳なくていまでも夢に見る。叶うなら、ほら、こんなにお金持ちになったよ。もう働かなくてもやっていけるくらい稼いでいるんだよって言ってあげたい。何億円払ってもいいから、父と母が死ぬ五分前に戻りたい」

自分が、いままで縁の無かったダイヤやシャネルを買うのは、それを手に入れたことで、くよくよ悩んだり落ち込んだりする時間を、もっと生産的に使うことができるからだ、と彼女は言うのだった。

「時間が一番高価なものだってわかってるから。いまはね」

いつも静緒が不思議に思うことがある。それは、お金を持っている人々は、どこか寂しげであるということだ。たとえ友人も多く、年じゅうパーティをしているような人でも、話しているとどこかふっと遠くを見るような目で現実と距離をとってしまうときがあるのだ。同じような目を、桝家もときどきする。

ＮＩＭＡさんは、その日も海を見るふりをして別のところを見ていた。彼女の目から透明な小鳥が飛び出して、海をぐるっと回って帰ってくる。ほんの数秒のことだけれど、静緒の側（そば）にはぬけがらだけが残されている。

「鮫島さんに聞くのも変かもだけど、いつもどうやって自分を強くしてるの？」

「強く、ですか」

「強くならないと、生きていけないでしょ。生きていこうとすれば、だれかに嫌がらせをされる」

「ああ、そうですね……」

強い女だと、もう何百回、何千回言われただろう。静緒自身は自分をそんなに強いとは思っていない。諦めが悪いことが、しぶとく粘り強く見えているだけだ。けれどいまＮＩＭＡさんは、そんなざっくりとしたことを聞いてはいなかった。嫌がらせをされたらどうやって対処しているのか、と聞いているのだ。

「お金を払います」

言うと、NIMAさんは怪訝そうな顔を静緒に向けた。

「お金？　でも職場でそういうことがあったら？」

「ええと、すごく例え話で恐縮ですが、職場でだれかに嫌がらせをされたとします。一瞬むかっとはしますが、すぐに原因を探ります。そのためにお金を払ったりします。ここまで迅速に動きます」

「だれに払うの？　なんで急ぐの？」

「まずは理由を知っていそうな職場の友人や、友人とまではいかないけれど同僚くらいの距離感の人に、はっきりと聞きます。『あの人にこういうことを言われたんだけど、どうしてだか知ってる？』と。すぐに聞くのは、人は忘れてしまうからです」

ＮＩＭＡさんは感心したように頷き、先をうながした。

「お金って、どうやって払うの？」

「もので払ったり、ランチ代やコーヒー代や、商品券や、ギフトカードやさまざまです。だから、普段から必ずストックしています」

「たいした情報が得られなくても払うの？」

「払います。なにか思い出したらお願いね、という意味も込めて」

「悪口言われたくらいでいちいちお金使ってたら、すごくかかるんじゃない？」

「だいたい使っても数万なので、心を病んで病院にかかることを考えれば建設的な投資です。それにサラリーマンでも確定申告をすれば数万返ってきますから、必要経費ですね」

なるほど、とＮＩＭＡさんは心底感心した、というふうに声をあげた。

「あげたっきりで、なんの成果もなかった人は、どうするの？」

「そのときそのときで違うこともありますが、基本は続けますね。コップに注ぐ水のように急に情報をくれるようになることもありますから」

「どこでそんなことを覚えたの？」

「うーん、そうですね。営業をしていて、千円の手土産を持って知らない店や代理店へ行くことも大事なんですが、それよりは細かいお金をたくさん配ったほうがいい、と実感し始めてからでしょうか。これは、私の持論でしかないんですが、使えるテクニックって教えてもらったことより、自分で経験して実感したほうが十倍くらい使い勝手がいい気がするんです。それは、教えてもらうことに意味がないのではなくて、使えるテクニック自体が、個人個人の個性によって異なるからだと思います」

なんとも不思議な時間だった。天然の炭酸水にホンモノのショウガを混ぜたジンジャーソーダを飲みながら、友達と話すようなことをお客さんに話す。外商員になってから、静緒はなぜかお客さんたちが商品より、いわゆる〝経験談〟を静緒に求めていることを知った。はじめはお金を持っている人々は、静緒のような庶民は珍しいのかくらいに考えていたのだが、徐々にそうではないこともわかった。

彼らは成功者だ。普通の人々よりずっと人と時間を使うことに長けている。ただの憂さ晴らしにだらだらと愚痴を聞かされることも少なくはないが、そういうときは雰囲気でわかるものだ。このとき、NIMAさんは明らかに、なんらかの意図があって静緒に質問をくりかえしていた。

「お金を使う……、お金を使うのか……。そうだね、リスクヘッジは、早さが大事だよね。わからないことがあれば、お金を払って聞くってことか」

何度もうなずき、NIMAさんは握りしめていたグラスを脇のテーブルに置いた。

「私もそうする。だから鮫島さんにお金を払う」

「はい？」

「お金を払うから、情報を集めて欲しい」

かけていたサングラスを外し、大きく息を吐いて彼女は言った。その日一番の驚くべき情報を。

「助けて。私、いまネットで中傷されてるの」

第二章　外商員、弁護する

車の座席を思いっきり倒して、うーん、とひっくり返って考えた。どれだけ唸(うな)ってても見えるのは社用車のグレーの天井だけだったが、ここだとなにをブツブツ言ってもだれにも迷惑をかけない。

桝家との同居はいいこともあるが、完全にプライベートな空間が少ないというデメリットもある。お互い同じ仕事だからこそ言えないことも多い。

「うーん、弱ったたな。でもしゃーないな」

さすがに、ここまでオフィシャルな有名人にネット中傷されていることを相談されたのは初めてだが、似たようなケースはいままでにも数回あった。いわく、PTAや互助会や婦人会の友人・知人に嫌われている、ブロックされている、悪口を言われている、などなど。

「ま、とにかく課長に報告だなあ」

社員証をバッグから引っ張り出しながら従業員専用ドアを押した。警備員さんに会釈して、エレベーターでオフィスフロアへ戻る。営業一課のデスク周りはがらんとしており、今日はみなでているようだ。課長の邑智だけが、いつものように椅子の背もたれをギイギイ言わせながら肩のストレッチをしていた。

「ハア……、ネット中傷ね。お客さんのお悩みも年々進化するよねえ」

こういうときどういう対処をすべきなのかは、店側で事例を吸い上げられいったん法務に回され、ある程度マニュアル化されている。とはいえ、店が紹介業やトラブルバスターを請け負うわけではないから、あくまで静緒はプライベートに近い立場で、相談にのるだけしかできない。

もっとも本来ならば、「弁護士に相談してください」しかないのだが、そこは外商という複雑怪奇な仕事。お客さんのプライベートに踏み込んでいるからこその大きなリターンがあることも承知の上だから、難しいのだ。

「鮫島ちゃんはどうしたいの」

「弁護士を紹介するしかないかと」

「そうだよね。で、どこに回すの」

「地元のことならば、裁判所から管財人を請け負っているような老舗の事務所をいくつかピックアップしてあるのでそこですが、内容が内容なので」

「奥様方の悪口どうこうの名誉毀損、じゃないからねえ」

SNSで中傷された、ということになれば、まったくやり方が違ってくる。

「これ、どうなるの?」

「まず、現在もまだ中傷ツイートが続いていて、お客さんはそれをスクリーンショットで証拠保全するたびに精神的な苦痛を味わっています。まず私に依頼されたのが、この中傷ツイートのスクショ作業です」

「わりにあうの?」

「……毎月平均で三百万、多いときは七百万ほど使ってくださる方ですので」

静緒の現在の成績を熟知している邑智は、そりゃやらないと、と納得した。

「スクショぐらい私にでもできますが、問題はここからです。NIMAさんは弁護士選定だけではなく、その後証拠を渡し、話し合いにも都度同席することをお望みです」

「うちからなにか助言はできないよ。まあ、弁護士が絡んでくれたら、鮫島ちゃんは横にいるだけでいい。そういう感じでしょ」

「はい。ご本人からもそのように依頼されました」

ようは、NIMAさんは中傷を受け、プライベートなことまで踏み込んで書かれていたため、恐くなって引っ越した。実家はとうになく、長い間の引きこもりのせいで友人もいない。どこに行ったらいいのかわからないが、幸い仕事はすべてネットでやりとりできるため、日本中どこへ行ってもいい。

「治安がよさそうなイメージがあったので、芦屋に引っ越してきたそうです」

「ああ、なんでかそういう人多いからね」

実際、芦屋の治安はいいほうだ。夜中も若い女性がジョギングをしたり、犬の散歩に出たりしている。昼間の警察によるパトロールも多い方だ。

「プライベートなこと、書かれてるってことは、相手は知り合いなの?」

「そうみたいです。ただ、あまり交友関係は広くない方なので、たぶん仕事の相手だろうと」

「なるほどなあ~。あーあ、ほんとやっちゃだめなのに。うちも全員SNS講習は受けさせてるけど、訴えられて損害賠償請求された事例、もっとみんなに教えたほうがいいのかなあ」

邑智の嘆きはもっともなことで、近年上層部の頭を悩ませているのが、このSNSの問題である。ツイッターやインスタグラムなどは、広告宣伝ツールとしてもコミュニケーションツールとしても手軽で、費用対効果もいいとあって、どの会社も積極的に活用方法を模索している。一方で、炎上しやすいというデメリットもあり、運用が難しいのだ。

「商売をやってる以上、親しみを感じてもらわないとだめだから、ある程度フランクに行くほうがいいんだよね。だけど、運用するのがロボットじゃなくて人間で、しかも人間味を出していけってやり方になると、ちょっとしたことでラインを踏み外しちゃうんだよね」

会社によっては、法務と宣伝部ががっつり組んでやって安全策をとりつつ取り組んでいるところもあるが、そうするとなんの面白みもない内容になって、フォロワーが増えない。案配がむずかしいのだ。

「まあ、とりあえず任せるよ。あとは報告して」

「わかりました」

いつも邑智に報告をしたあと、静緒は「管理職も大変だなあ」と思うのである。邑智は愚痴もボヤキも多い典型的な昭和のおじさん管理職だが、一度報告を受けたことは部下のせいにすることはない。部下に対して「なんてことをしてくれたんだよ」と叱責することはあっても、上に報告をするときはあくまで自分の責任として回す。よって、若手の受けは悪くないのだ。

（もう上級職試験を受けなきゃいけないトシだけど、正直管理職になるくらいだったら、一生下っ端でいいな……）

同僚の桜目かなみが、子供を保育園に預けたとたんに上級職で華麗に返り咲き、「女性活躍」という政府のかかげたスローガンの波に乗っかってあっという間に出世していくのを見ても、うらやましいとは思えない。自分にはとてもできない、それより今日は地下で三田屋のローストビーフを買って帰ろうと思う静緒だった。

弁護士にもいろいろある。本当にいろいろある。

「いや、一般人としては、国家試験通った人はみんなできる人で、ましてや司法試験なんて難関を突破した人はスーパーマンだって思うじゃない？　でも実際はピンキリなんだよね。どこの会社も、世界も、そうだってことなんだと思うけど」

甲南山手駅の山側は、山手幹線を挟んで数メートルも北へ行けばすぐに上り坂である。その見晴らしの良いレトロな三階建てのビルに手を加え、一階で不動産業を営んでいるのが静緒の古い友人である金宮寺良悟だった。

「近くに住んでるのに、ぜんぜん来てくれないんだから！　と思えば急に来るし。まかないくらいしかないわよ」

甘いものが大好きで、お料理が大好き、お酒も珍味も好きという彼とは、製菓専門学校で知り合った。静緒は今では簡単なお惣菜くらいしか作らないけれど、金宮寺はコース料理くらいさらっと家で作ってしまう。二階三階をメゾネットにして、キッチンの上を吹き抜けにし、ベランダに背の高いオリーブの鉢をいくつも置いてご近所からの目隠しに。地植えしたモッコウバラが三階の部屋まで伸びて、東側の窓は素敵なグリーンビュー、南側はもちろん、遠くに海が見える。

その日も、ふらっと立ち寄っただけなのに、お得意様からいただいたという大吟醸とカラスミのパスタをごちそうしてくれた。

「何回来てもいい家だよねえ」

「なに言ってるの、自分はもっとすごいとこ住んでるくせに」

「いやいや、しょせん借り物ですから。いつ追い出されてもおかしくない場所って、あんまり家って感じしないんだよね」

金宮寺の家に立ち寄ったのには訳がある。ひとつは、ＮＩＭＡさんに紹介する弁護士について相談したかったこと。もうひとつは、家探しだ。

「私もさあ、こんなふうな家がいい。新築なんてとても無理だから、中古で。車はないから駅から歩ける物件で」

「できれば海が見えて、できれば広くて収納があって、できれば新耐震がいい、でしょ？」

へへっと笑って口にカラスミがたっぷりからまった生パスタを運ぶ。ワイングラスで飲む大吟醸との相性は千パーセント。まちがいないというやつ。

「海側は駅から遠くて塩害があるからね。エアコンが壊れやすいのは覚悟しなさいよ。冬はともかく、夏に壊れてすぐ修理してもらえるわけないからね」

「んー、じゃあ浜のほうはパスかあ」

「でも、そうやってみんな避けていくんだけど、そもそも地価がまったく違うから。エアコンの十台や二十台、買い換えたっていいと考えるのも合理的よ。海はすてきだし」

静緒の持ってきた銀コーヒーの豆でカプチーノを作りながら、金宮寺は、

「だいたい、なにからなにまで要望通りの場所なんて存在しないのよ。塩害があるから山にしますったって、草津なんかは硫黄で新車が車検まで持たないんだから。温泉のある別荘を持とうと思ったら使用料と管理料で年間で何十万も必要だし、別荘地は草木の手入れで管理費が高い。結局そうなると、金銭的に余裕のある人以外は、都度借りたほうがいいってなっちゃうわけ」

「合理的にはそうだけど。でも、別荘とか移住って、こう、ロマンの問題じゃない？生きる理由っていうか」

「まったくもってそのとおりよ」

蒜山牛乳を百均の電動泡立て器でホイップし、スチームで真っ黒に煮出したエスプレッソとまぜる。器用にもラテアート付き。

「不動産はね、ロマンなの。結局、都会の家をうちみたいに緑で埋め尽くすか、田舎に行くか。だけど、都会の家だってうまく作らないと虫が集まってたいへんなことになるからね。公園の隣の家に住むなら三階がおすすめよ。あとで物件の資料を渡すわね」

「三階かあ。お母さん、年寄りだからエレベーターがないと。とはいえ芦屋の低層マンションは、独身アラフォーが買うには荷が重いし」

　芦屋に住んで数年が経った。いまではすっかりこの街に魅せられてしまっている。山が近くて登山口があり、古い時代から荘園として栄え歴史や文化もある。美術館も多く、海にはマリーナがあり、近年駅前が開発されていて、神戸や大阪に出なくてもたいていのものは手に入る。

　ちょっとしたグルメを味わうのに専門店の出店もさかんで、大型書店もあるし、住宅街にはこじゃれたカフェから本格レストランまで点在している。北欧や手作りの品を集めた雑貨店、ベーカリー、シェフのいるグルメマートまで徒歩圏で楽しめるのだ。

　父が亡くなって、一木の一軒家を手放して移った新長田のマンションは、駅直結でとても便利だけれど三十年経って少々くたびれてきた。出戻りで、もう一生どこかお嫁に行くこともないだろうし、できればこの素敵な芦屋で母と暮らしたい。そう思い、金宮寺に家探しをお願いしたのだ。

「ま、芦屋はね、あんたの給料じゃちょっと高望み。甲南山手は無難よ」

「ほぼ芦屋だしね。神戸市だけど」

「芦屋のビンテージマンションも素敵なところもあるんだけど、あんまり古いと電圧の問題があったり、あと風呂に新しいユニットを入れられなかったりしてリフォームに苦労するのよ。まあ、いくつかあるからゆっくり見て」

食道楽様の淹れたカプチーノが胃と心に沁みる。仕事帰りに財布も出さずに味わうイタリアン、こんなにありがたいことはない。

「それで、弁護士のことだけど」

「ああ、そうそう。それが本題」

「ツイッターで名誉毀損って、いまのトレンドよね」

金宮寺は、料理用のメガネからいつものオシャレメガネに変え、静緒の座っているカウンターの向かいに腰を下ろした。

「込み入ったことまで聞くつもりはないけど、それってほんとに名誉毀損で訴えられるような内容なの？」

「プロじゃないから確実ではないけど、たぶん」

ＮＩＭＡさんから送られてきたスクリーンショットを見ると、犯人がＮＩＭＡさんをババアと呼び、容姿や年齢や外見、持ち物、家族構成や仕事内容など、あらゆるＮ

ＩＭＡさんの日常ツイートに対して、ほぼ同じ時刻に呼応するようにツイートしているることがわかる。中には名指ししているものもあれば、わざわざ引用リツイートで暴言を吐いているものもあり、ふつうに考えても十分名誉毀損にあたるだろうと思われた。

「こういうのって、意外と犯人は近くにいるらしいよ」

カプチーノを飲み終えて、新しいワイングラスを出してきた。まだ飲む気らしい。

「主婦があることないこと書かれて、開示請求したら、ママ友だったとか」

「それが、その方は友達がほんとうにいないらしくってさ。外見のこと攻撃されるってことは、彼女にじかに会ったことある人なわけじゃない？　それで急に恐くなって、芦屋に引っ越してきたんだって」

「ぶっちゃけて言うと、ＩＰの開示請求ってこれからいい商売になると思うのよね。弁護士にとって。だからやりたがる人はいっぱいいる。ようは時間さえかければ絶対勝てる案件だもの。だから、神戸とか大阪の弁護士でもいいかもしれない。ただ、慣れてるなら東京の虎ノ門ね」

「虎ノ門……」

「ＩＴに強い事務所って、なんでか知らないけど虎ノ門にあるのよ。経産省が近いからかしらねえ。特許庁関係とか」

金宮寺が言うには、ツイッター本社がアメリカにあり、日本の裁判所に申し立ててもEMS（国際郵便）で通知するため、三週間ほどかかるらしい。場合によっては一ヶ月以上ロスをするため、その間に逃げられる（アカウントを削除される）可能性もあるという。

「まあ、そういうときのために大手に頼むのも手かしらねえ」

「大手だとなにがいいの？」

「ツイッターとかフェイスブックとか、SNSで誹謗中傷された、みたいな案件は世界中にあるわけだからね。それを生業にしてる弁護士も多いでしょ。そしたらツイッター社の近くに事務所構えてれば話は早いじゃない。大手だと支社がロスにあるところもあるしね」

「なるほど」

ロスに支社がある、もしくは提携事務所がある大手なら、国際郵便を使わなくて済むため、三週間も待たなくてもいい。

「そのお客さん、外商の太い客なら知名度もあるんでしょ。誹謗中傷だと認められれば二、三百万円はとれる可能性はある。大手じゃなくてもやりたい弁護士はいっぱいいると思うけどね」

「そんなに？」

「だって、これからぜったい流行るもの。弁護士にとって、こういう事件を担当しましたっていう経験は名刺代わりよ。でも弁護士がどんなにやりたくても、判例が欲しくても、依頼されなきゃ意味がないのよ。だから、ツイッターの愚痴なんかを検索して、自分から売り込んでる弁護士もいるわよ。いま弁護士は余ってるからね」

もし、大手で、虎ノ門にある弁護士事務所なら、ＮＩＭＡさんに会いに来てもらうか、こちらから出向かなければならない。それくらいの経費でどうこう言うようなＮＩＭＡさんではないが、はたして訴訟になるのか、和解がどれくらいかかるのか見通しが付かない以上、できるだけＮＩＭＡさんに親身になってもらえることが大事なのではないか。

（だとしたら、大阪でそこそこちゃんとした事務所のパートナー弁護士にいったんもちこんでみるか。東京の虎ノ門の大手より、まずは精神が不安定状態なＮＩＭＡさんのためにも、なにかあったらすぐ飛んできてくれるような人がいいのかも）

なにより、この件は完全に静緒の手に余る。ＮＩＭＡさんはだれか側にいて欲しくて、静緒を頼り、ダイヤやバッグを買うのだ。お買い上げいただけるのはありがたいが、こんな深刻な問題はダイヤでは簡単には解消できない。やはり専門家が必要だ。

それに、ＮＩＭＡさんは有名イラストレーター。きっとこれから法人も関西で作るだろう（まだ法人化していないと聞いた）。そうなれば、これは良い機会だ。親身になってくれる弁護士・会計士が近くにいたほうがいい。

「うちの会社と長い付き合いで、ＮＩＭＡさんに合いそうな事務所が元町にあるから、紹介してみる」

「それがいいわよ。なんでも会社通すのよ。そうでなくちゃ安月給で雇われてる意味ないでしょ」

「それ、似たようなこと桝家も言ってたなあ」

「あらっ、そういえばお宅のイケメンボーイは元気なの？」

元気だよ、と言うと、彼はさっきとは違ったどこか艶っぽい表情でハーとため息をついた。

「イケメンはいいわよね。相手に困らなくて」

「金宮寺は、桝家がタイプなの？」

「私は顔で選ばないのよ。イケメンは好きだし、もうちょっと若かったらあんたんち押しかけて無理矢理知り合うところだけど」

「もう必要ない？」

「じゃなくて、必要なの。次つきあう人には、看取ってもらいたいのよ」

思わず飲んでいた水を吹きそうになった。

「看取るって！」

「いやいや、冗談じゃないのよ。静緒。私たちもうそういうトシよ。相手を給料とか顔とかフィーリングでえり好みしていられた時代は平和だったの。子供とか結婚相手とか通り越して、看取ってもらう相手を探さなきゃ寂しいトシになったのよ。あんただってそうでしょ」

痛いところを突かれて、視線を外した。しかし金宮寺はグイグイ顔を寄せてくる。白ぶちメガネの圧がすごい。

「やたらそのイラストレーターさんに同情してるのも、ほら」

「わーってる。わーってますよ。自分と環境が似てるんだって。天涯孤独で帰る家がない。でも結婚する予定もないしその気もない。もしかしたら自分もそうなるかもしれないって思うと、ほっとけないんだって重々自覚してます」

「いいのよ。どんな仕事でも私情は多少交じるものよ。悪いことじゃない」

好きなことを仕事にしていて、仕事以外なにもないように見える生き方がＮＩＭＡさんと静緒は似ている。だから、親がいなくなれば一気に頼る相手がなくなる状況も、我がことのように身に染みるのだ。

いまはこんなふうに家に招いてくれる金宮寺も、本気で生涯寄り添えるパートナーを探している。いずれ、みな人生のリソースを分かち合え、ライフラインとしても機能する関係性をだれかと構築するのだろう。

いっそ、恋愛ができればいいのに、と思う。桝家も金宮寺も、恋愛をきっかけにしたパートナーシップを求めているようだし、それがスタンダードな方法と言えばそうでもある。

しかし、静緒はいままでろくに恋愛経験がない。自分から交際の申し込みをしたこともないし、いいなと思う相手の「いい」はすべて「仕事ができる」という評価でしかなかった。

「あー、私の好きだアンテナが、仕事ができる以外に反応しないの、なんでなんだろう」

「べつに仕事ができる人を好きでも問題ないじゃない」

「でも、いつもそこを幻滅されて終わるんだよ」

「ハイハイ、百人当たって百人ともそうだったんならいざしらず、二人や三人たまたま続いたからってそう決めつけるのはおばかさんよ」

「百人となんてもう出会ってられない」

「結婚相談所に行く人たちは百人なんてすぐこなしてるわよ」

「そういうもんなの?」

「そういうもんよ」

「厳しい……」

思わずテーブルの上につっぷした。

「あんたんちのイケメンボーイはモテるから、ほうっておいても相手なんてすぐできる。結婚したいって言い出したらあんたなんてすーぐ追い出されるわよ。あのゴージャスメゾネットもクィアな愛の巣になるんだから」

「わかってるよ。だから、いま家、探してもらってるんじゃないの」

返答に詰まって、ついワインが進んでしまう。このケンダル・ジャクソンはアメリカで一番売れているカリフォルニアワインで、手頃な値段で買えるのもあって日本でも人気だ。

「まあ、桝家はいいやつだから、良い人に会えることをいやがったりしないよ。そうなったら私はあの家を出て、かわりに海か山が見えるマンションで、お母さんとのんびり暮らす。家さえ買ってしまえば、人生まあなんとかなるでしょ。ならない？」

「もうそろそろ三十五年ローン背負えなくなるもんね」

「つきつけないでよ、現実を」

「私はなんにもしてないわよ、現実が勝手に露出すんのよ」

金宮寺は、早くプロに任せちゃいなさいよ、と言って、いつのまにか空になった静緒のワイングラスにおかわりを注いでくれた。

NIMAさんにご紹介したのは、元町本店のすぐ側にある老舗の弁護士事務所Rで、オーナー弁護士の一人であるT先生が代理人を引き受けてくださることになった。

アシスタントにはIT関連に詳しい若手のM先生がつき、さっそく証拠集めと、今後の展開の相談になる。犯人の他ツイートを丹念に見てみたところ、関連する別アカウントを割り出すことができた。同じ背景の写真、同じような内容をツイートしていたのだ。どう考えてもこれは仕事関係の知り合いで、しかもある取引先の社員である可能性が高いという。

「知っている人ですか？」

NIMAさんも事前にその内容には気づいていたらしく、犯人と思われる相手の名刺、いままで交わしたメール、犯人が勤めている会社との関係などを時系列順に箇条書きしたペラ一を取り出した。

「たぶん、この会社のAP（アシスタントプロデューサー）だと思います。コスプレした顔も似てます」

SNSの恐ろしいところは、本人が隠しているつもりでも、知っている人からすると、ぎょっとするくらい特定されやすい情報を公開してしまうことだ。このAPもスタンプで顔を隠したから大丈夫だと思ってコスプレ写真をアップしたのだろうが、目元が隠せていない。

「こっちが、関係者のブログで打ち上げに撮影したものです。私は写っていませんが、彼女は顔を出しています」

丸一日かけて印刷した分厚い紙の束を差し出した。数年分のツイートを全部プリントアウトし、ＮＩＭＡさんに関連するツイートに蛍光ペンを引いたのは静緒だ。当初はＮＩＭＡさんがすると言っていたのだが、当該ＡＰの悪口があまりにもすごかったので、作業をしようとすると動悸がして冷や汗が止まらなくなると電話があり、あとはすべてこちらで引き受けた。


『今日もＮババア先生の相手、めっちゃしんどくて、特別手当百兆円ほしい！』

『ちょっと売れてるからって、パクラーがいい気になるなよＮ。あれもこれもパクリ。私にはパクリだってわかってるんだよね、ざんねんー』

『ババアからクソメールにすぐ返事する仕事のできる私。パクリの分際でうっせえ。すぐに落ち目になるブスＢＢＡ』

『ＢＢＡ打ち合わせするたび、ハイブランドのバッグ見せつけてくるの、うざすぎ。死んで』

『クレーマーババアＮ、早く死ね。みんなパクリだって気づけばいいのに』


というＮＩＭＡさんをＲＴ、あるいは引用して暴言を吐いているものもあれば、対象がＮＩＭＡさんではないものもあった。中でも目を疑ったのは、ただ単に通勤電車で隣になっただけの見知らぬ女性の容姿をあげつらい、駅で降りる際に「ブス！」と吐き捨てて相手の驚いた顔を見るのが楽しいと記したツイート、あるいはバーで居あわせた女性客の容姿を勝手に点数化し、やはり最後に「ブス！　ババア！」と吐き捨てて去る、というものだった。なぜそんなことをするのか理解に苦しむが、百貨店のクレーマーの中にもこういう人間がいるのも確かである。

「私、この人とそんなにやりとりしたことないんですよね……」

ＮＩＭＡさんは、胸に手を当てて片目でチラチラプリントの束を見ながら、しきりに不思議がっていた。

「このA林ってAPとプライベートな話をしたこともないし、そもそも会うのはイベントを見に行ったときだけです。一年に二回か三回」

「イベントというのは？」

「私が描いたキャラクターが擬人化されて、VTuberの声とかを演じてくださっている俳優さんや声優さんがいて、定期的にファンイベントが開催されるので、そこで……」

「このA林はイベント運営会社のAPなんですね。もう二年くらい知っていると」

「はい。最初は新入社員でアシスタントのアシスタントみたいな感じでしたけど、いろいろあってプロデューサーが退職したので、そのあと昇格したようでした」

個人的なつきあいもなければ、会うのは年に数回、普段はメールのやりとりだけで、それもイベント前後だけである。なぜここまで突然中傷の対象になったのか、NIMAさんにもわからないという。

「でも、この方、NIMAさんの中傷を始める前は、ほかのスタッフさんとか、イベント演出さんとか、上司の悪口もバンバンツイートしてるので、もうこれは性格って感じがしますけどね」

若先生の意見に、静緒も黙って頷いた。いままで上司や先輩に首根っこをつかまれておとなしかったのが、上がいなくなったとたんに人がかかわったようになる人間はいる。ようするに本性が現れるのである。

「あと問題なのは、NIMAさんのキャラクターを演じる声優さんの悪口ですね。これは公式サイドの人間がすることではないですね」

「ツイートには、どう見ても我々が知っているような大手出版社がアニメ会社と仕事をした話なども書いてあって、普通に守秘義務に違反しています」

「このまま開示請求をしてもいいですが、ようは本人がこのツイートをしたのは自分だと認めればいいわけです。ここまで上司や社長の悪口を書いているのなら、いっそ彼女の会社のほうに通知するという手もあります」

問題なのは、彼女があくまで自分ではないとつっぱねたときだ。そのときは、

「うーん、開示請求するしかないでしょうね」

「やっぱり一ヶ月はかかるんでしょうか」

「そのあたりは、ほかの事務所と提携してやれないか探ってみます」

M先生はテキパキと話をすすめ、ボスのT先生は横でうんうんと聞いている。T先生の専門はたしか医療訴訟だ。さすがのベテランでもツイッターの名誉毀損案件が持ち込まれるのは初めてなのだという。

「ひとつ確認しておきたいのですが、NIMAさんはどうやって、このA林と思われるアカウントのことを知られたんですか？」

「ええっと、それは、……このイベントのスタッフさんが教えてくれて」

「ということは、これがA林のアカウントだと知っている、イベント関係者が複数いるということでしょうか」

「そうなりますね……」

「だとすると、これを仮にA林のアカウントだということが確定すれば、ですが、これだけの罵詈雑言の並んだ火炎放射器のようなアカウントですから、ほかのスタッフさんの恨みを買っている可能性が高いですね」

「つまり？」

「みんな知っていて、泳がせているというか……」

　これが公開アカウントの恐いところだ。フォロワーが少ないからといって、だれも見ていないとは限らない。

「鍵をかけていればともかく、公開しちゃってますからね。これ、ＮＩＭＡさんのファンや悪口を書かれた声優さんのファンが気づけば、大炎上する可能性もあります」

　まともな会社であれば、自社の社員が仕事の取引先相手にオープンアカウントで暴言を吐いているという異常事態をほうっておくはずがない。なんらかの対処をしてくれるだろう。

「ともかく、まずは会社に内容証明を送りましょう。私どもが窓口になりますから、ＮＩＭＡさんが今後、直接彼らとやりとりをすることはありません。おそらく、先方から謝罪、あるいは該当社員の異動か解雇、和解金の提示のやりとりで落着するでしょう」

「よかった……」

　ＮＩＭＡさんは心の底から安堵(あんど)したという顔で、

「これで、やっと眠れそうです」

　うれしそうなＮＩＭＡさんを見て、静緒もつられて笑顔になった。自分への誹謗中傷を訴えるのにも、誹謗中傷されたツイートを読み直し、どこが自分のことにあたるのか、どこが守秘義務に違反しているのかチェックするだけでも相当にメンタルを削られる。繰り返し繰り返し殴られているようなものだ。

「ほんとうによかった。ほっとしました。ありがとう」

何度も何度もＮＩＭＡさんはエレベーターが閉まるまで弁護士の先生に向かって頭を下げていた。

「ああ、うれしい。今日はおいしいもの食べたい！」

「ぜひそうしてください」

そう言うと、帰りは店で一番高い肉とシャンパンを買って帰っていった。


美容整形に興味津々の女性投資家・鞘師さんから、リフトに挑戦してみたいのだけれど……というメールが入っているのを「リフトってなんだ？」とネットで検索しながら、家に帰った。

次の日は、朝から電車で堂島(どうじま)へ向かった。静緒が提案した、外商の客同士のさりげない出会いをセッティングする御縁プロジェクトは、第二弾であるアドリア海への旅行を終え、同行したスタッフから結果報告が入っていた。参加されたお客様の担当外商員が本社に呼ばれ、詳しい報告会が開かれた。

「六家族二十二名が参加され、終始和やかなムードで日程を終えました。当初の目的である、出会いのための旅行と気取られない、は完遂できたか微妙なところでしたが」

「そりゃ、あんだけあからさまに未婚男女ばっかり集まっていればなあ」

　このプロジェクトを推した専務取締役の紅蔵は、日焼けしてテカテカした額を部下に見せつけながら扇子を扇いだ。

「関西トラベルマスターズの上級添乗員と、ウチのスタッフ二名、結婚相談所『結いの会』のスタッフが二名という万全の態勢で臨みました。こちらが特に気を遣った食事の面ですが、とてもよい評価をいただいています。ドブロブニクという行き先もぴったりで、旧市街が城壁に囲まれているため、自由行動中に何度も出会ったりして、ツアー外で仲良くなったお客様もいらっしゃいました」

　今回はあくまでメインは独身の男女の出会いのため、普段は一週間以上の長期の旅行プランが多いハイクラスツアーも、四泊五日のコンパクトな旅程にまとめられた。そのかわりにビジネスクラスの直行便に、ホテルまでの家族別でのハイヤーの手配と、移動の疲れが溜まらないような工夫と配慮がちりばめられていた。

　中でも関西の名家といえばここ、某電機メーカー創業者一族である左慈家の三十三歳の次男と、静緒が担当する灘の老舗酒造メーカー赤根家の三十六歳の次女がとてもいい感触だったということで、報告会は大いに盛り上がった。

「正式にお見合いを、という話を、双方のご両親からいただいております」

「ええやないか、ええやないか。ささっとやろう。うちでやってもええ。なんか問題があるんか？」

「それが、お見合いではなく、もう少し堅苦しくないおつきあいをご本人たちが希望されていまして」

同行したスタッフの報告に、がっかりしたように紅蔵が扇子を閉じる。

「アカンて。そりゃあかん。こういうのは鉄は熱いうちになにごとも決めていったほうがいいんや」

「『結いの会』のスタッフが念入りにヒアリングしたのですが、やはりどうしても堅苦しくしたくないと。ですので、ご両親抜きの仲人のサポートのみでのおつきあいになるそうです。まずは何度か会って、真剣交際宣言をし、それからご両親を含めたお見合いに」

早く正式にお見合いをしたい両親と、あくまで自然にやりたい子供たち。どちらの気持ちもわかるため、歯がゆい気持ちをぐっと抑えて、店側ではあくまで普段通りのおつきあいと各自できる限りのサポートをということになった。

「二発目でこれだけ大きな家同士の結婚をまとめたとなれば、幸先（さいさき）もいいし後もつづくやろう。まさに恩が売れる。恩の息は長いでえ。十年、二十年、……人によったら一生や。ほかにはどうや」

「二組ほど、お見合いに進んだカップルがあります。そちらは一組はご両親込みのお見合いを。もう一組は、やはり今風の仲人会社のサポートのみの関係をお望みです」

それでも、どんなに望んでも結婚相談所にも行かなかった子供たちが、自然と（あくまでそういう態（てい）で）結婚に向けて前進してくれたということで、カップルになった子女の親たちは大盛り上がりだ。どの外商員も涙を流さんばかりに感謝されている。

当然、噂はじわじわと広まっており、第三弾があればうちも参加したいと声もかけられるし、今回は空振りに終わった家族からも、こういう旅であればまた参加してもよいというポジティブな反応が続いているのもうれしい。

「なにより、出会いのための旅行ということなので、事前準備のために使っていただく金額がなかなかのものです。女性は必ずエステを希望されますし、旅行バッグやトランクの新調、男性はスーツを仕立てられる方も」

お金を使うためには、イベントが必要なのだ、ということがよくわかる。だから、経済をまわすためにイベントが必要で、人はあらゆる流行にのっかってイベントを作りだそうとする。

そしてイベントとは、人生だ。

その人の人生に恩を売れば、半永久的にイベントが発生し、それに対して買い物がある。いうなれば百貨店が百貨を売っているからこそできる商売であり、どんなに売り上げのいいブランド、客の入るレストランでもこのように幅広く手厚いサポートはできない。

時間が一番高価な富裕層に時間を使わせないようにありとあらゆるものを厳選し、提案することができる大きな箱は百貨店だけだ。いくらこの先インターネットが台頭しても、この分野では生身の人間の対面、言葉が勝る。

日本人は、この笑顔と対面接客サポートの丁寧さを安く売りすぎなのだ。

だからこそ、そのスキルを身につけたものが、上へ行かねばならない。管理職ではなく、接客販売のスキルで高給取りになる者がもっと増えなければ、この職へ希望と可能性を抱いた新しい人材が入ってこないからである。

「上、か……」

店の近くのチェーン店でコーヒーを飲んで一息、提案したプロジェクトがなかなか良い滑り出しだったことで、また皆が静緒を見る目が少し変わった気がするのは、気のせいだろうか。

いつのまにか堂島の街路樹の銀杏(いちょう)が黄昏(たそがれ)色に染まっている。店のショーウインドウを飾るハイブランドのマネキンもすっかり冬支度を終え、コンビニではおでんの品数が増えた。クリスマスが身に沁みる歳(とし)ではないけれど、季節の変わり目は寂しさが増す。無邪気に空を見上げて感動していた十代は遠ざかり、いまは上を見ても首が痛いだけだ。

「見上げるだけでも大仕事だ」

肩を揉みながら店に戻った。

せっかく本店に来たからということで、芦屋川店には入っていないブランドにも立ち寄った。静緒と同じマンションに住む百合子・L・マークウェバーに頼まれた、ルイ・ヴィトンの新作のパーカーとキャップ帽、ペゼリコのカーディガン、さらにコスメフロアにも寄って、ありとあらゆるブランドの今年のクリスマスコフレも受け取った。百合子は毎年ほとんどのブランドのクリスマスコフレを買うのだそうだ。

「私のお客さんたちはとにかく忙しくて、毎年クリスマスコフレを買い逃した人がいるのよね。だから『私全部買ってます』と言うととっても話が弾むの」

つまり、クリスマスコフレをずらり並べてインスタにアップするのは、楽しく会話をするための先行投資なのだ。

その夜も、静緒がよたよたしながら両手に大荷物を持って部屋を訪問すると、ヘアバンドにスウェット姿のいつもの彼女がインターホンの向こうに現れた。

「今どき外商さんなんてたのむ意味あるのかしらと思っていたけれど、この歳になると労働力をお金で買うようなものよね。むしろ安いわ」

その労働力であるところの静緒を部屋の中に迎え入れ、オーガニックコーヒーをすすめる。同じマンションに住んでいるとはいえ、最近はロビーではなく、家に入れてもらえるようになったぶん関係性は前進している、と思っている。

静緒は知らなかったのだが、百合子のインスタにはなんとフォロワーが五万人もいるらしい。むろん、そのほとんどが百合子の顧客ではない。彼女の華麗なライフスタイルやもちもの、訪問先の写真を楽しく見ているだけの、いうなれば彼女のファンだ。

「顧客というのはね、育てるものよ。いま十歳の少女も五年経てば化粧をするようになる。十年経てば母親になる子だって現れる。ただの小学生が、YouTuberデビューしてたった五年でセレブ予備軍になる。私が経営しているフィニッシングスクールに来るようになる」

百合子の事業は多岐にわたり、静緒はその全貌を知っているわけではもちろんない。しかし、男性・女性など性別関係なく、世界中でフィニッシングスクールを展開していること。そして、パートナーを望む富裕層のためのマッチングサービスを起業し、成功していることは知っていた。

コーヒーを飲みつつ、二人でクリスマスコフレを開封する。日当たりのいい南側の窓近くに並べ、インスタ用に写真を撮っていく。

「この前家を探していると言っていたけれど、鮫島さん、引っ越しするの？」

「いますぐじゃないですけど、いずれは」

「結婚するとか？」

「いえいえ、母と住むんです」

「あのね、私のお客さんで、良い人がいるんだけど」

「や、もう結婚は……、向いてなくて。ホントに」

　正直、だれかと出会い再婚する自分が想像できない。もちろん母はそのほうが安心するだろうが、一回目の結婚で静緒が傷ついた経緯を知っているので、あれ以降そういうたぐいのことを口にすることはない。

「そっかあ。まあ、昔はともかく。お金と友人さえいれば、……あとは健康であればわざわざ結婚する必要はないね」

「そうなんです。そう思います」

「鮫島さんは、友達も多そうだし」

「そう見えます？」

「じゃなきゃ、この歳でわざわざ家をシェアなんてしないでしょ。いっしょにいて心地良い人間だから、分かち合うが長続きする」

インスタ用の写真を何枚か角度を変えて撮り、コメントを添えてアップロードしている。すぐにいいね！が無数についた。

（分かち合うが長続き……、言うことがかっこいい）

心の中でいいねを押しながら、ブランドショップの紙袋を黙々と片付けていると、

「いまどき独身でいることはなんのマイナスにもならないけれど、お金を効率よく稼ぐには、タイミングが大事よ。運とコネクションは最大のセーフティガードになる。鮫島さん、いまの会社でもう五年でしょ」

「そうですが……」

「キャリアアップはしないの？」

静緒はぽかんとした。何故だろう。去年と代わり映えしないグレーのパンツスーツと、いつのシーズンのものだか忘れてしまったぐらい前に買ったバーバリーのトートバッグがそんなに見窄（みすぼ）らしく見えただろうか。

「最近、よく言われます」

「当然のことだからよ」

「そんなに、ですかね」

「そんなによ。高級メロンだって収穫時期を間違えたらただの生ゴミでしょ。そう思わない？」

バイリンガルの人のたとえは、ふだん聞いたことがないバリエーションに満ちている、と思う。

「私ね、鮫島さん。昔から頭の出来がそんなによかったわけじゃないの。顔もごく平凡だったし。幸運だったのは、学生の頃、あのころまだ日本がバブルの残り香があって、就職してすぐ会社のお金で海外に出してもらえたことと。英語を覚えて、NYで家をバンバン売った。ビルも別荘もセカンドハウスもね。ブローカーの資格をとって富裕層コネクションを広げて、あるときここよりもっとのびのびやれて、稼げる世界を知ったの。それが人間同士のマッチングサービスよ」

百合子の初期キャリアが不動産関係であったことを、静緒は初めて知った。とはいえ、スケールが大きすぎて黙って聞くことしかできなかったが。

「家を売ってると、ううん、家だけじゃなくて、あの時代はどんな業界でも女が出世すると男からの嫌がらせを受けるの。いまでいうセクハラなんて日常茶飯事。でもあるとき、家を売るために自分の体重をグラム単位で調整していることに、急に飽きてしまったのよね。アジア人差別もすごかった。今でもすごいけれど、いまの比じゃなかった。お客と家の話をしていたら、突然こう言われるのよ。『あなたはバナナかと思っていたけれど、いいとこクリームティね』って。なんのことかわからずに微笑んでごまかして、客が帰ったあと、同僚が激しく怒っていてようやく気づいたわ。肌の色について言われたことを。今だったらこう言う。興味深いたとえですねって。でも当時は、怒るべきときに怒ることすらできなかったの。不勉強のせい」

「不勉強、ですか」

「そうよ。だから考えた。自分が女でアジア人であることを生かせる、男からのセクハラとパワハラを受けにくい業界で成功するにはどうしたらいいか。それはね、マイスターになることだった」

結婚やパートナーシップを専門に扱うプロフェッショナルになれば、仕事で出会う異性はすべて客。しかもクライアントは似た国籍、ルーツを持つ相手を望むことが多い。マイノリティであることを生かすことが可能になる。さらに、家を買う人間がほぼ男性だったことと比べれば、婚活業界のクライアントは女性の比率が高い。

「仕事を仕事としかとらえなければ、自分を消費するのみ。でも仕事をうまく使えば、人生も上積みできる。鮫島さんは何度も業界を変えてるでしょう。だから、今の仕事はコネクション作りで、そろそろ次の畑を探しているのかなと思っていた。違う？」

なるほど、と妙に感心してしまった。百合子のようなスーパーバリキャリ人間にとっては、いまの静緒はキャリア形成の一環として外商部にいるように見えるらしい。

「それが、私、顔に出ないのですが、いつもいっぱいいっぱいなんです」

「いっぱいいっぱいなのはわかったけど、でもすぐ抱えた問題は解決するでしょう。

いっぱいいっぱいなのは、その都度いっぱいいっぱいいっぱい抱えるせいよね」

「そう……、なんでしょうか」

「まあ、回りくどいことを言う気はないの。だけど、いまのうちにもっと給料いいところに動いて、楽をすべきね」

「楽、ですか」

「欲しいものをがまんしないですむのは楽でしょう？」

百合子と話していると、時々桝家と話しているような気になるのは、相手がアクティブでファッショナブルなタイプだからだけではないらしい。キャリアを積めばそれ相応の対価を求めて動くことにためらいがないのだ。

「特にそういうことに興味がなかったら、よけいなこと言ったわね。忘れてね」

「いえ……」

こういうとき深追いせずにさっと会話を切り上げてくれるのも、桝家に似ている。

「今日はどうもごくろうさま。うちの頼まれもの、一日の最後にするの楽でしょ。また今度、おいしいお店にでも行きましょ。プライベートで」

静緒は頷いた。百合子の言うとおり、このまま直帰できるのは正直ありがたい。金曜日とはいえ、最近土日は佐村さんにつきあって学校の説明会、プレテストと外出することが多く、休みのないまま次の週になることもある。佐村さんからは相変わらず矢のようにメールが入っているし、十中八九お子さんの滑り止めの件だろう（模試という名の、これを受けていると入試の点数にプラスするという優先入試が存在する）。これが受験が終わる一月末まで続くと思うと、体力的にキツイ。

（最近、週末がないから、実家にもぜんぜん帰れてないなあ）

母にメールをしても、いつも元気だよ、とか、ベランダのトマトがとれすぎた、とか、平和な返事しか戻ってこない。あっちはあっちで元気にやっているようだ。

芦屋に住むための家を探していることと、同居の話をまだ母にしていないことが気にかかっていた。このままだと家に戻るのが正月になりそうなのだ。

（あ、でも今日は久し振りにまともな時間に戻れたから、できれば風呂で資料を読んで、それからお母さんの声を聞いてから寝たい）

家に戻っても、仕事とは完全に切り離されない。鞘師さんはヒアルロン酸で目の下に涙袋を作り、さらに顎を形成してフェイスラインをすっきり見せる方法を検討しているようだ。運動が嫌いなのでなかなか痩せられないが、思い切って断食道場に行くか、ラジオ波マシンを使って脂肪を溶かすか、注射で溶かすか迷っていると相談された。まったく専門外だし、知識も無いので返答に困る。

「お、珠理さんからメールがきてる。息子ちゃん、おっきくなったなあ」

静緒のもと顧客であり、関西一の暴力団若頭の愛人であった珠理は、いろいろあって内縁の夫と縁切りし関東の実家に戻っている。帰京してから産んだ息子さんの父親はもちろんその男だが、あれからいっさい連絡もとっていないらしい。必要であれば裁判所に接近禁止命令を申し立てるつもりだ、と強い口調で語った彼女は、以前、子供に満足な暮らしを与えてやれないのではないかと弱々しく泣いた人と同一人物には見えなかった。

『久し振りに実家に戻ってみたら、出戻りは私だけじゃなくてむしろ気楽だったよ』

奥多摩（おくたま）のなにもないところだけれど、敷地だけはあるので、使っていなかった祖父母の家を徐々に修理して、民泊でも始めようかと言っている。

月日は流れていくんだなとしみじみ思った。

では、自分も変わるべきだろうか。季節のように、なにもかもリフレッシュして時を刻み、新陳代謝を繰り返して、前へ。

（前、ってどっちだっけ）

上と、前は、どう違うんだろう。

夜、社用車を会社の駐車場に置いて、山の手の坂を上っていると、急に方向感覚が狂うことがある。

昔は、学校と家を往復するだけ。前を向くというのは、明日へ向かうことだった。明日は今日より確実に『おとな』に近付いていて、静緒は親のように、歳上の友人のように明日を迎えればいいだけだった。

いま、二十年近く社会で働いてきて、学生の時とはまったく違う、方向感覚の酔いを感じている。あのころは、前に進めるかどうかだけが心配だった。いまは――

(いまは、立ち止まることができる。できるから、選択肢が増えて迷うんだ)

進む方角は前だけではなくなった。いや、ほんの少し前まで静緒は学生の時と同じように、前だけ向いて突き進んできた。学歴がないので結果を残さなければならない。製菓の才能は無いので優秀な営業にならねばならない。片田舎のちいさなパン屋から、大企業である百貨店の契約社員へ。そして正社員、外商部へ。目標は明確で、迷っているヒマすらなかった。

いま、外商部で三年目を過ごし、結果と言ってもいい成果を少しずつ残している。静緒でないとと言ってくださるありがたいお客様も増えてきた。お客様は口コミがすべてだ。一人に尽くせば、必ずどのようなかたちであれ紹介がある。

ノルマである三千万円を越える月も多くなってきた。個人といい関係を結べれば、法人にもつながる。法人からの見返りは莫大だ。法人専門の外商部員がつくとはいえ、静緒の紹介であれば静緒の成績にもなる。

問題は、ここから先だ。

富久丸百貨店を抱えるF・Eホールディングス内で出世するためには、桜目かなみのように、政府の掲げる「女性活躍」のお題目に乗っかっていく必要があるだろう。むしろ、「女性客がほとんどの百貨店企業の重役がいまだにオッサンばっかりなんて、日本を代表する会社として恥ずかしくないんですか」と声も高らかにグイグイ出て行かなくてはならない。そうしなければ、出る杭は打たれる。手柄は横取りされる。それがいやなら、むやみに打たれないように「政府はこう言ってますけど」と建前で防御し、横やりをかわしながら、上にあがるしかないのだ。それが、静緒のこれからの「前」なのだった。

それがいやなら、道はふたつある。このまま平社員としてなにもせず、給料もあがらないままクビにおびえて暮らすか。あるいは転職するか。

自分がなにもできないとは思わない。なにもできない人に、百合子も桝家もキャリアアップしないのとは言わないだろう。静緒にはできることもあるし、まだ伸びしろもある。なによりの強みは、営業が好きなことだ。ものを売るという仕事がなにより も好きなのだ。日本は有数の職人やアーティストを抱えながら、宣伝・企画・販売ができる人間が少ないと言われている。営業といえば電話かけ、飛び込み、コネばかりを推奨して、人的資源を育てず切り捨ててきた。そのツケはもう色濃く現れている。ものを売れる人間がいないのだ。

静緒は営業が好きだ。宣伝も企画も大好きだ。仕事をふられれば、いったいどうすればモノが売れるかずっと考えている。飛び回るのも好きだし、学ぶことも好きだ。二十年も働いていれば、自分のような人間はあまり多くないこともわかる。

と同時に、このままでは自分の〝好き〟がだれかに搾取されるだけだということもわかっている。結果を出せば、一時的に査定が上がりちょっとプラスになったボーナスを受け取っておしまい、といういまの日本のボーナスシステムだと搾取と変わりない。

いずれ、人間は老いる。動きたくても動けなくなる時がやってくる。季節のようにまた一年経てばリフレッシュというわけにはいかない。昔のように動き回れず、昔のように徹夜もできずアイデアも浮かばない、それでも静緒はこれから老いていく体と心とともに生き続けなくてはならない。

静緒とて物知らずではないから、自分がキャリアアップするときの待遇についてまったく考えていないわけではなかった。桝家は冗談めかして一本と言ったが、実際ECのベンチャーやベンチャーへの出資会社へそれなりの誘いで転職すれば、まったく夢物語ではないだろう。

もちろん今の会社に止(とど)まるという選択肢もある。紅蔵への恩もある。百貨店という宝石箱への愛着もある。お客さんたちも好きだ。最近ではあれだけ苦手だった鶴さんのお宅へ伺うのがむしろ楽しみでもある。

けれど、ものを売れる人間ならば、まず自分を売れるはずだという思いもたしかにあるのだった。

（いままでは、目の前にあるタスクでいっぱいいっぱいだった。急に目の前に積み上がっていたものが消えたから、いろんなものが視野に入ってきただけ。じっくり考えればいい。すぐでなくとも）

一人で生きていくために必要な武器を揃えなくてはならない。動くのはそれから。

（まずは家だ。正社員のうちにローンを組まないと、三十五年ローンが組めなくなる）

その日も、夕食をとったらそのあとすぐに母の眞子に電話しようと思って、気がついたらソファで寝落ちしていた。金宮寺から預かった資料の中に、これはと思う物件があったのだ。

家を買い、転職するならこれからだ。大きく動くにしても小さく動くにしても根回しは必要である。

「明日は、赤根さんのお宅にヴィトンのバッグを持っていって、それから家に……、あ、なんかメールが入ってる……、だめだ、むり……」

また寝落ちした。

次の日は、コーヒーを飲む時間もなく、朝から電話にメールにと対応に明け暮れた。

「わかりました。本日必ず伺いますので。大丈夫です。……はい。失礼します」

電話を切って思わずため息をつく。こんな日に限って予定が重なる。

夜中の四時、静緒が寝ている間に、イラストレーターのＮＩＭＡさんから、牛肉を買ってきてくれという依頼が入っていた。明らかに様子がおかしかったので折り返し電話してみると、やはり牛肉は静緒に会うダシで、本当のところはなにを買ってもいいから今日中に相談したいことがあるのだという。

（なにかまた、弁護士の先生に言えないことでも起こったとか？）

こんなことで実家に戻っているヒマはあるのだろうか、と考えつつも、この様子から断りづらく、夕方伺いますと返事をした。なんだか春先から、実家に帰ると連絡した途端に仕事で帰れなくなることが続いている。

店に出勤し、テイクアウトした銀コーヒーのカフェラテ六つのトレイを持って八階にあがる。思った通り桝家がいたので、デスクの前に置いてみなさんもどうぞと声をかけた。

「なんだなんだ、俺が買ってこようと思ってたのに、悪いなあ鮫島ちゃん」

とか言いながら、邑智がコーヒーチケットの綴りを押しつけて去った。今日は締め日が近いので、ほかの外商員たちも心なしか顔に気合いが入っている。

（年末は催事も多いし、売り時だ。私もペルシャ絨毯の一枚くらいは売りたい）

溜まっていた領収書を整理して経理に提出したあと、かねてより打ち合わせ済みだった各ブランドから商品をお借りして赤根さんのお宅へ伺う。カートの上に山盛り積んでの大移動になった。

阪急夙川と苦楽園の間は昔から続く屋敷街で、いまでも敷地の広い邸宅がたくさんある。赤根家もそのうちのひとつだ。来客用と、お勝手と、家族用の入り口がそれぞれ別で、母屋こそ近代的で天井の高い今風の作りだが、阪神・淡路大震災を乗り越えた日本家屋の離れや漆喰壁の蔵もいまだ健在である。

お手伝いさんに手伝ってもらって、合流したジュエリーマキノのスタッフさんと三人がかりで荷物を屋敷の中にいれた。

「わざわざたくさん運ばせてごめんなさい。お義母さんが、咲都子にどうしても買ってやりたいから外商さんを呼べって」

赤根家の奥様が、わざわざ正式なほうの門を開けて静緒たちを待っていてくださった。昔から外商はお勝手があればお勝手から出入りするという習いがあるのだが、いまはそういうことを細かく言う方も少なくなったし、そもそもお勝手のある家も多くない。

その日は平日だというのに娘さんが珍しく在宅だった。離れで暮らす八十五歳のおばあちゃまが、アドリア海行きご縁旅行でよい出会いのあった末の孫に誕生日プレゼントを買ってあげたいということで、ヴィトンだけではなく、ティファニーやブルガリ、シャネル、ジョージ・ジェンセンといったハイブランドを持参し、昔ながらの外商売りが行われた。

「ほんとうは私がね、お店まで行ければよかったんですけどねえ」

去年肺の手術をしたという大奥様は、本来なら入院していなければならない状態なのを、この歳になって老い先を延ばしても意味が無いと、強引に退院して自宅療養を続けているのだという。

「どうせ私が死んだらね。相続税でがっぽり国にもっていかれるのよ。今のうちになんでも買うたらええの。咲都子なんてこれからいっぱいおしゃれしなあかんのやし」

戦後、焼け野原になった神戸で酒造りを再開し、荷車を引きながら財を成したというおばあさまが貫禄たっぷりに言った。

「外商さんでものを買うのなんて、着物以来やねえ」

左慈家の次男さんとおつきあいをされている次女の咲都子さんは、普段は近くの病院で薬剤師をされている。今日はお祖母さまの意図をくんでわざわざ休みをとったようだった。

「お姉ちゃんもおらんのに、なんか悪いなあ」

「いっちゃんは自分で買うからええの。今日は咲都子のために富久丸さんに来ていただいたんやからね」

咲都子さんの三つ歳上の姉は、赤根家の家業である酒造をはじめとしたホールディングスの役員をしていて、いまは化粧品部門の代表だ。こちらの方も富久丸百貨店のよいお客様である。

「まー、なんだか懐かしいわ。お母さんが若い頃はみんなMCMとかプリマクラッセとか持っててね。ヴィトンのモノグラムもね、とっても流行ってたわよ」

「お母さん、いつの時代の話をしてるんよ」

「いつの時代って、ヴィトンのモノグラムはいまでも売ってるやない。お母さん、欲しかったけどお友達がみんな持ってたから。でも今は模様が大きいのね」

奥様もあっけらかんとして良い方だ。こちらは経営している幼稚園の理事長をされているだけあって、普段はあまりブランド品だとはっきりわかるバッグは持たれないのだという。

「全体的にどのブランドでもビッグロゴが流行っていますね。こちらのモノグラムのビッグロゴ柄も昨年から大変人気です」

「久し振りに、お母さんもヴィトン持とうかなあ」

「BURBERRYはロゴが新しくなりました。セリーヌはデザイナーが変わってこのように。グッチも、オールドグッチ柄のリバイバルラインが人気です。奥様のように、久し振りに持ってみたいと思われる方が多いのかと。お若い方には、日本でもバレンシアガで火がついた、シンプルにブランドロゴだけをプリントしたキャンバストートが流行っているようです。BURBERRY、シャネル、ドルチェ&ガッバーナ、このあたりですね」

持参してないものはiPadで見せていく。

「どれにしようかなあ。仕事に持って行きたいから、トートバッグがいいかなあ」

「咲都子さまにオススメしたいのが、こちらのティファニーのトートです。ティファニーブルーにロゴのシンプルなレザートートですが、ティファニーしか出せない色ですし、あまり人とかぶらないかと」

「ほんとうだ。素敵。ティファニーの箱の色だ。これ、かわいいね」

静緒と歳が近いのもあって、お持ちしたラインが好みにあったようで内心ほっとした。

ヴィトンのビッグモノグラムのミニボストンに、ティファニーのトートバッグ。それにヴィトンのマフラーと、BURBERRYのストール。スマートフォンケースは、おつきあいをされている左慈家の次男さんとお揃いにするんだとか。

「もっと買いなさい。もっと選んだらええ。ほかにないのんか。ばあちゃんが好きなもん買うたるから。バッグも、もっとよそいきの、買うたらええねんよ」

　まるで駄菓子屋で三時のおやつを選ばせるように、あれもこれもと大奥様は孫娘を煽る。

「ほんなんやったら、次は宝石にしよか。外商さん」

　促されて、まってましたとばかりに専門の宝飾店スタッフがダイヤの入ったケースを並べ出した。静緒は店から借りてきたヴァンクリーフ&アーペルとブルガリのネックレス。

「ええっ、おばあちゃん。これほんものやん」

「ブランド品がええならそうしなさい。カルティエとか、ブルガリとか頼んであるから」

「そんな高いもの、普段使いできないよ」

「あんたももうええ歳なんやから。ええもん着てつけなあかんの。それに、相手さんはあの左慈さんやろ」

「そんな。健介さんだって、ユニクロ着てるときもあるのよ。カルティエなんてつけていけないよ。落としたら恐いよ」

　一口にお嬢様といってもいろいろだ。ほんとうに限度なくカードを使いまくる人もいれば、親に買ってもらわないと自由にできるお金がない人、咲都子さんのように本人がそこまで興味が無い人もいる。そもそも生まれたときから良いモノ、値の張る物に囲まれて暮らしていると、見慣れているせいか特に欲しいと思わない人も多いようだ。そのかわり、彼ら彼女らは留学や学校など、教育費に驚くほどのお金をかけてもらっている。

「左慈さんにもなにか買うていったりなさい。おばあちゃんからやってゆうたらええから」

「もうええって、おばあちゃん。いっぱい買ってもらったから。それに健介さんはふつうの会社員やから。お兄さんと違うから。わたしも薬局にいくだけやのに、すごいバッグいくつもいらんって」

「左慈さんのとこのボンが会社員なわけないやないの。そのうち社長になりはるやろ」

「そんなんわからへんから。わたしら、ふつうにつきあってるだけやから。マクドだって行くんやから」

お相手の左慈家は、日本でも知らない人間はないほどの世界的有名電機メーカーの創業者一族である。とはいえ次男である健介さんは、あまり家業に興味がないらしく、小さな老舗の絵本専門出版社で編集をしていると聞いている。

畳の上にずらっと商品を並べて、ああでもないこうでもないとおしゃべりしているだけで、あっという間に時間は過ぎていった。

結局、その日はたった一日でマンションが買えるほどのお買い物をしていただき、この一年でも三本の指に入る大商いとなった。

最後は大奥様が、よくぞこの孫娘によい縁談を持ってきてくださいましたと、分厚い封筒を静緒に差し出すのをなんとか押し返し、辞退して、這々(ほうほう)の体(てい)で逃げ出すように赤根家をあとにした。

「すごかったですね、今日は」

ジュエリーマキノの顔なじみのスタッフさんが、お屋敷を出たとたんほうっとため息をついた。

「いつもこうだとばんばんざいなんですけど」

「ねえ」

「こんな日は、もう仕事は終わらせてさっさと一杯やりたくなります」

「ほんとですね」

きっと、大奥様にとっては最後の未婚の孫。かわいい末の孫娘のためになんでもしてあげたかったのだろう。ましてやいつ急変するかわからない体調を抱えていれば、しゃんとしている間に祝ってあげたい、やれることをやってあげたいと思うのも無理はない。

なにも売れずに、持ってきたものをすべて引き上げる日もある。今日のように、持ってきただけのかいがあった日もある。マキノのスタッフさんは最近ではめずらしい満面の笑みで会社へ電話すると言って足取り軽く帰っていった。

店に戻り、売れなかった商品を丁寧に礼を言って戻した。ありがたいことに借りてきた各ブランドからはなにかが売れていたから、店をあとにするときは店長が見送ってくれた。

「すごいですね。今日は出ましたね」

静緒の後に外商部に配属された後輩たちが、三百万のロレックス、二百万のヴァンクリ、百万のヴィトンのゴールドペンダント、その他バッグや靴やらで総計一千万の明細をのぞき込んでは、あやかりたいと手を合わせていく。

気分がいい。体温が上がる。血流がよくなっていくのを感じる。モノを売るという仕事は、ただただお給料分を稼ぐというだけではない、商品を開発し、作り上げたすべてのクリエイターに対する奉仕であると思っている。売れるからこそ、次がある。静緒はこのためにこの仕事をしているといっても過言ではない。

こんな日に、ちょっと贅沢なデパ地下のお惣菜を買って、満面の得意顔で実家に帰れたらどんなによかっただろう。母相手ならどんなに自慢してもさしさわりないし、静緒がなにを言っても笑って、「あんたはいっつも働きすぎやで」そう言って、何十年も変わらない味のごはんを作ってくれただろう。

なのに、いまから静緒はもう一件、仕事に行かねばならない。

一日で一千万売るのも仕事なら、定時後に出かけるのもまた仕事だ。いつの日かの一千万に繋がるよう、静緒は自分の時間を投資する。

『今日、ちょっと遅くなるかもしれないけど、そっち行くね』

母にメールをした。母からは、無理しないでもいいから、手ぶらでいいからと返事が返ってきた。


明治四年創業の大井肉店は、神戸で最初に牛肉を売り出した老舗であり、現在では世界名だたる神戸ビーフの元祖だ。当時テラスとステンドグラスをはめ込んだ窓が印象的だったという白いモダンな店舗は、いまでは明治村に移築されレストランとしていまだ現役である。

NIMAさんはここの牛肉が好きで、いつもすき焼き用を十枚注文する。今日は二十枚欲しいと言うのでたくさん買い込み、芦屋浜のペントハウスを訪れた。予想したとおり、すき焼きの準備が整っている。

「ごめんね。呼びつけて。せっかくだから食べていってね」

「いえ、……どうかされましたか」

ＮＩＭＡさんの担当をするようになって以来、ＮＩＭＡさんの家以外ですっかり牛肉を食べなくなった静緒である。

「じつはね、あのことなんだけど」

と、彼女がグラスに注いでくれるニュートンも、Zalto社のデンクアートと呼ばれる、世界一ワインをおいしく飲めるよう、地球の角度に合わせて作られたという（静緒もよくわかっていないが、あの百合子さんも買っていたのでワイン通のみなさまにはさぞかし良いものなのだろう）ワイングラスも、静緒がすすめたものだった。

気がつけば、ソファにクッションにランプにと、静緒とともに店でお買い求めになった家具などが目に付く。

（インテリアにブルーと金が多いのは、ＮＩＭＡさんが自分を守るために無意識に選んでいるんだろうな）

「あのね、弁護士さんから連絡が来た」

「はい」

「Ａ林、クビだって」

すき焼き鍋からたちのぼる蒸気の向こうで、表情ひとつ買えずＮＩＭＡさんが言った。

「急展開ですね」

「社長が問い詰めたら、あっさり認めたって。まあ内容からしてごまかしようがないからね」

豆腐に糸こんにゃくにはくさい。白飯はなし。砂糖は使わず蜂蜜と醤油で味付けする限界低カーボすき焼きは、口に入れた途端肉の概念をひっくりかえして、柔らかく甘くスイーツのように溶けた。

「すいません、コメントしたいんですけど、ちょっと待ってください。いま……」

「ごめん、肉を味わいたいよね。私も食べる」

「何回食べても衝撃で」

「わかる。世の中には無数の動物がいるのに、なんで牛肉だけがこんなにおいしいんだろうって、いつも思う」

黙って何度も頷いた。完全なる同意しかない。

ふたりしてはあはあふうふう言いながら一回目の鍋を空にして、ワインを流し込んで一息ついた。

「それでね。あのアカウントは消したみたい。A林と社長が謝りに来たいって何度も言ってきたらしいけど、断った。会うのも苦痛だし、時間の無駄じゃない？　だって許せないし」

「そうですね。あれだけしんどい思いをされたんですから、無理にお会いにならなくてもいいと思います。なによりNIMAさんのメンタルが大事です」

「うん。それで、会わないし許さないって言ってたら、向こうがこんな書類出してきた」

iPadを手渡された。会社側の顧問弁護士からPDFで送られてきた、謝罪文だ。

「示談金二十万払って、A林もクビにするからそれで手打ちにしてくれって」

「なるほど」

「だけど、ちょっと問題があって。それ、日本語が変なの」

「日本語が、へん？」

「文章が変なの。日本語がおかしい。弁護士が作ったとは思えない」

言われて読み直してみた。たしかに、なにを言いたいのかよくわからない文章ではある。

「M先生曰く、弁護士もピンキリで、変な文章書く人もいるって。だからこっちで訂正したものを用意しますって」

「M先生も大変ですね」

「うん。それより問題はね。その謝罪文が謝罪文になってないのね。『うちには法的責任はありません』って書いてあるの」

「書いて、ありますね……」

「道義的責任はあるけど、法的責任はないって強調されてるのね。先生たちが言うには、道義的責任であろうが法的責任であろうが、特に大きな意味はないってことなんだけど、……なんだか感じ悪い」

鍋の加熱を消して、くったりと甘く染みたタマネギや水菜を溶き卵の中に引き上げた。NIMAさんは、目で静緒に「いけるか？」と問うてくる。いける。いけてしまう。

うどんが投入された。

「示談金の金額はともかく、相手に誠意が感じられないのは辛い。自分たちも中傷されたとか、言い訳ばっかりなんだもん。こんな仕事相手だったのかとがっかりした。前々から作品に愛を感じなくて、お金もうけのことにしか興味ないんだなって思ってたけど、取り繕うこともしないのかと思うと、急に頭の中がスッて冷めた。こんなところに預けるの、私のキャラクターがかわいそうだなって」

この日本語がめちゃくちゃで責任転嫁臭しかしない謝罪文を受けて、NIMAさんは弁護士の先生方とよくよく話し合ったそうだ。いままではだれかわからない相手から攻撃を受けている恐怖と、投げつけられる暴言にひたすらおびえていただけだったのが、弁護士の先生と相談することによって冷静さをとりもどした。そうすると、いままで恐い、辛いばかりだった心に、自然と怒りが芽生えてきたのだ。

「この会社は、B&Bプロモーションって言ってもともと映画とかを製作してたんだけど、最近の声優ブームにのっかって、声優プロダクションやレッスンのビジネスをはじめたの。それで、自分のところで育てた声優を使えるコンテンツを探してて、それでうちのキャラのグッズを出していた会社さんのすすめで、イベントやショーを作るようになった。作るっていっても、実際は下請けの製作会社が作るから、主催はお金を出してるだけ。それがだんだんもうかることがわかって、関わっていた会社をひとつひとつ製作委員会から追い出して、利益を独占するようになったの。ま、そういうことといっぱいあるし、私も最初の頃はなにがなんだかわかっていなかったから、はいわかりましたで済ませてたんだけどね」

華やかな東京のショービジネスの世界は、田舎で引きこもってイラストを描いているだけだったNIMAさんには、想像も付かない世界だったのだという。

「昔のことはもういいの。だけどね。今回のことでいちばんおかしいなって思ったのは、A林がぼろかすに悪く言っていた、主人公の役をやっている声優さんにも、会社として謝罪をしなかったこと」

「NIMAさんの名前が出ている作品で重要なポジションを演じられているんですよね」

「そう。下手すると本人の耳にも入っていることなのに、事務所に謝りにも行かない。あくまで、A林が個人的にやっていたことだから、会社としての責任はないで通したいみたい。でもそんなのさ、信頼関係にヒビが入るでしょ。そしたらショーのクオリティにひびく、ファンのひとたちに不誠実だと思う。だから何度も、きちんと謝罪したほうがいいって申し入れたけど、私には謝るけどそれ以外のことは関係ないから口出しするなの一点張りでね」

うどんが煮えるまでの間、たちのぼる湯気を挟んで、NIMAさんが言った。

「リスクマネジメントがしっかりしてないところと、恐くて仕事なんてできない」

「そうですね。そう思います」

「もし、あのアカウントがファンに見つかって炎上していたらどうなったのか……。これからもしかしたら炎上するかもしれない。オープンアカウントだったんだから、だれかがログを残しているかもしれない。いつだって掘り起こせるし、いつだって炎上させられる。いまの世の中、こういう仕事をする上で一番大切なことなのに、肝心の火消しをするだけの知識も、手段も、想像力もない。もう無理だと思った」

いいかんじにうどんが仕上がったようだ。NIMAさんはトングを決意するように力強く摑(つか)んだ。

「だから、もう一緒には仕事をしないことにした」

器に盛ってある大きなたまごのうちひとつを手に取り殻を割る。NIMAさんはいままさに自分の殻を割って、一人で抱え込まずプロを雇うという成長を見せた。そして、割れてしまったたまごはもうもとには戻らない。信頼関係というものはそういうものだ。

偶発的に起こる事件を、完璧に防ぐことは難しい。だから、起こってしまったあとどう謝罪するのか、そのタイミングや内容を普段から意識しておくことがとても重要である。少なくとも、接客業をしていれば、自ずと身につくスキルではあるのだが……。

「M先生にお願いして、もう条件はそれでいいから、来年決まってた仕事は白紙にして、提携終了を申し入れた」

「はい」

「そしたら、向こうが突然、弁護士を変えてきた」

「……はい？」

たまごにからめた茶色いうどんがつるんと喉を滑り落ちていく。飲み込み、水も飲んでNIMAさんの顔をじっと見つめた。

彼女は、問答無用にトングでガッとはさんだうどんを、静緒にすすめながら、

「いきなり、主張も変えてきた。『うさチュウとねこくまねこ』も『コーディネイト』もNIMAの作品じゃない。B&Bプロモーションが作ったって」

『コーディネイト』、というのはNIMAさんがデザインしたキャラクターたちの暮らす国があるファンタジー世界のことである。ファンの中では「コーデ」の愛称で親

しまれている。

「……そんなばかな」

思いもよらない展開に、さっきまでの極上の肉の味もふっとんだ。

結局、またしても実家に帰り損ねた。

いつものことだと母は笑って流してくれたけれど、こう帰る帰る詐欺が続くと、単なる親不孝を通り越して信頼関係に支障が出ているのではという気がする。

（ああ、働いているなあ。働いて、働いて、なんにも進歩していないまま、時間だけがすぎていくなあ）

昼に会議があるというので、三十分ほど時間ができた。二時間あれば実家に帰って顔を見て帰ってこられるのに、中途半端な時間ほど点在するものだ。そんな日は、「銀コーヒー」でカフェラテを買って屋上に上がり、今はもう動かないメリーゴーランドを見る。

コーヒーを飲むたびに、仕事をしている自分と、仕事しかしていない自分を実感する。なんだろう、この感覚。昨日もおとといも、一ヶ月前も、へたしたら一年前もこんなふうに思っていたような。

母の顔、もう三ヶ月以上見ていないな、と思った。

カフェラテの湯気の向こう側に見える、そのうちに撤去されるけれど、撤去する費用が惜しいのでそのままになっている大型の遊具たち。まだ使えるので、どこかに引き取ってもらいたいと本部は考えているらしいが、大型遊園地まで次々に閉園しているこのご時世、回転木馬の行き先などどこにあるだろう。

いつかは消えてなくなる。ものもいのちも。

カフェラテの苦みが、肩の辺りにたまった疲れにじわりと広がって、もうちょっと動けよ、と活をいれてくれる。不思議なもので、いつもと同じソイバーとカフェラテの遅い昼食でも、こうして好きな場所で食べていると味がまったく違う。ここは思い出の場だ。父と母と電車に乗って出かけて、八階の大食堂で旗のたったオムライスを食べた。ステンレスの食器でガラスケースの中に並んだ、いかにも作り物のメニュー見本。背伸びして頼んだクリームソーダのグリーンがなんて綺麗に見えたことだろう。

あのとき、父はいつもビールだった。車で出かけない日の父の唯一の楽しみ。母は何を食べていただろう。全然記憶にない。いつも自分の隣に座っていたから、静緒は父とクリームソーダばかりを見ていて、母がどんなものを食べて、どんなものを好きだと言っていたのか覚えがない。

一人っ子だったから、とにかく大事にしてもらったと思う。自分を産むときに母が難産で二人目を諦めたことを、ずいぶんあとになってから知った。静緒がまだ結婚していたころ、妊活を打ち明けると、自分の体質が遺伝しているのではないかととても心配していた。母のように妊娠後期で胎盤剥離を起こすと、運が悪ければ助からないこともあるのだ。

あのころは何も知らずに、子供が欲しいという元夫と夫の家族に促されて、ひたすら妊活に励んだ。自分も子供が欲しいと思っていたのか、それとも望まれていることに応えたいと思っていただけなのか、いまはもうわからない。

ただ、あのとき、子供だけでも生まれていたら、母のためになにかできていたのではないかと考えることはある。流れてしまった子が元気に育っていたら、たとえ離婚していたとしても、きっと母は喜んでくれただろう。静緒は葉鳥のすすめるまま、桝家と芦屋暮らしなど考えもせず、あの新長田のマンションで、親子三人で暮らしていただろう。

意味のないことを延々と繰り返し考えてしまう。それとも、今でも望んでいるからだろうか。静緒は子供を強く望んでいるわけではないし、パートナーを探してもいない。今の仕事は休みがないけれど充実していて、自分ののびしろも感じている。シェアメイトの桝家との関係も良好だ。友人もいる。家を買うという目的もある。

ただ、それだけでは母を幸せにできないと、頭のどこかで考えてしまうのだ。本人に聞いたわけでもないし、母はなにも言わないけれど、つねに罪悪感がある。こんな自分で申し訳ないと感じてしまう。

結婚して子供をもって、親に孫を抱かせて、家をもって、経済的に安定すること、すべて古い時代の価値観でしかないのに、自分でも驚くぐらいに縛られている。頭では、結婚も子供も、それがマストではないとわかっていてもなお、どうしても罪悪感が影のようについてまわる。なぜなのか。どうしてリフレッシュできないのか。

ポンコツな自分が腹立たしい。

(芦屋に家を、なんて思ったのも、孫を抱かせてあげられない埋め合わせをしようとしてるだけかもしれない。ほかのことでがんばったことを認めてもらい、それ以外のことを諦めてほしいと……。母は芦屋に引っ越してきたいなんて思っていないかもしれないのに)

昼の休憩後、特に芦屋の顧客へとバイヤーが用意した新商品の説明があった。静緒がリクエストしていた高級美容電化製品もいくつか用意されており、『アイアンマン』のヘルメットのようだと男性にも受けていた。

これからは特に美容と健康の時代だ。そして、この分野の商品はアップデートが早い。次々に新商品が登場し、単価もそこそこ高い上、性別関係なく需要があり年齢層も幅広い。とくに最近は独身男性富裕層への高級美容商品、高価格帯美容電化製品市場が熱いのだ。

「唯一無二のものより、健康と美容の時代ですか」

企画室の責任者である堂上満嘉寿に声をかけられた。

「健康と美容は、いつの時代もいい売れ筋かと」

「そう。そして同じ口でサシの多い神戸牛を売り、ワインを売る」

堂上は笑って、会議で余ったミネラル水のボトルを放って寄越した。

「いやー、売れましたね。LEDヘッドマスク。鮫島さんのオススメはいつも売れるな」

「いつもじゃないですよ」

いま韓国で大ブームの近赤外線美顔ヘルメットマスクのことは、ずいぶん前から韓流ドラマ好きのお客様の間で話題になっていた。ひとつ三十万ほどするため、庶民には手が出しにくい値段だが、これは日本の富裕層にも十分通用するのではないかと考え、企画会議で名前を挙げてみたのだ。

「ただ、これから日本は高齢化社会になって、家で介護をせざるを得ない方がもっと増える。高級老人ホームすらいやがる人も多いですから。お金があってもエステにも行けない。育児中の女性もそうだし、ハンディキャップのあるお子さんの面倒を見なければならない人も多い。それにこれだと、男性も家で使用できます」

百個仕入れてGWの特選五月会で即完売。追加販売もおいつかない売れ行きで、美容機器専門チームが急遽できたくらい、ちょっとした騒ぎになった。

「この前の御縁プロジェクトも、いい結果らしいですね」

「ありがたいことです。こればっかりは運なので」

ただの挨拶がわりの立ち話だと思っていたのに、彼が話を続けようとする。急にフッと堂上が顔から力を抜いて言った。「鮫島さんは、モノを売るというよりは、気遣いやさしさを売っているんですね」

「えっ」

突然妙なことを言われて、静緒も仕事用にとりつくろった表情が崩れた。

「いやいや、なんか語弊があったらすみません。うちに来てからもずっとヒットを出しているし、どうしてそんなにいろいろ売れるものを思いつくんだろうって、貴女に注目していたんです」

「注目……」

「売るって、いろいろあるじゃないですか。力尽くで在庫を捌けるときもあれば、仕込んで仕込んで手堅くすすめることもある。僕はそういうのがわりと得意なほうなんです。派手に宣伝してモノの値段ひとつはそうでもないけど、とにかく宣伝効果のほうが大きいとか、モノ以外の売り上げで利益を出すとか、仕掛けってやつですね」

静緒が知る限り、堂上は本店でも抜群の結果を出している仕掛けの名人だ。それを評価されて若いころから海外に出されてきたし、交友関係も広く、なにより社内に敵が少ない。

（堂上さんは、きっと『自分とつきあっていればトクだよ』という雰囲気を出して、徹底的に敵を作りにくくするやり方で社内政治をくぐりぬけてきたんだろう）

そう静緒は勝手に解釈している。彼の柔軟性は、悪くとられれば八方美人だ。派閥や身の置き場にこだわる日本の企業内において、八方美人と思われたまま生きぬくのは難しい。その一番難しいやり方を彼は成功させている。北海道フェアのたびに百万個単位で売り上げをあげる商品を出すのは至難の業だ。いまでは他店でも北海道物産展は必ずやる。その中で、切り口を変え、あるいは過去に売れていたが飽きられてしまった商品のリブランド化まで手がける。外商の企画室に移っても、すぐに億を超える絵画を買い付けて売ってしまう。

柔軟性のプロ、と彼を呼ぶ人もいる。どこの部署へ行っても結果を出すので、いまやだれも彼も堂上を排斥するより、自分の味方にしてしまったほうがいいと考える。異動が早いのも彼の特徴だ。どうせ二、三年で別の部署に行くのなら、その間に役にたってもらおう、と上役たちは考える。

彼自身、そこまで自分を作り上げるのは大変だったのではないか。むしろ自然にやれていそうな雰囲気すらあるのが、この堂上満嘉寿という人物の恐いところだ。

「僕は、自分でこざかしい人間だとわかってます。いますごくうまくいってる高級ランジェリーラインだって、鮫島さんがおじさんたちの嫉妬で諦めた企画だし」

（おじさんたちの嫉妬）

ストレートに言うので、思わずここが会社だということを忘れて笑ってしまった。

「ま、そういう僕もおじさんなんですけど。バブルの恩恵を受けてないから、貧乏くじひいた世代ってことで。どうしても上のバブルぎんぎらおじさんたちの視線と心象を気にしながら生きてきたから、いいこちゃんが身についてしまってて、自分でもつまんないやつだなと思います。人の手柄を横取りしたりして」

「どのみち、あれは私じゃ実現不可能だったから、横取りもくそもないんですよ」

静緒の思った以上に高級ランジェリーラインをすすめてしまったことを堂上が気にしているのが不思議だった。

「私、あんまり顔に出ないから余裕ぶって見られますけど、実はすごく必死なんです。今回も言い出しっぺのくせにうまくいかなかったらどうしよう、次こそクビだってビクビクしてます」

「だけど貴女の提案から生まれるヒット商品って、〝仕掛けて〟ないんですよね」

「……そうです。あるものを売ってるだけですよ」

御縁プロジェクトも韓国の美容機器も、そこだけが一人歩きしているけれど、めったにあることではない。静緒だってほかの外商員と同じく、平時はワインと牛肉を売り、寒くなると布団を売る。今だって、ハンガリー産マザーホワイトグースの布団を売り歩いている行商人のようなものだ。

「今回だって、韓国の美容機器のことをお客さんから聞いて」

「その、お客さんから聞いて、が大事なんじゃないかな。と僕は思ったりするわけです。みんながみんな、お客さんから情報を得られるわけじゃないから」

　はあ、と静緒は生ぬるい返事をするしかなかった。評価されて悪い気はしないが、堂上は静緒のことをかいかぶりすぎである。

「僕は仕掛けて仕掛けて売る。貴女は心を尽くして情報を拾い上げて、前へ押し出す。同じ売るでもぜんぜん違う方法で、外商部に所属している。それがおもしろいですよね。僕は、仕掛けて売る人はたくさん見てきたんですが、鮫島さんのように一見運が良いだけの、ツキすぎているだけのように見える人のほうが、実は独自のスキームを作り上げていて、結果的に大きなことを手がけられるのではないかなと思っているんです」

　そんなすごいスキルの持ち主ならば、この歳で家を買うのに四苦八苦していない、という反論が喉まで出かかった。

「鮫島さんは、きっと外商じゃなければないで、百貨店じゃなければないで、どこででも、与えられた場所で花を咲かせられる人に見えます。家まで売っていたし、城も売れそうじゃないですか」

「まさか」

「だから、あなたの本質はコンサルなんじゃないですかね」

ぽかんとしている静緒に、かっこよくスーツを着崩しつつ、ビジネスの場に立てるラインを知り尽くしている男は、さらっと秋風のように笑って時計を見、

（オーデマ ピゲのミレネリーだ。堂上さんでも、ああいうアンティーク時計の裏っかわみたいな機械機械したデザインが好きなんだな）

と、時計を値踏みしている静緒に向かって、

「僕、鮫島さんを売りたいんですよ」

無茶苦茶なことを言って、エレベーターフロアのほうへ颯爽と歩いていってしまったのだった。

「なに言ってんだ、あの人」

間髪入れずにショートメールが飛んできた。

『というわけで、ごはん行きましょう。子供の運動会も終わったんで、僕はいつでも。あ、修平は今回ヌキで』

上品な世界で生きてきた人は、皆あんなにも自分の考えを読ませない訓練でもするのだろうか。思えば桝家の母親も、どこか堂上と似た雰囲気がある。

（あれで桝家は、すぐ顔に出るから、とりつくろえないところが憎めないというか、かわいいんだよね）

あの桝家のかわいさを、ぜひ桝家の好みの男性に気づいてほしいものだ、と静緒は常々思っている。最近出張で、ちょっとした神社仏閣に立ち寄ることがあれば、彼の分までついでに願い事をしてしまうようになった。

人間、二年もいっしょに住んでいれば関係値も変化するものである。

（次は、なにをしなければならないんだっけ……）

手帳を忘れたとき用にこつこつ付けている仕事用TODOが、次は地下の食料品売り場に行って、なにかおいしいものを仕入れて、南芦屋浜のNIMAさんの自宅へ行くことを静緒に思い出させた。

これから、二人でまたもや元町の弁護士事務所に乗り込むのである。

「ようするに、コーデのすべては俺たちが作ったって、向こうが言い出したの」

ミニクーパーで国道四十三号線を西へ突っ走りながら、NIMAさんが言った。

「今日は長期戦になるかもしれないから、いまのうちにおなかにいれておいてね」

「了解です」

毎日昼ごはんはソイバーだとうっかり漏らしてしまったため、NIMAさんが芦屋のサンドイッチといえばここと、すごいボリュームでぜったいこぼさずには食べられないPAN TIMEさんのサンドイッチを用意してくれていた。静緒が購入したローストビーフは、いつかの夜食になる予定である。

「作ったもなにも、名誉毀損で謝罪するという話のはずでは？」

「それが、どうもだれかに知恵をつけられたのか、弁護士まで変えてきた。主張を変えるためだろうと思う」

スマホ片手に検索すると、今まで顧問をやっていたほぼ無名の弁護士よりは大きい、派手にプロモーションやってるベンチャーの事務所のようである。サイトを見ても圧が強い。

「鮫島さん、知ってる？」

「いいえ、東京のことは詳しくなくて」

ＮＩＭＡさんが言うには、そのベンチャー法律事務所から、新弁護士着任の知らせと同時に、そもそもすべての『コーディネイト』作品は自分たちが作ったものであるから、合意書案に著作権に関する項目をいれるつもりはない、というＦＡＸが届いたのだという。

「ＦＡＸですか⁉」

「うん。うちにもＦＡＸのＰＤＦが送られてきた。意味わからないよね。最初からＰ

DFでいいと思うんだけど……」

いまだにお役所がFAXにこだわっていることは知っていたが、まさかベンチャーの弁護士事務所までFAXを活用しているとは思わなかった。

「二十万払うのは、名誉毀損のおわび。それとは別に、もう来年の仕事を白紙にしてほしいっていうほうがひっかかったんだろうね」

「つまり、会社側はやめたくないと」

「いまはイベント収入で成り立ってる製作会社だからね。そういう会社はどこもグッズを売って物販で利益を出す。有名なミュージシャンやバンドがテレビに出てこなくなったでしょ。あれは、ライブのほうが利益率がいいから。一度名前が売れたら、無理してテレビに出なくても、ツアーをやるだけで十分やっていける」

「そういえば、私がもっと若いころは、いまより音楽番組がもっとたくさんあった気がします。いつのまにかなくなりましたけど」

CDの売り上げがミリオンセールスを記録することもなくなり、皆YouTubeで音楽を聴くようになった。テレビは年々視聴層の年齢があがり、若者は芸能人ではなくYouTuberに憧れと好感をもつ。広告と宣伝のメインであったテレビCMは徐々に影響力が薄れ、数十万数百万のフォロワーを持つインスタグラマーのあげるたった一枚の写真のほうが販売力があることも少なくない。

ＮＩＭＡさんも、新時代のクリエイターの一人だ。会社に属さず、ツイッターというつかのＳＮＳだけで作品を発表し続けている。そして、彼女が描くキャラクターが商品になり、ロイヤリティが収入になる。

思えばあれだけのフォロワーと顧客を持つ彼女が、いままで会社も作らず、顧問弁護士もおかずにフリーランスとしてやってきたことが不思議でならない。

「信じられない。私が描いたキャラクターやお話まで、都合が悪くなったら自分たちのモノだって言い張って盗むなんて。どうしてそんな主張ができるのか、理解できない。だって、私のパソコンには、古いタイムスタンプのままの下書きや、ラフや、色違いバージョンがたくさん残ってるんだよ。私がペンタブで描いた。まちがいないの。なのに、なんで？」

運転しながら、彼女がぽろぽろと泣き出したので、静緒はぎょっとした。

「あの……、運転代わりましょうか？」

「ううん、いいの大丈夫。前はちゃんと見えてる。泣きながら高速をかっとばすなんて、埼玉にいたときはいつもやってた。そのままかっとばしすぎて、関西まで来ちゃったんだよ」

スン、と洟をすすりあげて、ＮＩＭＡさんはミニクーパーを加速する。

「なんなんだ、ぜんぜん意味がわからない」

「ですね……」

弁護士事務所に駆け込んだところ、担当の先生方がすぐ出て来て対応してくれた。

ＮＩＭＡさんの目が赤いので、事務員の女性が心配そうにこちらを見ている。

「どうしてこんなことになるのか、理解不能です」

ＮＩＭＡさんの主張に、先生方はうんうんと小さく頷きながら、

「争点が変わってきていますね」

「というと」

「Ｂ＆Ｂプロモーションは、社員が業務時間外に勝手にやったことであり、我が社に法的責任はないと主張しています。詫び金は道義的責任より支払うとの主張です」

「前にも一度聞いたのですが、そもそも法的責任と道義的責任ってどう違うんですか？」

「この場合、どのみち非を認めているわけですから、法的であるか道義的であるか、こちらがこだわる必要はないと思います」

「じゃあ、なんであくまで道義的責任にこだわるんでしょう」

「あー、それは、向こうの弁護士にも立場はあるので」

ＮＩＭＡさんはまだいぶかしげだったが、横で聞いていた静緒にはすぐにわかった。

つまり、一方的に先方の会社が悪い場合でも、会社の顧問弁護士としては少しでも非

をやわらげ（たとえ文章上の字面の問題であっても）、仕事をした感をださねばならない。そうしないと会社のほうから、顧問弁護士としての能力を疑われてしまう。

「向こうの弁護士としては、B&Bプロはクライアントですから、クライアントに『私が交渉したおかげでこのラインは守りましたよ』と主張するポイントが欲しいところですよね。そういうことでしょうか？」

静緒の解説で、ようやくＮＩＭＡさんは合点がいったという顔をした。

「そういうことですね」

「そういうことです」

ボス先生と若先生がかわるがわる頷く。

「言葉尻の問題なので、こちらはこだわる必要はないと考えられます。問題なのは、向こうが、お金を払うことによって名誉毀損問題を終わらせ、争点を著作権の問題にすりかえようとしていることです」

「どうして、私が描いたものを、自分たちが作ったと言い出したんですか？　この前までそんなこと一言も言ってなかったじゃないですか」

「おそらく、ＮＩＭＡさんが、契約を切ると言いだしたので慌てたのでしょう」

若先生が改めて、ＮＩＭＡさんとB&Bプロの間に契約書が交わされていないことを確認し、ＮＩＭＡさんは否定した。

「大昔に、向こうがたしかに契約書のひな形を送ってきたことがありました。ただ、それは素人目にも、すべての権利はB&Bプロにあるというひどいものでした。ありえないのでサインしないとメールしたら、その後特に契約書についての返事はありませんでした。数年前の話なのでよく覚えていないんですけど……」

「まあ、そのような契約書があったら、とうの昔に先方が提示してきていますから、ないんだと思いますよ」

「そうでしょうか……。じゃあどうして、ここまではっきりと強気に、自分たちのものだって言えるんでしょう。それとも著作権は、私にはないんですか？」

「著作権は、NIMAさんにあります。それは間違いないです」

いままでどちらかというとソフトな口調で対応していたボス先生が、そのときはきっぱりと言い放った。

「著作権というのは、基本的にはその人が描いた、作った瞬間から発生する権利です。一部は書面で譲渡契約はできますが、著作者人格権自体は放棄も譲渡もできません」

「著作者人格権と著作権はどう違うのですか？」

「著作権という大きな権利の中に、人格権と財産権があります。人格権は製作したという名誉や経験、技術を保証し、クリエイターの人格を守るもの。財産権は、それを使用することによって利益を得る権利のことで、ここに翻案権や複製権などが含まれます。だから人格権は製作した人物から切り離すことはできないのです」

「なるほど……」

「なので、たいていの契約書では、著作者人格権を永久に行使しない、という文面が記載されていることが多いのです。しかしこれは実質的な著作者人格権の放棄にあたるので、このような契約書を強要してくる相手には注意が必要ですし、基本サインはおすすめしません」

サラリーマン人生を送ってきた静緒にとって、なにもかもが初耳のやりとりである。アイデアは著作権で保護されないことは、いくつものイベントを企画してきた手前わかっていたが、著作権に種類があったことは初めて知った。

（そういえば、君斗が、ほとんどのレシピは著作権で保護されないって言ってたなあ。だからどこの店でもシェフの転職問題には敏感で、中にはレシピを持ち出さない、みたいな誓約書にサインさせられることも多いとか）

美容師や塾の講師等の職種でも、その人個人に客がつくと、退職と同時に客が他店へ流れるのを防ぐため、退職後二年は同業職種への転職や独立はできないという暗黙の了解がある。立場や職種によって判断が異なるが、これらの強要が実は違法行為であるという判例も存在する。憲法で『職業選択の自由』がはっきりと規定されている以上、相当の理由がないかぎりは競業避止義務違反にはあたらない、よって誓約書は無効であるという解釈もある。

静緒の周囲でも、職歴十年を過ぎた製菓専門学校の同期生たちが、いざ独立というときになってオーナーに無理な誓約書を迫られたり、退職を拒まれたりするケースが頻発している。彼らは競合しないように場所を変えたり、実家に戻ったりしていたが、そもそもが古いしきたりにすぎないとする若手も出てきた。旧来の業界の暗黙のルールは、人的コネクションによって維持されているため、いまのようなネット社会では徐々に通用しなくなっているのだ。

なにが権利で、なにがフリーライセンスなのか。スキルと著作権はどう違うのか、仕事を続けていけば、冷静に法律と照らし合わせて、己を知らなければならない時期がやってくる。

「……私、なにか悪いことしましたか？」

ＮＩＭＡさんがぽつりと言った。

「一方的に、ネットで中傷されて、それを指摘したら、自分で描いた絵まで盗られそうになってて。なんでこんなことになったんだろうってずっと考えちゃうんです」

「……これは、僕の考えでしかないですが、もし相手方がＮＩＭＡさんに本当に申し訳ないと思っていて、なおかつ対等なビジネスパートナーだと認識していれば、このタイミングで弁護士を変えてこないと思うんです」

若先生は、ボス先生の反応をうかがいつつ、

「まずは礼をつくして、詫びる。名誉毀損をしたことは間違いないのだから、とにかく詫びる。社外で個人が勝手にツイートしたことだと主張していますが、そもそも業務内容についてのツイートですし、言い逃れはできないです。B&Bプロのような業務形態では、そもそも定時と定時外を規定するのも難しい。まず謝り、許してもらうのを待つ。そうしてこない限り、次の仕事をいっしょにできないというNIMAさんの考えは、なにもまちがっていません。ただ、むこうはむこうでばつが悪いので、なんとかうやむやにしたい」

「…………」

NIMAさんはしばらく黙り込んだあと、ふいに静緒のほうを見て言った。

「鮫島さんはどう思う?」

「えっ」

ボールを投げられて、ただの聞き役に徹するつもりだった静緒は驚いた。

「あの、私の個人的な意見になりますが」

「いいよ、いいよ、言ってみて」

「ええと、謝罪は、初動が大事です。ミスをするのはもう仕方がない。人間同士のことですから。でも起こったミスに対してどう対処するかに人間性や、会社の質が出ま

す。リスクマネジメントをきっちりしていないと、大火事になりますから」

「鮫島さんだったらどうする？」

「私は、会社員ですから法務がどう判断するかはわかりませんが、お客様に対してなんらかのミスをしたらまず、頭を下げて、許しを請います。次の段階に進むのは、お客様のお怒りがある程度収まってからです。次の話で埋め合わせを持ちかけるのも、タイミングが大事だと思います。弁護士の先生方のおっしゃるとおり、まずは名誉毀損問題をきっちり片付けて、それから次の契約の話です。それをわざわざ弁護士を変えて、主張を変えて、しかもＮＩＭＡさんの権利を脅かすような内容にしてくるというのは、謝罪のうちに入らないですね。というかむしろ……」

「脅迫だよね」

「……そうとも言えると思います」

静緒があえて濁した言葉を、ずばり言い当てられた。

帰り道の車内で、ＮＩＭＡさんはほとんど無言だった。

ただ、行きと違って動揺を見せることも、涙ぐむこともなかった。

『相手が弁護士を変えて主張も変えてきているということは、このまま著作権を争うつもりなのかもしれません。当方はもちろん代理人を続けることは可能ですが、現在日本において、著作権を専門にしている弁護士、あるいは訴訟は多くありません。ましてや神戸のような地方になるとほぼないといってもいいでしょう』

ボス先生の専門は医療裁判であり、若先生はわりとなんでもこなしてはいるが、著作権のような特殊分野の訴訟は経験がない。東京のしかるべき専門家と代理人を交代し、万全の構えで戦ったほうがいいのではないか、というのが二人の意見だった。「戦う」という単語に、ＮＩＭＡさんはまだ困惑している様子だ。無理もない、彼女は一方的に中傷され、攻撃され、創作物を不当に奪われようとしている。それを阻止するためにさらにお金をかけて弁護士を雇い直さなければならないのだ。

先生たちが冷たいのではない。それほどまでに著作権は専門分野が違うのだ。同じ医師免許を取っても、専門が違えば知識にも経験にも差が出る。やはり日本の中心は東京であり、知財関係を扱う弁理士事務所も虎ノ門や丸の内に集中している。東京の会社は東京で訴訟を起こすため、公判が始まれば月に一度は東京地裁に通うことになるからだ。そのぶんの費用が負担できないＮＩＭＡさんではないが、「少し珍しい病気で、東京の大学病院に診てもらうと思えば」というボス先生のたとえはとてもしっくりきた。

後日、この日のことを邑智に報告すると、「誠実な先生だ」と納得していた。「いまは弁護士が余っているし、金めあてで負けるとわかっている訴訟を受ける弁護士も、わざとそそのかして訴訟を続ける弁護士もいる。経験を増やしたいというだけで不勉強の訴訟を引き受ける若手も多い。そんな中で、自分はその分野のプロではないときちんと説明してくれるのは誠実だよ」

先生方の忠告をNIMAさんも静緒も受け入れている。ただ、ここにきてまた振り出しに戻ってしまったのは確かだった。NIMAさんはこれからまた、東京で著作権関係の訴訟に強い弁護士を探さなくてはならない。

「もう全部諦めて、あの子たちも諦めて引き渡せば、こんな苦しい思いをしなくてもいいのかなって考えもする。しんどくて」

事務所をあとにするとき、NIMAさんは力なくうなだれた。前は神戸店でスイーツを買って帰ったのに、今日は駐車場へ直行。このまま静緒を家まで送ってくれるという。

「だけど、いま諦めたら、あいつらにずっといいようにされるってことだよね。お金で買われたわけでもなく、ぶんどられる」

相づちをうつのも躊躇(ためら)われる空気が車内に漂っていた。

「ようやくわかった。私、なめられてる」

言葉にすることは、ある意味固定観念の押しつけになるから、静緒はNIMAさんに意見を求められても、なるべく強い言葉を使わないようにしていた。それは弁護士の先生も同じで、負の感情へ結びつかないように、どちらか極端なほうへ誘導しないように、言葉を選んで選んで話してくれていた。

けれど、いまＮＩＭＡさんがあえて言葉にしたことは、静緒が話を聞いた最初から感じていたものである。

「なめられてる。ってことなんだと思う。たかだか女一人、会社所属でもないフリーランスの絵描きになにができるんだって。それをいまひしひし感じる。ただむかつくだけじゃなくて、怒るだけじゃなくて、自分でも本気でそう思ってるよ。私になにができるんだ。これからどうすればいいんだって」

東芦屋のくねくねとした一方通行の道を走り、静緒の住むマンション近くまで来た。本当はここから少し離れているが、いつもお客さんに送ってもらうときはここで降りる。

「ありがとう。鮫島さん。こんなことにつきあってもらって」

ＮＩＭＡさんはおもむろに首からロングネックレスのチェーンを外した。そして、いつも首から提げていたブルーダイヤの指輪を、右手の薬指にはめて言った。

「また強い武器を買わなくちゃ」

日本で一番著作権に強い弁護士を探してほしい、と彼女は言った。

第三章　外商員、家を買う

「すごいところまで行きましたね」

　事情を聞いて助太刀を頼まれた桝家は、やや呆(あき)れたような声で顔からシートパックを剝がした。

「この期に及んで引けないですね、それ」

「引けないし、たぶん自分でも引きたくない。なんとかしてあげたいと思ってる」

「ちゃんと怒らないと、いつまでも〝これでいいんだ〟ってなりますからね。NIMAさんみたいに、ある程度経済力のある人がぶん殴ったほうがいいですよ。そういう会社って、たいていほかの下請けフリーランスを搾取してますもん」

　スタイリストやヘアメイクに友人が多い桝家は、ショーや撮影の現場がいかにパワハラで成り立っているかを話してくれた。

「どこも業界狭いですから、『騒ぐとめんどくさい人だと思われますよ』ってパワハラワードで人を黙らせるんです。で、だれもかれも黙る。結果、魔法の言葉だけが横行して、労働力が都合良くむしり取られ続けるってわけです。とくに女の人だと報酬計算が七掛けになってますからね。黙らせやすいんですよ」

「その理屈はすごくよくわかるよ。そういうロジックを使うおっさんは、過去にそれで成功体験があって繰り返してるから」

日本人が都合良く使う魔法のパワハラワード筆頭が、『みんなに迷惑がかかる』だ。「みんな」がだれかわからないし、「迷惑」も具体的にだれにどのような不利益が生じるのか、なにひとつ明確でないのに、この言葉で黙らせられる人がどんなに多いか、だれもが経験したことがあるモヤモヤNo.1なのではないかと思う。

「だれもが、そのモヤモヤをはっきりさせたいと願っているし、本当なら弁護士も雇いたいけど、費用のことを考えるとなかなか実行できない。実際、モヤモヤはただの〝お気持ち〟であることも多いですしね」

「弁護士も、医者といっしょでセカンドオピニオンが大事なんだなってすごくよくわかった。専門分野が分かれてて、ただ弁護士を雇っただけではどうにもならないんだなって」

「実際、良い機会なんじゃないですか。僕ら、商品以外のものを売ってる」

「うん。核家族化が進んで、フリーランス富裕層が増えて、独身でも社会的にどうこう言われにくい世の中になってきた。でも、独身でも既婚でもトラブルは平等に降りかかってくる。弁護士の選び方や仕事を観察させてもらう」

まじめなんだから、と桝家が呆れてワインセラーにワインをとりに行った。最近、週末の夜に出かけない。いまは恋人がいないだけかもしれないが、それ以上に、母親との確執が解消されて以来、彼は少し変わったように思う。のびのびとしているのだ。

何十年も背負ってきた重荷を下ろしたのだとしたら、つきものが落ちたようにリラックスしているのは喜ばしいことだ。

（いまの桝家の状態が、彼にとってほんとうに楽なんだとしたら、会ったばかりのころのどこか片意地張ったような態度も、恋愛対象がいないなんて人生詰んでる的な考え方も、老後寂しいから結婚したいという希望も、葉鳥さんへの思慕も、彼のストレスを解消するために必要なオプションだったのかもしれない。ストレスの根本がなくなったから、彼にとってとくに気を張ることも、恋人も、結婚願望も必要ではなくなったのかも）

少し前までは、冗談めかして『結婚しませんか』とよく言われていたのに、最近はまったく言われていない。ふわっと仕事をして、さっさと家に戻って、なにをするでもなくのんびりしている様子は、ソファの上で伸びている猫を思わせる。

前は側を通っただけで毛を逆立てる子猫のようだった桝家が、変わるものだ。だとしたら心的ストレスは見えていないだけで、どれだけ人間に悪影響を及ぼし、生き方まで変えてしまうのだろう。空恐ろしい。

母にメールをした。明日こそは帰れると思うという文章は、何度も再考したすえに送らなかった。またなにか突発的なことが起こる可能性があったからだ。鞘師さんからは、『脂肪溶解注射とマイクロニードルについて、いい病院を教えてほしい』と仕事用のタブレットにLINEメッセージが入っている。これも、勉強不足ですぐに返事ができない。美容整形の場合、自費で高額であるし、大学病院のようなある意味権威を担保にするようなこともできない。医師選びは弁護士選び同様に難しい。

ああ、自分のためにクリスマスコフレのひとつも予約すればよかったな、と思いながらまたもやソファで寝落ちしていた。この家が全館空調でなければ、風邪をひいていたに違いない。

芦屋から実家のある新長田まではJR神戸線で二十五分ほどで着く。朝ぼやぼやしているとまたお客さんに用事を頼まれそうなので、朝のルーティーンもそこそこに電車に飛び乗った。

母が大好きな芦屋軒(あしやけん)の牛肉佃煮(つくだに)が紙袋にぎっしり入っている。阪急芦屋川駅のサンモール商店街にある但馬牛（たじまぎゅう）の老舗で、いつも近所のおばあちゃんたちが椅子に座ってのんびりおしゃべりしているのが印象的な店だ。

ここの佃煮さえあれば三日は幸せだという母のために十袋買っていく。母はそこからご近所さんに配って歩く。そういうコミュニケーション手段が、老いていく人々にとっては大事なのだと静緒も理解している。

築三十年経った実家のマンションは、何度も大規模修繕を繰り返しているおかげで思ったより古さは感じなかったものの、古い集合建築とコンクリートが放つ独特の匂いが鼻孔をくすぐると、思った以上に時間の経過を感じてしまうものだ。昔からの住人がどんどんと出て行き、新しい家族連れが入居し、そのたびに理事長や管理組合の役員がまわってくる。住んでいるオーナーが減っているせいだ。母はもう八回理事をやったんだとうんざりしていたが、それが集合住宅に住むということでもある。一戸建てでも町内会はあるし、どこも変わらないよと、静緒が応じてそれで愚痴はおしまい。物心ついたときから食卓に並んでいた食べ物が、奥のキッチンから出てくる。

今日もまた、そんな感じで同じような会話を繰り返すのだろうと思っていた。

「ただいま」

驚かせないようにインターフォンを鳴らしたが、買い物にでも出ているのか留守のようだ。合鍵で中に入った。2LDK六十平米のこぢんまりした家には静緒が専門学校時代から桝家との同居まで住んでいた部屋がある。いつでも帰ってこられるようにと、いまでも出て行ったときそのままになっていて、まるでここだけ見ると時が止まっているかのようだ。最近の母は近くのスーパーでパートをしながら、趣味の生け花やトレッキングのサークルに顔を出す毎日だと聞いている。

（今日はパートなのかな。それとも、トレッキングに出かけたのかも）

老人になると朝早く目が覚めるから、時給のいい朝一番のパートに入り、午前中で仕事を終えて、午後はゆっくりする。そのかわり、子供の小さいパートさんやシングルマザーが出られない土日祝や急のピンチヒッターも引き受ける。母の働いているスーパーは二度、社名が変わったが、ほとんど居抜きで別のスーパーが入り、パート従業員はそのまま採用されていた。

前の家から持ってきた三十年ものの象印のポットがまだ現役だ。お茶を淹れてぼんやりと外を見た。

静緒の実家は五階で、ルーフバルコニーがあり、植物が好きな母がミニトマトやらきゅうりやらを育てているスペースがある。そこが、まるっと空いていた。

もうシーズンが終わったからかと思ったが、それにしてはプランターまでなくなっている。古くなったから捨てたにしても、ずっといままであったものがなくなっていることにスペース以上の寂しさを感じた。

そういえば、モノが少なくなっているように思う。

前はもっとごちゃごちゃとしていて、百均で買ったようなカゴや小さなプラケースが積み上がっていたが、そこもなくなっている。九百八十円で買えるホームセンターの三段ボックスもない。前はあの上に父の仏壇が置いてあったのに、いまは食卓テーブルの上。生け花置き場だった電話台もない。

母の寝室に行くと、違和感はさらに強くなった。布団が敷きっぱなしだったのだ。母はとにかくきれい好きで、布団は毎日干し、枕カバーもシーツも毎日洗う。静緒がいなくなってからも、いつ行っても（雨でないかぎり）ベランダには布団が干してあったから、敷きっぱなしの布団を見ること自体なかった。

だんだんと違和感が強まってくる。冷蔵庫の上にあった神棚が一つなくなっている。新聞いれがなくなっているということは新聞を取るのをやめたのだ。冷蔵庫をあけると、びっくりするぐらいスカスカだった。いつも実家に帰ると、惣菜をつめこんだタッパーがぎっしり詰まっていて、なんだかんだと持って帰るように言われたものだ。

キッチンにゴミ袋が詰まれている。このマンションは二十四時間ゴミ出し可能なのが便利で、母も助かると気に入っていた。だから、ゴミ出しの日にうっかり寝過ごして、なんてことはありえない。いつ出しに行ってもいいのだから。

几帳面（きちょうめん）な母が、ブルーのゴミ袋三つ分出し忘れるなんてことがあるだろうか。

しかも、一人暮らしでなかなかゴミが出ないと言っていたのに。

（トイレの床に、トイレットペーパーのストックがそのまま置かれている。棚は便器のすぐ上にあるのに）

昔から母が印鑑やら鍵やら、個人の電話帳やらを入れていた古い引き出しを探した。それも食卓テーブルの上に置いてある。一人暮らしで、四人家族用のテーブルと椅子は邪魔になるだけなのに、置いてあるのは、将来車椅子になったとき用だと言っていた。

引き出しをあけると、四十年前から母が使っている印鑑ケースと、伊勢のお土産だというキーホルダーがついた前の家の鍵が出てきた。それから父の最後の免許証。その下の引き出しにはたくさんのカードが無造作に収納されている。歯医者の診察券、眼科の診察券、整形外科の診察券、スーパーやコンビニ、お店のポイントカード。

「神戸市立医療センター中央市民病院……」

ポートアイランドにある市立病院の診察券が出てきた。

「なんで……」

市立の大型病院や県立病院、大学の附属病院は、紹介状がなければ受診しにくいシステムになっているはずだ。母が通っていた腰痛程度では、このような病院は必要ないはずである。

自分の家で家捜しするのも妙な話だが、いやな予感がしてせずにはいられなかった。だれかに話を聞こうにも、母の交友関係を正確に把握していない。母には兄弟もいないし、祖父母はとっくに他界している。父の親族とのつきあいもないはずだ。父の法事のときにどこかへ連絡しているのを見たことがない。

ぞわぞわといやな感触が目に見えない虫のように首筋を這う。メールに返事がない。電話をかけてもいっこうに出る様子がない。母は車を運転しないから、電車に乗っているのか。それなら気づいたら返信をしてくれるはずだ。

夢中で家捜ししているうちに時間が経っていた。疲れて呆然とソファに座っていると、ガチャガチャと鍵をあける音がした。思わず立ち上がる。

「あら、帰っとったん」

母の眞子が、両手にエコバッグをぶら下げて帰宅した。

「どこいってたんよ」

「どこって、買い物と病院」

「あ、そう……」

眞子は特に痩せた様子もなかった。バタバタとキッチンに向かう。

「いつ着いたん？　なんか食べたん？　今日は泊まっていくん？」

「はは……」

一度に三つも四つも質問攻めにするのはいつもの母の癖だった。代わり映えのない時間が流れ始め、静緒は肩からどっと力が抜けるのを感じた。

「お昼に来た。何にも食べてない。お母さんとどこか食べに出ようと思って。今日は泊まる」

「ほうなん。じゃあなんか作ろっか。このへんなんもないし」

「いや、ええから。帰ったばっかりで疲れてるやろ。お茶淹れるわ」

スーパーで買った野菜やら魚やらを冷蔵庫に詰める手伝いをする。なんだ、いつものお母さんだと泣きたいぐらいほっとした。

袋からものを出していると、小さい紙の袋を発見した。薬が入った袋だ、と思うと一気に内臓がこわばる。

「……お母さんさあ、これなんの薬？」

「ああ、えっとねえ」

あきらかに母が言葉を選んでいるのがわかる。いやな予感がした。

「お母さん、胃がんになってしもて」

「胃がん⁉」

叫んでしまった。

「ちょ、ちょっと、がんって……。どういうこと。いつ⁉」

「いつって言われても、わかったんは二ヶ月前くらい。でもまだ初期のがんでね。ほんとうにラッキーだったの」

「初期……」

「胃の中にね、ピロリ菌ってのがいるんやて。ほらお母さんの実家井戸水やったから」

「……ピロリ菌……」

聞き覚えのある菌の名前だった。お客さんの中に、同じ菌が原因で胃がんになったという方がいたように思う。

「それで、だいじょうぶなん？　手術は⁉」

「ああ、やったよ」

「やったって。私なんも知らへん」

「それが、手術言うても、内視鏡でぱっとやるから、入院もせえへんかったんよ。歯医者に行くようなもんやったから、まあええかなって」

「ええかなちゃうよ！　教えてよ！」

今度は本当に半泣きになった。

「がんなんて、すごいあかん病気やんか！」

「でも、ほんまにお母さんラッキーで、ステージなんとかってのもないくらいやってんよ？」

「なんでも教えといてよ。そしたらすぐ来たのに」

「いや、せやから歯医者に行くようなもんやったの。親知らず抜いたときのほうがよっぽど痛かったわ」

ややうっとうしげな母にかまわず、静緒はしつこくまとわりついて質問攻めにした。そういうところは母に似ているのだ。

「それで、完治したん？」

「薬飲んでる最中なんよ」

「そんなん、寝とかなあかんやん！」

「なんでえよ。ほんまにたいしたことないんよ、大丈夫」

なんでもパッパッと動いてしまうのは母の、というよりは母の世代の主婦の悪い癖だ。自分でやったほうが言うより早いからやってしまうのだ。

「なんにも作らんでもええから。私のごはんなんてどうでも。ソイバー食べて終わりやから、いつも」

「あんたこそ、ちゃんとごはん食べてるの？　ちょっとげっそりしてるよ」

最近睡眠不足ぎみだったことは否めないので、返答に詰まった。

「お母さんみたいにもう年金もらえる歳のおばあちゃんなんか、食べなくてもどうとでもなるけど、あんたは違うでしょ。また走り回って、お客さんに怒られてるんやろ？」

「いや、最近は怒られてないよ。走り回ってはいるけど」

ほらみなさい、という顔をする母。

「お母さんはねえ、静緒が好きな仕事なんやったらなんでもええと思ってたけど、あんまり叱られたり怒鳴られたりしてほしくないわ。ほんまは」

眞子はよっこらしょ、とソファに腰を下ろした。

「あんたが店で働いてるところ、よくこっそり見に行ったけど、お客さんにぺこぺこしてるのよう見たわ」

「いやあ、それはまあ、こういう仕事だったらさ」

「お母さんもスーパーでよくぺこぺこするけど、それはおかあさんやからええねん。やけど、外商なんでしょ。お金持ちのお客さん、いろんな人おりはるでしょ」

「お金持ちじゃなくても、いろんな人がいはるよ」

実際、たいした買い物をしない客に限ってクレームが強めな傾向はある。最近は店側もブラックリストの管理は徹底していて、すぐに法務と連携し、内容証明を出して来店拒否をすることもある。

徐々に、「お客様は神様」ではなくなってきているのはよいことだ。そこで働き、クレーム対応するスタッフのメンタル許容量は無限ではない。

「どこの仕事でも、事務でもぺこぺこはするよ。お客さんか、上司か違うだけ」

「せやけど、君ちゃんの店で働いてたときは、あんたはそんなことなかったよ」

ローベルジュのオーナー、雨傘君斗のことを、眞子は君ちゃんと呼ぶ。彼が実家のパン屋を年商十億の洋菓子メーカーに成長させてからも、小さいころから通っていたパン屋の息子という認識なのだ。

静緒にとっては、君斗はローベルジュをいっしょに立ち上げた仲間であり、最初の就職先のオーナーであり、気の置けない友人だ。なにより小学校の登校班の班長さんというイメージがいまだに強い。

「幼なじみなんだから、それは特殊やん」

「ずっといっしょにやってたらよかったのに。ローベルジュの半分ぐらいはあんたが作ったんやから、いまもいっしょにやってたら、働かんでもよかったのに」

「そんなことないって。ローベルジュが大きくなったのは、君斗が実家を説得して工場を建てたからやで。借金したのは君斗やねんから。私はただの従業員」

ローベルジュが急成長するにしたがって、会社の役員には君斗の両親や兄弟が名を連ねるようになった。そんな中で、創立メンバーだからといって役員になるのはだいぶ気が引けたのだ。だから、思い切って富久丸に転職した。

そのあたりの微妙な事情については、静緒は母に説明していない。雨傘家とは昔からのつきあいであり、母の交流関係を自分の仕事で壊したくはなかった。

それでも、母が外商で働く自分のことをこんなに心配していたとは思っていなかった。正社員になり、出戻りとはいえ一度は結婚し、いまは芦屋の豪邸に住んでいる。健康で大病を患ったこともない。もっと安心してくれていると勝手に思い込んでいたのだ。

「お母さんは、私がキャリアアップしたほうがええと思う？」

お白湯(さゆ)をゆっくりゆっくり飲みながら、眞子はさも当然とばかりに、

「そりゃあ、あんたもええ歳やもん。もう何回も転職なんてできへんでしょ」

「そっか。そうやね」

「ばーっと稼いで、ちょっと仕事休んで、そういう働き方できるってお母さんテレビで見たよ。能力があれば、ちゃんと結果を出していれば、もっとええ仕事はある。人材は足りてないねんから」

「うん。そうやね。いまのところ、いまの会社の人間関係悪くないから、あんまり考えてなかったんやけど。どっちかというと、家を買おうかなって思ってて」

ずばり、本題を切り出した。眞子はさして驚いた様子もなく、

「そんな歳になったんよねえ、あんたも」

「お母さんは賛成？」

「あんたの好きにしたらええやん」

「や、だって、いっしょに住もと思ってるのに」

「どこに?」

「芦屋に」

ええ、と眞子は面倒くさそうな顔をした。

「お母さん、そんなお金持ちしか住んでへんところに行っても、着ていく服ないわ」

「なんでよ。そんなんちゃうって。いま住んでるマンションが特別なだけやで。みんなふつうにユニクロ着てるって」

まあ、多少土日は外車しか走っていなくて、むしろ国産車のほうが珍しく、美術館の展示品がほぼ地元の名士からの貸し出し品で埋まってしまう土地柄ではあるが。

「それに、山側は私もさすがに買えへんから、駅近か海側はどうかなっていま探してるねん。ほら、資料持ってきた」

金宮寺から預かった物件資料のコピーを見せる。

「これ、神戸やん」

「そうそう。甲南山手」

「この歳で引っ越しかあ」

「いやいや、お母さんの胃がん治療終わってからでええから。この家は売っても貸してもいいし」

「あんた、お金あるの」

「正社員になって五年経ったから、ローンが組める」

「私、この家売るときは、老人ホームに入るときやと思ってたんよねえ」

「ここはお父さんがお母さんに残してくれたようなもんやから、お母さんが好きにしたらええねんて」

「うーん、そうかあ」

考えとくわ、という若干気のない返事だった。


土日だというのにバンバンメールが入っていたが、その日ばかりはほぼ無視して母にまとわりついた。母がとなりの布団で寝いってからも、胃がん、ステージ1でどれだけ検索しただろう。しまいには母の担当医の名前でググって、経歴や出身大学まで調べ上げてしまった。

なにかあったらすぐに連絡するように、とくどいほど念を押して、芦屋の家に戻った。玄関をあけるとすぐに桝家の顔が見え、疲労困憊(こんぱい)が服を着ているような静緒を見て、これはやばいと思ったのだろう。おしぼりをレンチンしに行った。

「ビールどうです？　ワイン？」

「……ビールかな」

桝家のパープルピンクのバスローブ姿を見てもとくになんとも思わなくなったどころか、むしろほっとする自分はどうかしている。これがなじむということか。

「えっ、お母さん胃がんて、大丈夫なんですか？」

「ステージ1だから、大丈夫だとかなんとか。薬と内視鏡でぱぱっと終わるって」

「えーー、本当にそうなんだ。ピロリ菌による胃がんて、日本人は多いっていいますもんね」

「ああ、すごい自己嫌悪。母親ががんなのに知らなかったって……」

「相手が隠してたんなら仕方がないでしょう。うちだって母がなんの手術してるか、把握してないですよ。この前もお父さん手術したの、まぶたのって、さらっと言われましたけどああそうなので終わりましたから」

「……桝家のお父さんこそ、大丈夫なの？」

彼は自分の分のビールを注いで、満面の笑みで戻って来た。

「うちは政治家ですから、普段から若く見えるようになんやかやといじってますよ。最近はよぼよぼで白髪のポスターを掲げた日にゃ、老害だって叩かれますからね。髪もまめに染めて、若者がするようなメガネかけてランニングして、好感度キープにはげんでるみたいです。しょせん、浮動票は見た目で動きやすいんで。母のオススメするままに、それこそヒアルロン酸とか顔に打ってるはずですよ」

静緒の思っている以上に、外見問題はさまざまな業界に変革をもたらしているらしい。

今日は雨なのでランニングにも行かず、家で英語のスカイプレッスンをしていたという桝家は、静緒がバッグの中から物件の資料を出すと、驚いた顔をした。

「ほんとに家買うんですか？」

「いい物件があればね」

「お母さん、病気なのに？　あ、でも病気だからか」

「いつまでもここにはいられないでしょ」

「いたらいいのにー」

ソファの上で、飼い主に腹を見せる猫のように伸びる。

「あ、そうだ。僕がこのマンションで別の部屋借りるから、静緒さんはお母さんとここに住むっていうのはどうです？」

「そんなの、母がOK出すわけないじゃん」

「市立芦屋病院までタクシーで1メーターですよ。便利じゃないですか」

「そうなんだけど……、そうなんだけどさ……」

出戻りの一人娘、しかも親がシングルでろくに親戚もいない身としては、病気の母親を古いマンションに一人放っておくことに罪悪感がメーターをふっきってしまうのである。

「いまの家、駅直結マンションだから利便性はいいんだけど、築三十年で最初の住人もどんどん引っ越していってしまって、母も寂しそうだったんだよね。だからいっしょに住もうって言ったら喜んでくれると思ったのに……」

「のに？」

「むしろ、転職してほしそうだった」

「なぜ？」

「私がぺこぺこして、客に怒られてる姿を見たくないって」

「むしろ最近はまったくぺこぺこしてませんよね」

「そうなんだよ。でも、思い込みで外商の仕事ってそういうふうに見えてるみたい」

あああ～、と実際に頭を抱えてみた。抱えたところで事態がうまく転がるわけでもないのだが。

「まあね、実を言うとちょっとだけあてにしてました。実家売ってくれたら、ローンほとんどくまずに済むのにな、とか。でも母は母の人生があるし」

「娘にだって娘の人生があるんだから、好きに生きればいいじゃないですか」

「でも、それで母親ががんになったことすら知らなかったなんて、どうよ」

「それは、当人が言ってないんだから仕方ないです。気持ちはわかりますけどね。いいことだと思うんですよ、僕もあなたも、親孝行したいと思える親の下に生まれてラッキーだし、今まで親がそんな親でいてくれたのもラッキー」

空いている静緒のビールジョッキをさらっと拾って、注ぎに行く。最近の桝家の行動には人生がうまく運んでいる人間の余裕のようなものが感じられる。

「悪いことが起こったら、それが転機なんだと思うことですよ。どう思ったって事態は変わらない。なら、ポジティブに解釈するしかないでしょ」

「桝家もそうしてるんだね」

「前に母とモメたときに、いろいろ考えましたよ。あなたに結婚しませんかって持ちかけたのもその一環。満嘉寿に相談して、そういえばあいつも結婚してたなあって思って、僕と打算でセックス抜き浮気込みで結婚してくれる相手を探したんですよね。なんというか、親に対するポーズだけじゃなくて、ああ自分もだれかにいてほしいんだなってわかったので、わりと本気で」

というこことは、桝家はいまも、そういう女性を探しているのだろうか。最近土日に家にいるのは、買い物好きでお出かけ好きな彼には珍しいと思っていた。

「お母さんの病気を、ポジティブに考えるとすれば」

「一緒に住むとか、やっぱりいい機会だから家を買う」

「実際ぺこぺこしてるかどうかはさておき、いまの仕事の先を考えると」

「……転職のオファーは、アンテナぐらいは出しておく」

それでよし、と桝家は両手の人差し指をこちらに向けた。

「転職したーいってオーラを出していれば、最低でもいまの会社で給料あがるかもしれないですよ。それに、口に出したりしていると自然と話もやってきますしね。ドアはあけておかなきゃ」

彼のおかげで気持ちの整理がややついた気がした。こんなとき、親のことや仕事のことを10まで言わずわかってくれる相手がいるのはほんとうにありがたいことなのだ。

まだ足取りがしっかりしているうちに、上の階へ戻った。

明日の仕事の準備をするために、仕事用のスマホのLINEやらメールやらを見直す。鞘師さんから、雑誌の撮影が決まったので買い物につきあってほしいという依頼が入っている。園田(そのだ)の秋吉(あきよし)さんからは、ちょっとお部屋の模様替えをしたいので時間をとれないかとの依頼。この邸宅は静緒が外商部所属になって最初に手がけたリフォーム案件だったので、いまでも訪れるのがたのしみなお宅である。

昔、どうにか苦し紛れに走り回っていろいろ立てた企画、お庭や外観のクリスマスイルミネーションは、すっかり定番になってしまった。庭をいじると動くお金も大きいので、最近では外商の特選会でエクステリアのコーナーも増えてきている。

家をいじれば、一気にモノが動く。庭も同様である。ガーデンデザイナーは無数にいるので、だれに頼んでよいかわからないというお客さんも多い。

庭のクリスマスイルミネーションをきっかけに、ガーデンデザイナー専門会社と契約し、紹介する『商品』ができた。富裕層のみなさまは、ほかの人とかぶりたくない、唯一のデザインが欲しい方が多いので、なんとかして『商品』のバリエーションを増やさなくてはならない。それでどうしたものかと考え、パーソナルカラー診断を取り入れてはどうかと上に提案した。

部屋や庭や家を変えたいけれど、どう変えていいのかわからない、というお客様が思いのほか多いのだ。昔は風水を気にされる方が多かったと聞くが、いまはそこまではない。方向性を決めるきっかけになれば、と思っている。堂上によると、企画室の反応も上々だったので、商品化できるか検討中だという。

（クリスマスイルミネーションといえば、藤城さんのお宅にもそろそろ工事が入るはずだ）

顧客の一人である藤城雪子さんは、あの清家弥栄子様のお嬢様で、清家家で顔を合わせることのほうが多い。

（清家の家も、今年もクリスマスイルミネーションで包まれるんだろうか）

まだお元気だったころ、弥栄子様とともに屋上の回転木馬を見に行ったことがあった。毎日、作業服姿の葉鳥さんが、数年前から動かなくなっていた回転木馬を弥栄子様に見せるためだけに、油まみれになって修理していたことを思い出す。

いまの仕事はおもしろい。手応えも感じている。だが、フリーランスでやっていくにはまだまだコネクションも信頼も資本も足りない。富久丸百貨店という金看板がなければ、これだけのお金は動かせないだろう。

先のことも大事だが、あまり先を見すぎては足元をすくわれる。いまはＮＩＭＡさんの代理人を選定する件や、佐村さんのお子さんの受験など、先延ばしにできない事案もかかえている。まずは、弁護士を探さなければならない。

こういうとき、頼りになるのが旧友だ。雨傘君斗から久し振りに連絡があり、食事でもしようということになった。彼はなんといっても企業のオーナーだし、業界内外に顔も広い。商標関係で弁理士とやりとりも頻繁にしているので、静緒よりはくわしいはずだ。

ふんわり事情を話すと、当たってみると言ってくれた。急を要する話なので、もし先方と話すとなれば、静緒も東京へ行かなければならないだろう。

彼と会うのは久し振りだ。歳をとってから思うことは、若いころにお互い恥をかいたところを見られている相手には、気取らなくて済むぶん気楽だということ。そういう過去が意外な財産となっていることを実感する不惑の歳なのだった。

第四章　外商員、再会する

お歳暮の手配を終え、事務方にリストを回すだけでもなかなかの分量。成人式を迎えられるお子さんのための、オーダーメイドのお着物が仕上がってくる季節でもある。着物はある程度の体型や体重の増減に合わせやすいが、それでも発注してからの半年で極端に変わってしまったお客様には、急いで対応する。写真の日取り、着付けとヘアメイクの手配。成人式は一大イベントであるので、ほかの課からの応援も来る。そのアシスタントとのうち合わせ。などなどをしているうちに、あっというまに時間が経つ。

しかし、どんなに忙しくとも、今日は雨傘君斗に会わねばならない。ＮＩＭＡさんの代理人選定は急務であり、彼の紹介に期待したいところだ。

苦楽園のさらに上、昔さる富豪が迎賓館として建てた洋館を改装したレストランで会うことになった。プライベートなのでタクシーで向かう。このあたりは仕事で何度も訪れているが、ディナーでこのレストランを訪れるのははじめてだった。夜景がきれいだと聞いていているので少し心がはずんだ。

時間どおりに行くと、もう君斗はテーブルについていた。ラフなコーデュロイのジャケット姿なのはいつもどおり。桝家が見たら、もう少し企業のオーナーらしくみてくれにお金をかけたらいいのに、と言われること必至な気取らない格好である。それでも、彼にしてみたらジャケットを着ているだけでもだいぶかしこまっているのだ。普段は店のポロシャツにジーンズにスニーカー。たぶん、家のクローゼットも十年単位で同じものが揃っている。

「おー、静緒、元気してた？」

「元気元気。わりと。私は」

「どしたん。あ、コースもう頼んでおいたけど」

「ありがとう。好き嫌いは特にないよ。なんでも食べるし飲む。まだとんかつも食べられる」

「若いねえ」

そんな気の置けない会話とともに、ソムリエがワインをすすめに来て、静緒がなにも言わないうちに君斗がシャンパンを頼み、六甲サイドから街を見下ろす最高の夜景にうっとりしているうちにオードブルがやってきた。

「店のほう、どう？」

「うん。最中がいい感じ」

「あの最中の皮の中にバタークリームと薄いチョコラスクがはさんであるやつ？」

「そうそう。静緒が言ったとおり、最中の皮がいい。あれ、一個ずつ買って食べても手が汚れないからスタンドとかでも売れるんだよ。夏はアイスにできるし」

「だよねえ。やっぱり女子高生とか女子中学生とかがリピートしてくれるものが流行るよ」

「北海道カマンベールチーズとか、瀬戸内ゆずバターとか、ご当地と組めそう」

「うわー、それもいいな」

「よくあんなの思いついたね。最中の皮とか」

「いや、だってランチパックが売れてるやん。ランチパックのたまごも鉄板だけど、具を変えたら永久に新商品出せるでしょ」

「なるほど、元ネタはランチパックか」

最近、新規のお客さんに会うときの手土産に、ローベルジュの新商品である最中のクリームサンド『Mon Coffret』を持参している。その反応からして、売れているのだろうなと手応えを感じていたが、やはりそうだった。

「順調そうでよかった」

「おかげさまで。長年、クリームをどう固形化して売るか、悩みどころだったから、一気に解決した気分」

『Mon Coffret』シリーズは、ちょうど固形石けんくらいの大きさで、デザインも石けんを意識している。見た目もとてもかわいくてインスタ映えすると若い女子にも大人気だ。

「それで、忘れないうちに、知財に詳しい弁護士の話」

「あ、そうそう。それ聞いておきたい」

「こういう言い方はどうかと思うけど、事業をやっていると、いろんな売り込みってあるじゃない？　ネットがあると選択肢は無限にあるし、となるとお客さんにとって困難なのは、『選ぶ』手間なんだなって思う」

静緒は深く同意した。外商の顧客がいまだに高額な手間賃を払ってまで百貨店を通して買うのは、自分で選んでいる時間がない、あるいはベストなものを選ぶ知識と決断力に自信がないからである。

「なので、ある意味最初からどん、と絞っていかないと時間がかかりすぎる」

「そうだよね」

「だから、弁護士とか医者とかは特になんだけど、松竹梅の松からいっとけ、が俺のポリシー」

つまり、最初から最高クラスの弁護士事務所に任せろ、と言っているのだ。

「大きな事務所に任せるときに心配なことは、雑に扱われないかってことだよね。なにせ大きな案件ばかりかかえてる事務所なら、自分のような小さい案件はまともにとりあってもらえないんじゃないかと思う人も多いと思う。あと、ギャランティ。だから大手に回すなら、たらいまわしにされないように紹介がいい」

「なるほど」

「紹介なら、紹介してくれた人の面子（メンツ）や今後のこともあるから、アソシエイトに丸投げなんてことはならないと思う。あと、大事なのは、和解にせよ訴訟にせよ、代理人が出て行くようになると、完全なケンカなんだよね。合法な殴り合い」

「うん」

「決めるのは裁判所だから、裁判所といままでどういうおつきあいをしてるかがわりと大事なの。事務官さんたちの評判が悪いと、いろいろ響く。そこは人間が決めていることだから。あとは、弁護士にもキャリアとかランキングがあって、まずはそこでの殴り合いになる。静緒のお客さんの相手が、急に弁護士を変えてきたのもそれ。弁護士同士だとお互いのランクがわかるから、まずは書面に載った名前での軽いジャブってとこ」

なるほど、弁護士のランキングは具体的にテニスプレイヤーのように番付が公表されていないのではっきりとはしないが、いままでの経歴や手がけた訴訟の内容、勝敗、所属事務所、専門分野などによってざっくり決まっているのだろう。

「サラリーマンが、名刺で殴り合うみたいなものだよね。だったら松からいったほうがいいのか」

「いろんな人やクライアントとの相性があるのは、どんな仕事でも変わりないけど、松の事務所に所属している人はそれなりの戦績あってのことだと思ってる。とくに日本で知財関係は、経験者だけに絞ってもそんなに多くはないんじゃないかな。だからどの事務所が松なのか見極めるのがけっこう重要」

君斗が紹介してくれたのは、彼自身の顧問弁護士ではなく、表参道で有名パティスリーのオーナーパティシエを務めている彼の友人が信頼する顧問弁護士だった。

「ああ、ＧＯＴＥＮの桐生さん……、独立したんだっけ」

まだ外商に配属されて間もなかったころ、鶴さんに、だれも見たことがない豪華なバースデーケーキを井崎耀二のような有名パティシエに作ってほしいと言われ、ちょうどシャルル・ポヌール杯でゴールドメダルを取ったばかりの桐生パティシエに依頼したのだった。

その後、桐生パティシエはＧＯＴＥＮから独立し、『表参道・ＫＩＲＹＵ』のブランドを立ち上げた。

「騒動になってたのは知ってる。もといた店に訴えられたとか、なんとか」

「そうそう。レシピを持ち出したとかいってね。この業界じゃよくあることだけど」

ＧＯＴＥＮ時代に桐生氏が作ったレシピは、ＧＯＴＥＮのものだと企業側が主張したのだ。

「そのとき、桐生くんの代理人を務めて、勝った先生がこの綿上先生」

名刺の写メを見せてくれた。綿上・マッケンジー法律事務所とある。

「結局、その事件ってどうなったの？」

「一審で桐生くんが勝って、ＧＯＴＥＮ側が控訴したけど棄却になった。そもそもアイデアは著作権で認められていないし、レシピを創作物だと認定するのに条件が少なすぎた。ただ、ＧＯＴＥＮ側は量産するためにレシピを従業員用の冊子にしていて、それを著作物だと主張したみたいなんだよね。結局は桐生くんが、そのＧＯＴＥＮ時代のレシピにアレンジを加えたものを販売していたことが認められたらしいけど」

ならば、著作物に関してある程度の戦歴があるということになる。

「その先生を、紹介してもらえるのかな」

「もちろん。静緒の名前は出していないけれど、知財関係のプロを探していると相談したら、すぐに先方の名前が出て来たよ。オーナーになって一年目にいきなり降って湧いた裁判で、桐生くん自身もだいぶ神経まいってたときに助けてくれた先生だから、いまでもすごく信頼しているって」

やはり、星の数ほどあるインターネット上の情報より、信頼している相手の紹介に勝るものはない。肩の力がどっと抜けて、シャンパングラスを持っているのも忘れて椅子の背にもたれかかった。

「ああ、よかった。もう感謝しかない。拝む」

「相変わらず、いろんな事件が舞い込むなあ、静緒の下には」

ほっとしたからか、急に食欲が湧いて、運ばれてくるオードブルも鴨肉（かもにく）のテリーヌもぺろりと平らげてしまった。シャンパンも、こんなにおいしいと感じたのは久し振りだ。

「桐生くん、そんなことになってたんだね。ゴールドメダル取ってすぐの独立って、大丈夫だったのかな」

「もともと辞めるっていうのは一年くらい前から言ってたらしい。GOTENさんはパティシエの入れ替わりが激しいからね。内部でも人間関係がよくなかったと聞いてる。シャルル・ポヌール杯も出る予定はなかったけど、出ると言えば半年くらいは面倒な業務から外されるから、それで出たんだって言ってたかなあ」

ところが、もともと腕の良いパティシエだった桐生氏がゴールドメダルを取って凱（がい）

旋すると、企業側の態度が変わった。残る残らないの問題が激化し、嫌気がさした彼が半ば強引に退職した後も企業側は恨みを募らせていた。だれかが独立すると聞いて、企業をあげて潰しにかかるのはよくあることである。

「俺なんかは田舎に引っ込んで、というかもともと田舎のパン屋で、そんなにフランスのコンクールとかそういう上のほうで戦ったこともないから、雲の上の話だけれど、こっちにはこっちで、パッケージのパクリとか、商品名の寄せとか似たような話はあるしね。知財関係の弁護士さんは、提携しておいたほうがいいなと、話を聞いて思った」

君斗はさらっと話しているが、ローベルジュとてもう無名の田舎のパン屋ではない。売れ線商品が出るたびにパッケージをパクられ、売り方やレシピをパクられということは日常茶飯事だ。静緒がいたときですら、大手のメーカーが堂々とコピー商品を作ってコンビニで売り出したことがある。

「なめられたら終わりって、極端だけど真実だなって最近思う。フリーランスで、自分自身の名前だけで勝負している人の大変さを、側で見ていて感じる。それくらい、こっちが一人で、女で、若かったりしたら、強引になにもかも奪われるよね」

「インターネットがなかった時代は、表沙汰にすることすらできなかったからね。そう思うと、いまの時代になって良くなったことはたくさんあると思う。離婚が普通になったり、転職があたりまえになったり」

「うん」

居心地の良い会話とアルコールのもたらす波のような心地にうっとりしていると、

「それで、そろそろこっちの話もしちゃってかまわない？」

「も、もちろん！」

申し訳なさそうに切り出される。そうだった。今日はもともと、君斗のほうから話があると連絡をくれたことに、静緒がのっかったのだ。

「えっと、うちの……、ローベルジュのことなんだけど」

「ああ、うん。仕事の話ね」

「そう。新しい商品の勢いがあるうちに、EC展開をしたいと思っていて」

「ふんふん。まあいいタイミングだよね」

いままでローベルジュは店舗を拡大せず、百貨店の物産ブースなどを活用しながら大手百貨店との関係性を深めることで、ブランド力を高めてきた。インターネットでは大手通販サイトに出店し知名度もアップ。ただ、生クリームという生菓子を扱っている以上冷凍便になるので、送料が高く付くことがネックだった。

君斗の言うECとは通販サイトを利用せず、独自のサイトを持ち、ネット通販事業を自社で運営することだ。

自由に広告を打て、高額な手数料を支払うこともない。その代わりに初期投資が莫大な金額になり、維持するにもそれなりの費用が必要。さらに、大手通販サイトのようなオススメポップアップなどからの新規のお客さんを呼び込むことが難しい。

「今まで、うちは所詮生菓子だから、国外は特に考えなくてもいいかなと思っていたんだけど、海外はフランチャイズって手もあるかなと」

「ああ、そうか。それこそ、パッケージごと貸し出せば、国内送料だけで済むから」

「ただ、いきなりうちが知識もないのに海外事業に手を出すのもキャパオーバーだし、なにより危険だ。だから、提携を考えてる」

「なるほど」

「実は、井崎先生に声をかけてもらった」

思いがけない名前が飛び出した。思わず静緒はワイングラスを置いて、まじまじと君斗の顔を見た。

「井崎先生と組むの!?　すごいね」

井崎耀二は日本の製菓業界を代表する名パティシエで、世界のカリスマだ。彼が作った『白無垢（しろむく）』というケーキは、日本人で初めてシャルル・ポヌール杯のゴールドメダルを五部門独占で獲得した。もう三十年近く前のことだが、いまだにこの記録はだれにも破られていない。

神戸出身の井崎が、生まれ故郷に新人育成のための製菓専門学校を作ったのが二十年前。静緒や金宮寺はそこの第一期生である。ほぼ奨学金で卒業させてもらった静緒にとっては、雲の上の神様で、大恩人といっても言い過ぎではない。

「実はね、いま井崎先生、神戸にいるんだよ。学校で授業をしてる。アジア圏からの留学生を教える特別講座があって、そこで大勢の外国人のパティシエのたまごに教えてる。もう五年以上になるらしい」

君斗は、もしよかったらいまから井崎先生と、もう一人関係者と会わないかと誘った。狐につままれたような気持ちになりながらも了承し、タクシーで別のレストランバーに移動する。

「もしかして、最初からそのつもりだった?」

「いやいや、静緒がいやなんだったら、ここで別れて一人で行ったよ」

君斗がジャケットなんて着てきた理由をもう少し勘ぐるべきだった。世界の井崎耀二に会えるなら、静緒だってもうちょっとがんばっておしゃれをしてきたのに。

「ああ、はずかしい。一期生で先生の期待をしょってたはずなのに、ろくに製菓の才能もないまま卒業したんだよ、私は!」

「まあまあ、今は別の才能が開花してるからいいやん」

タクシーの中で顔を覆っているあいだに、すぐに目的地に着いた。芦屋の岩園町にある茶室風の日本酒バーだ。

バーとはいえ、どこからかホンモノのビンテージを移築してきたらしい完全個室の離れに通される。ざあざあ聞こえるのでなにかと思えば、こんなところに滝がある。なるほど、これは風流なだけではなく、水の音で録音や立ち聞きを防ぐための効果があるのだ。

ちょっとこれはなかなか、なかなかなかなシチュエーションだぞと身を引き締めた。

小さめの引き戸を、仲居さんがあけてくれる。中にはすでに人がいた。トレードマークである白のジャケットに赤いスカーフは井崎先生である。そして、その連れが静緒にとっては意外のほかなかった。

「えっ、堂上さん？」

富久丸百貨店お得意様営業推進部のチーフである堂上が、会社で見るスーツ姿そのままでそこにいた。

「こんばんは。まあまあ、僕のことはいいんで。先に先生と。久し振りですよね」

天下の井崎耀二に手を差し伸べられ、握手してハグ。

「シズオ、元気そうでよかった」

「……先生も」

もう還暦を越えているはずの井崎は、身近に見ていたころと変わった様子もなく、あいかわらずモンマルトルのサクレ・クール近くのカフェで朝早くから新聞を読んでいるおしゃれな投資家風。パティシエというには眼光が鋭い。学生のころも、この目が鋭いままにこにこ笑っているのが印象的だった。

同僚の堂上と、恩人の先生、そして幼なじみの君斗というおかしなメンバーで、二次会が始まった。こうなると、ただの『集まってみた』メンバーではないことは、静緒のよっぱらった頭でも重々わかる。

とくに堂上の存在だ。まさかここと先生が繋がっているとは思わなかった。ただ、彼は顔が広い人だし、フランス語圏で働くのが夢だと聞いていたから、製菓の世界に興味があったとしても不思議ではない。もともと、富久丸でカニクリームコロッケを売って名を上げた猛者である。

(そうか、冷凍食品のECといえば、この人ほど詳しい人もいないのかもしれない!)

席について注文を済ませるころには、なんとなくこの三人が静緒に会いたい理由が察せられた。

「なんだかもう、ぜんぶわかったって顔ですね、鮫島さん」

堂上が言った。

「いえいえ、そんな。私ごときが、このメンバーの中に呼んでいただいておそれおおいことだと思ってますよ」

「じゃあなんでそんな緊張してるの、静緒。珍しい」

「だって、先生と会うなんて知ってたら、もうちょっとちゃんとした格好で来たよ！」

言うと、男三人が爆笑した。

「安心して。あなたの服の話をしたいわけじゃないし、あなたは素敵だから」

フォローするように井崎先生に言われても、ますます恥ずかしくなるだけだ。

「いやもう、ほんとうに、先生に合わせる顔がなくて。当時の授業のことを思い出すと。いつまで経っても生地すらうまく焼けなくて、マーケティングのほうが好きだとわかっていたら、もっとちゃんと考えて進路を選んでいたのですが……」

「それも道」

井崎先生が短い言葉で、えんえん反省会に突入しそうだった静緒の話をやんわり打ち切ってくれた。

「そもそも、どういう繋がりか聞いてもいいですか？」

「もちろん」

堂上さんが解説役になって、一人だけゲスト状態の静緒のために状況の説明がはじまった。

「まあ、ざっくりなんですけど。僕は先生とはNYで知り合って。サザビーズで。モディリアニの裸婦の絵画が史上最高額で落札されたときだったかな」

まず、枕の話がデカい。

「そのあと、バーグドルフ・グッドマンの小規模パーティで再会して、そこからですね」

「彼が富久丸のバイヤーだったことに驚いて、それから馬の話でもりあがったんだ」

先生の場合、馬といえば競馬ではなく、自分が経営している牧場の話である。

「そこからは個人的なつきあいだったんですが、そこからヨージ・イザキのECの話になったんです。で、僕は自分の仕事とは別に、その話の相談に乗っていて」

「一から立ち上げるより、コラボレーションしたほうがいいんじゃないか、と堂上くんが提案してくれてね」

たしかに、堂上がそう提案する理由は静緒にもわかる。ECの立ち上げは時代の流れとはいえ、ヨージ・イザキほどの企業ともなると安易に撤退ができない。ブランドに傷がつくし、投資家たちの評価も下がる。

しかし、今ECを立ち上げないとのちのち後れをとることは明らかだ。

「そこで、コラボレーションブランドを立ち上げて、それのみECで取り扱うことから始めては、という話がまとまりまして。いくつかのショップの選定があり、最終的にローベルジュさんでどうか、ということで」

「ローベルジュとしては、すでに世界的知名度がある先生の名前をお借りできるメリ

「ヨージ・イザキとしては、ブランドの商品展開の幅をむやみに広めず、ECに適する商品の開発ができる。すでにそちらの分野の商品力はローベルジュさんのほうが上だ。こちらものっかれる」

両者の会社規模は十倍以上違うが、だからこそ井崎先生は会社任せにせず、こうして君斗に会いに里帰りまでしている。ローベルジュ側がのっとりなどを心配しないよう、わざわざECだけの提携として別会社を設立する流れになっているのも、気遣いが感じられた。

「生菓子のECはハードルが高いけれど、国内でもふるさと納税で牛肉などが選ばれていることを考えれば飛び込む価値はあります」

「僕もそう思うんだよ。食に対する価値は、これからもずっと高まり続けると思う」

「海外へのフランチャイズ展開は、もしかして先生の学校でいい人材が確保できるからですか？」

静緒の質問に、堂上さんがそれぞれ、という顔をした。

「話が早い、さすが鮫島さん」

「君の卒業した学校は、神戸にあるのもあってアジア圏からの留学生を多く受け入れている。ただ、いまどきの人の気質かな、いい腕があっても最初の就職で躓（つまず）く学生がとても多いのが問題になっていたんだ」

「学校で腕を磨き、国内のヨージ・イザキ各店で修業をして、いざ母国に戻っても、日本国内と同じ衛生環境を整えられる店は多くない。もちろん自分のブランドを立ち上げるにも多額の費用がかかる。家族の期待を一身に背負って留学しているような学生も多いから、昔のパティシエのように地道に裸一貫で、というわけにもいかないんだ」

先生の話では、そうやってなかなか成功できない元学生から、イザキ・ヨージの店をフランチャイズさせてもらえないかという申し出がかなりの数あったのだという。

「彼らの腕前や成績、日本の修業先での素行などは簡単にチェックできる。ただ私の店は出資会社ではないから、そういった事業を始めるならば会社規模を大きくしなければならない。私の下で学んだ職人が、苦労しているのに成功できないのは見るに忍びないけれど、はたしてただの職人である私が、人材投資にまで関わっていいものか、と悩んでしまってね」

そこで、ベンチャーに投資する専門の会社に相談しているうちに、EC展開の話になった。

「鮫島さんの名前は、ローベルジュさんと組むことが決まってから、自然と出たんですよ。それで、僕に話が来て」

現在の静緒の素行調査が行われたというわけだ。つまり、ヨージ・イザキ&ローベルジュのECブランドを立ち上げるにあたって、準備室で働くスタッフが必要であり、静緒に白羽の矢が立ったというわけなのだ。

「どうだろう、君の実績ならまったく問題はない。一年は準備室の室長として。その後は役員として僕たちと新しい喜びを生み出す会社を立ち上げてみないか？」

それは、彼らがブレンドしつくりだすカスタードクリームよりも甘い提案だった。

（役員……、私が）

きりりと冷えた日本酒の辛さも、先ほどまでの心地よいワインの酔いも忘れる話だ。

ただただ、欠けのない月を見つめるように目が冴えた。

第五章　外商員、ヘッドハントされる

薄いはずなのに、ずっしりと重い封筒の中身に何度も何度も目を落とした。考えもしなかったヘッドハンティング。紅蔵がローベルジュから自分を引き抜いたときとは比べものにならないほどの好待遇、高ポジションである。

「……自分が会社の役員になれるかもしれないなんて、思ったこともなかったな……」

もちろん、静緒の歳で自分の会社を成功させているビジネスマンなど山ほどいる。静緒はといえば、転職をし仕事場が変わりいつまでも新人のような気持ちでいるうちに、いつのまにかこんな歳になってしまっていた。

『自分を高く売れるうちに売るのも人生ですよってこと』

『お金を効率よく稼ぐには、タイミングが大事よ。運とコネクションは最大のセーフティガードになる』

桝家や百合子に言われた言葉が、何度も何度も跳ね返っては静緒の中に響いた。

条件は揃っている。静緒の原点とも言える製菓の仕事であり、古巣ローベルジュとヨージ・イザキの合同ブランド。これから確実に伸びる市場であるECをメインにした商品開発、ブランディング、マーケティング、どれも静緒が成果を出してきた仕事だ。

なにより、報酬がすごい。単純計算で準備室チーフの一年だけで、いまの年収の倍以上ある。無事立ち上げが終わったあとは、株式報酬により役員に就任。収入はさらにあがるだろう。

その代わり、立ち上げに失敗したときのリスクもある。失敗したスタッフとして静緒の名前は知られるだろうし、ECと海外マーケットの開拓という重責を一身に負うことになる。仕事量も多い。出張も格段に増える。

いま、母が胃がんという大病を背負っている時期に、出張などしている場合だろうか、と思う自分と、どうせ今の仕事のままでも会わなかったのだから、いざというときにお金が使えるほうがいいと思う自分が、もう何日も自分の頭の中で怒鳴り合っているような感じだった。とにかく落ち着かない。

（深呼吸しよう。なにもすぐ決めなきゃいけないわけじゃない。こういう話は時間を

かけてやるものだから)

いまは目の前にやらなければならない仕事がある。それに集中して、雑念をふりはらわなければ、捕らぬ狸(たぬき)に惑わされてミスをしてしまいそうだ。

そういう意味で、NIMAさんの出張につきあったのはいい気分転換になった。君斗に紹介してもらった東京の弁護士事務所へNIMAさんをお連れし、ややこしくなりつつある著作権問題を一気に解決してくれるような代理人を決めて、理不尽に彼女が受けているストレスと不安が少しでも安らぐようになればと思わずにはいられない。

綿上・マッケンジー法律事務所は、もともと日本の四大法律事務所と呼ばれた最大手の事務所が国内部門と海外部門に分かれ、その後別途に成長した中規模の法律事務所で、所属弁護士は百人前後、丸の内の一等地を見渡せるビルの高層階に事務所を構えていた。

静緒はまだ経験はないが、外商員を長らくやっていると、顧客の会社が犯罪に巻き込まれたり、国税局の調査が入ったり、訴えられたりといったことはままある。そのとき、経営者が頼れる相手はもちろん顧問弁護士だが、なぜか外商員が同伴を求められることも少なくない。家族にも知られたくない、友人にはもっと知られたくない、知られれば会社の評価にひびくとなれば軽率な行動はとれない。しかしだれかに側にいてほしい。そんなとき、プライベートな事情をよく知っている相手で、きちんとした企業でＴＰＯ教育もしっかりしている外商員はちょうどいい話し相手になるのだろう。

さまざまなケースに慣れているのか、綿上先生サイドも静緒の同伴を拒んだりはしなかった。事前に事情をまとめたレポート等の資料をお渡ししていたのもあり、事務所での名刺交換ののち、すぐ話がまとまった。

「そういうことでしたら、お引き受けさせていただきます。代理人変更の手続きを急ぎでやりましょう」

綿上先生のほか、咲山（さきやま）先生、伊沢（いざわ）先生と三人の弁護士がＮＩＭＡさんの代理人を務めることになった。事務所のシニアパートナーである綿上先生がお父さん、咲山先生が次男、伊沢先生が末っ子の長女、という感じで、序列もシニアパートナー、パートナー、アソシエイトという並びである。

「海外ドラマで見たことしかなかったけど、ホントにパートナーって呼ぶんだね」

帰りの新幹線の中で、少し心が軽くなったというＮＩＭＡさんが、そんなことを言っていた。

「私も、弁護士のほとんどが個人事業主って初めて知りました。パートナーになると会社に出資しなければならないとかも」

「税理士事務所とは違うんだねえ」

弁護士事務所はいわばフリーランスの協同組合という感じに近い。司法試験に受かることより、上から何番目で受かるかのほうが大事だという意見も聞いたことがある。上から裁判官・検察官とお呼びがかかるからである。つまり裁判官になりたいのなら、司法試験に受かるだけではなく、何番で受かるかという戦いに挑まなくてはならない。官僚も同じだ。財務省・外務省に入りたいなら、キャリア試験を上位十番まででクリアしなくては難しい。らしい。

さっそく、相手方のB&Bプロの代理人に、弁護士交代のお知らせが送付された。その前に元町の弁護士事務所へ行き、お世話になった先生方にもご挨拶する。NIMAさんは当分の間関西で海を見て暮らすと言っているから、これからも地元で動いてくれるプロフェッショナルとのつきあいはあったほうがいいだろう。

ひとつ重荷を下ろして、つぎの仕事。あれこれ美容整形に関心のある鞘師さんのお買い物につきあった。

「脂肪溶解注射って、いろいろ記事を読んだんだけど、自然天然成分から抽出されているので安全ですよって、あれどういう意味なんだと思う？　天然成分だから安全なの？　どう安全なんだろう。よくわからない」

お得意様サロンでゆっくりとコーヒーを飲みながら、鞘師さんは声を潜めつつも話を止めなかった。

「ねえ、鮫島さんはさ。脂肪溶解注射とバッカルファットとリフト、どれをやったらいいと思う？　私の顔」

「………そう言われましても」

　顔をどう思うかは完全な主観なので、大変コメントしづらい。だが、鞘師さんのように表に顔を出さなければならない仕事では、うっかり友人に整形の相談をして、ネットで陰口を叩かれる原因になってはたまったものではない。だから静緒にしか話せない。そんな事情も理解できる。

「どうやっても顔が痩せないのがストレスなの。どうしたらいいだろう」

「ええと、これはあくまで私独自の調べなので、詳しいことは専門家にお聞きになってくださいね。バッカルファット除去の利点は、安価で口の中から取り出すので傷口が目立たないこと。ダウンタイムが少ないことです。デメリットは歳をとり歯が弱ってきたころ、咀嚼(そしゃく)や歯茎になんらかのトラブルが起こる可能性があります。ですがこの部分に脂肪のかたまりがあるのは、必要だから。年老いてブルドッグ頬になるのも、口腔内の筋肉の衰えをサポートする働きがあるからではないか、という意見もあります」

　なるほど、と鞘師さんは真剣な顔で頷いた。

「つぎに脂肪溶解注射です。こちらは一回の施術料は安価ですが、一度ではなく四、五回は必要である、とどのクリニックもすすめています。ということは、一回で鞘師さんの望むだけのシェイプ効果が出るかというとかなり疑問です。五回以上すれば、結局脂肪吸引手術と同じだけかかります。メリットは吸引と比べて圧倒的にダウンタイムが少ないことです」

「リフトはどう？　溶ける糸を注射して口元から引き上げて顎をしゅっとさせるの」

まるで美容整形外科のカウンセラーになった気分である。ここ数ヶ月で、静緒もだいぶ詳しくなった。ヒアルロン酸を打ってもらったついでに、あれこれ聞き出した成果でもある。

「リフトですが、さまざまな施術があるようです。クリニックによってやりかたが違うため一概にはいえませんが、そもそも顔自体に肉が付いていると、重さがあるために糸でつりあげるだけではシェイプ感を出すのは難しいのではないかと言われました」

「マイクロニードルは？」

剣山のような機械で光をあてながら細い細い針で皮膚組織にわざと傷を付け、皮膚下でコラーゲンを生成させることによって肌のよみがえりや引き締めを行うものである。

「効果がまったくないとはいえないまでも、鞘師さんのお歳ではそもそもたるみや皺(しわ)

やシミの問題ではないので、シェイプ感を出すにはものたりないのではないか、ということでした」

目元を隠した鞘師さんの写メを見せて、四軒の美容整形クリニックで確認した結論である。

「鮫島さんは、どう思いました？」

「顔のことですので、私の意見はあまり参考になさらなくてもいいかとは思います。ご自分で、納得のいく施術を選んでいただけたら」

「……そうですよね、鮫島さんがなにか言えないのもわかります。人の顔のことだもん」

毎日何百、時には千万単位で株を売り買いしている凄腕のトレーダーでも、自分の顔の美容整形問題にはなかなか結論が出ない。それくらい大事なのだ。人の顔というものは。

「顔、顔ってさあ……。どうしてここまで悩まないといけないんだろう」

鞘師さんとは種類が違うが、地黒でめったにあうファンデーションが見つからない静緒にも、顔に振り回されることがどんなにストレスか、その感覚は理解できる。

「私、親と同居してるからどうしても、ダウンタイムがあると難しくて。よくドラマでもある、旅行に行ったふりして大がかりな手術をするっていうのも、バレそうな気がして。うちの親保守的だから、娘が整形手術したって言ったら卒倒しそうです……」

もう少し考える、と言い置いて、鞘師さんはブランドのショップバッグを抱えてタクシーで帰っていった。

事務所に戻り、次の訪問の準備をした。転職のオファーがあってから、なぜか妙に罪悪感を感じてしまう。あれから何度か堂上から食事の誘いがあった。彼がどんな立場でこの新会社設立にかかわっているのかよくわからない。もしかしたら、彼も二人に引き抜かれ、良きタイミングを見計らって会社を移る準備をしているのかもしれなかった。

とはいえ、静緒の仕事に切れ間はない。人生のイベントが途切れなくつづくからこそ、外商の仕事がある。本気で転職するなら、どこかで踏ん切りをつけるべきであり、早めに会社に伝えなければならない。

(少なくとも、佐村さんの息子さんの中学受験が終わるまではそぶりもみせてはならないし、NIMAさんのことも気がかりだし)

なにより静緒の心の多くを占めていたのは、清家様のことである。

清家弥栄子様は静緒が外商部に配属になってからずっと担当させていただいている縁の深いお客様だ。骨肉腫を患い、家族が一丸となってあらゆる治療を続けてきたが、この夏すぎからいっさいの治療をやめて緩和ケアを始めたと聞いている。近所に住む娘さん、藤城雪子さんから、抗がん剤をやめて毎日家で看護師の介護を受けるようになってから、このまま治ってしまうのではないかと思うくらい元気に見えると報告を受けていた。

けれど、がん患者が治療をやめてから一時的に元気になったように見えるのはよくあることで、決して回復しているわけではないことは家族も十二分にわかっている。

昨日、静緒は一通のメールを受け取った。ミラノの葉鳥からのもので、今日には帰国するとのことだった。

続いて、間をあけず藤城さんから連絡があった。このタイミングは葉鳥の帰国の連絡を受けてのものに違いない。

ベンツさんのお葬式を担当したときは、突然のことでやらなければならないことが先行してろくに考える暇もなかった。こんなふうにお別れが徐々に近付いているお客さんは、静緒にとっては初めてのことだ。

きっと外商部で働く時間が長くなればなるほど、こういう機会は増えていくのだろうと思った。死もまたイベントのひとつであり、多くの人間にとって耐えがたい悲しみである。心も体もストレスで動かなくなる、そんなときこそ、家族ではない外商員が動くべきであろう。

死を前にして、自分になにができるのか。ものを売りつける以外できない立場の自分にできることはあるのか、弥栄子様のことを考えるたびに、静緒はこの仕事の難しさと限界を感じ、出口のない迷路に迷い込んだようになる。

それは、母眞子の胃がんがわかってからなお顕著になった。あれから毎日のように電話をしている。フェイスタイムで話す母は会ったときと変わらず元気そうだ。ステージ1の胃がんならほぼ完治する時代、いまはピロリ菌の根絶にもいい薬があるという。週末には必ず顔をだすようにしてからというもの、眞子はややめんどうくさげにしているが、顔はうれしそうだ。

一緒に住めたら、という思いがますます強くなった。そして、今ローンを組んでから退職し、転職のオファーを受ければ、今の給料のままの返済計画よりずっと楽になる。

時間は無限ではない。時間こそが大事だということをお客さんたちに気づかされる。いま、このときに葉鳥に会えることは、なにか大きな決断をせよという暗示なのかもしれない。

久し振りに清家家の中にまで通された。離れの明るい洋室は、いつのまにか手を入れられて二十畳ほどの広い病室になっていた。側には心電図と点滴台。ベッドにはナースコール。秋だというのに庭には色とりどりの花が植えられている。窓から庭へ縁側とスロープがそなえつけられ、子供用のブランコの側にはビニールのボールが転がっていた。雪子さんの娘さんが遊んでいるのを、ベッドから弥栄子様が見られるようにという気遣いだろう。部屋の中にも子供用のおもちゃがたくさんある。

「お久し振りでございます。弥栄子奥様」

客用洗面所で念入りに消毒をした静緒が部屋に顔を見せると、弥栄子様がふわりと微笑んだ。

「あら、こんにちは、鮫島さん。お元気そうでよかった」

「おかげさまで」

「雪子からお噂は聞いていました。いろいろ力になってもらっているとか」

「いいえ、そんな。たいしたことは……。そういっていただけてありがたいです」

新しい治療を始め、姫路にまで通われていたころの弥栄子様は、みるみるうちに痩せて病院に通う以外のことがほとんどできなくなっていた。幸いその治療のおかげで転移したがんの進行は少し治まっていたという。はじめから緩和を望んでいた弥栄子様が、意思に反して辛い治療の道を選んだのは、家族の強い希望からだった。なんとしても生きていてほしいと娘さん三人が母親を説得したのだ。まず、末の娘さんがおつきあいをしている相手との結婚式の準備を始め、真ん中の娘さんも妊娠をした。いま、雪子さんも第二子を妊娠し、八ヶ月である。

　母に生きる理由を与え、生きることを諦めさせたくない。ウエディング姿を、孫の顔を見せるんだ、という三姉妹の思いはなみなみならぬものだった。今年の六月に、末の娘さんの結婚式があり、夏のさかりに次女が男の子の双子を出産。喜びに包まれた清家家にあって、弥栄子様も周りがびっくりするほど活動的になった。三姉妹の計画は成功したのだ。

　しかし、母を側でサポートしてきた雪子さんにとって、イベントが起こるたびにそれが終わることが恐怖になった。いま、母は自分たちのために生きている。もし自分の出産が終わったら、役目を終えたと思って急に逝ってしまうかもしれない。

　清家家に看護師がつくようになってから、静緒はいつもお手伝いさんからの電話を受けて、必要なものを届けるだけだった。娘さんたちの結婚式も出産も、嫁ぎ先の御用聞きが仕切ったと聞いている。だから、雪子さんからの伝聞でしか様子をうかがうすべはなかった。どんなにおやつれになっているだろうと覚悟して訪問した。

「今日はね、思い出のデニムをはいてみました」

　弥栄子様は、電動の車椅子に座って、自由に家の中を行き来していた。お手伝いさんに手伝ってもらって、毎日着たい服を着て、散歩にも出るし、髪も染めているのだという。だからだろうか。顔がげっそりと痩けてしまったことを除けば、一緒に店の屋上で回転木馬を見たときと変わらない印象を受けた。

「デニムですか」

「そう。大昔に父に隠れてこっそり自分で買ったデニムがタンスの奥から出てきたの」

「母は最近、毎日ファッションショーをしているんです」

　雪子さんも笑顔で言う。

「中にはすてきなコートやツーピースもあるから、もらったりしています」

「お洋服は良いけど、バッグや靴は意外と傷んでしまうのね。湿気のせいね。雪子にあげようと思ったパンプスのヒールがとれてしまって。雪子が怪我（けが）をしなくてよかったわ」

　形見分けを始めているとは聞いていたので、とくに驚かず、事前に聞いていた寄付先について話をした。

「障害者支援センターで一括してひきとってくれるところがあります。いまはネットで中古品を売ることでリターンが大きいので。それ以外の多くのＮＰＯでも探せます。奥様のご希望の支援先がありましたらお申し出ください」

　事前にリサーチしておいた古物引取先のリストを渡した。以前から弥栄子様は、恵まれない人の支援をしたいという意思をお持ちで、静緒や友人関係を通じて寄付をすべき新しい団体や法人を探しておられた。発達障害関連団体と難病指定活動関係、あとはいくつかの大学の研究機関を紹介し、財団から寄付をしたと聞いている。

ひとつ用事が済んだ。お疲れにならないうちにと、次に本日お持ちした化粧品をキャリーバッグから取り出した。

「よかった。久し振りにお化粧しようと思ったら、だいぶ古くなっていて。前とずいぶん肌質もなにもかも変わってしまったでしょ」

五十代以上用の化粧品をいくつかピックアップし、基礎化粧品とメイク用、それぞれを持てるだけ持参した。

「前に、鮫島さんにヘアメイクさんを家に呼んではどうか、と言ってもらってすごく気持ちが楽になったの。そんなこと思いつきもしなかった」

「いまはなんでも出張サービスがありますから」

「教えてもらったネイルの出張もとてもよかった。フットバスをしてもらってとても気持ちが良かったから、雪子に買ってきてもらっちゃった」

家で髪を染めてもらい、エステとネイルのサービスを受け、新作の化粧品を揃える。病人だからといって病人用のものばかりに囲まれていても気分が萎える。そういうお客さんも多い。店に入っているサロンは大抵出張枠があって、こうした外商のお客様を紹介することも少なくないのだ。

「それでね、鮫島さんにお聞きしたいことがあって」

「はい。どんなことでしょう」

「今度、ホームパーティをしようと思っているの」

　きっぱりとした口調で弥栄子様は言った。思わず雪子さんのほうを見ると、わかっているという顔だった。それで、ああ家族の間で話がついたのだと静緒は察した。

「お友達の会と、親族だけの会と二回する必要があるって雪子は言うの」

「お母さんは交友関係が広いからね」

「私は一度で良いと思うんだけれど。それに、お客様に気を遣わせたくないわ」

　お疲れになることを思えば、弥栄子様のおっしゃるとおり一度で済ませるのが妥当だろう。しかし、それで本当に会いたい人と全員悔いなく会えるだろうか。

　弥栄子様の言うホームパーティはただのパーティではない。お別れの会なのだ。

「半月ほど間をあけて、二回するのはどうでしょう。十二月初旬に一度お友達の会を、月末にご家族のクリスマスパーティだと、どのご家庭にも負担は少ないかと思います」

　イベントが終わるたびに、母が安心してすぐ逝ってしまう気がする、と雪子さんが言う気持ちもいまの静緒にはよくわかる。ならば、イベントの数を増やせば、負担を軽減し、ご家族の意に沿うことができるのではないか。

「もう少し早めることはできる？」

「お母さん、私は年明け予定日だからだいじょうぶよ」

「経産婦は早まるでしょう。それに、なんとなく、私のほうが年を越せない気がして」

しん、と部屋が静まりかえる前に、静緒は慌てて言った。

「では、急いで準備を始めます。ご希望をお聞かせください」

「鮫島さんにお任せでいいの。いつもよくしてくださるから。でも、もしできるなら……」

弥栄子様の言いたいこと、一番の要望はわかっていた。

「葉鳥に準備させることですよね」

はっと雪子さんが顔を上げる。弥栄子様はまっすぐに静緒を見た。

「そうなの。難しいかしら」

「いいえ。そのために帰国したんだと思います。私のほうで、葉鳥の動きやすいように上とかけ合いますので、一日お時間をください」

「ありがとう」

あくまで現担当外商員は静緒であるから、弥栄子様はこうして顔をたててくださったのだ。本当なら、いくらでも葉鳥本人と連絡をつける手段はあるだろうに。

「それとね。鮫島さん。これは葉島さんはご存じないと思うし、鮫島さんに相談したいのだけれど、もうひとつついいかしら」

「……はい」

葉島さんより自分のほうが詳しいことがこの世にあるだろうか、と思いながらも耳を傾けた。

「あのね。自分でもいろいろやってみたんだけど、うまくいかなくて」

雪子さんには相談済みなのか、お互いに目配せをしながら、

「あの……、外国の映画とかで、人間じゃない役をやる人がいるでしょう。角があったり、青い皮膚だったり」

「ああ、特殊メイクですね」

「そう。その特殊なメイクをしてもらったりはできないのかしら」

最初は問われている内容も意図もピンとこなくて、五秒ほど考え込んでしまった。

「奥様、が特殊メイクをなさるんですか？　たとえば、サンタクロースとかになって？」

「ううん。そういうのも素敵かもしれないけど、そういうのでもなくて。あのう、私、すごく頬が痩けちゃったでしょう。だから、ああいうメイクで顔だけでも少しふっくらさせられないかしらと思って。お客様にびっくりされないように」

ああ、と思わず息をついてしまった。

「おっしゃっている意味がわかりました。モンスターになりたいってことではなくて」

「そういうのも楽しいわね」

「お顔の痩けを特殊メイクで一時的にどうにかしたいってことですよね。ホームパーティのために」

弥栄子様は少し恥ずかしそうにうつむいて、

「取り繕うようで、お客様に失礼かと思って、それで何日もお別れの会をするのを躊躇っていたら、雪子ができるかもしれないって教えてくれたの」

聞けば、最初はメイクでどうにかできないか、ヘアメイクさんに相談してみたそうだ。けれど、お顔の頬の痩けがかなりひどく、どんなにメイクでごまかそうと思っても難しかったとのことだった。

抗がん剤で抜けた髪のかわりにウィッグは用意できても、頬の痩けは戻らない。人間はいろいろだ。顔を細くするためにバッカルファットを抜こうと考えている鞘師さんのような人もいれば、たった一日のパーティのために元の顔に戻りたい弥栄子様のような人もいる。

「わかりました。どこまでできるかですが、急ぎ知り合いをあたってみます。こちらは二日ほどお時間をいただけますか」

弥栄子様のお宅のホームパーティだけならば何度か経験があるので勝手はわかっている。問題は、弥栄子様が当日できるだけたくさんの人と会えるように工夫をすることと、招待客のリストアップ。そして、元気だったころの姿をできるだけ再現すること。三つ目が大きな課題だ。

清家のお屋敷を出て、車のエンジンをかける直前に雪子さんから連絡が来た。難しいことを頼んで申し訳なかったと。それでも、母がお別れの会をする条件がどうしても、最後に見る自分を弱々しい病人のような姿にはしたくない、の一点張りだったことを教えてくれた。

『これから痛みが酷(ひど)くなればモルヒネを使うことになるの。そうなると、わけのわからないことを叫び出したりするって。母はそれがどうしてもいやなの。もともと脳転移をしているのにこんなに元気なことが奇跡なくらい。父なんか、抗がん剤をやめた母がみるみるうちに元気になっていくから、まだ良い病院をさがせば治るかもなんて言ってる。妹の結婚までは……、私の出産まではって気力で生きてるのがわからないのね。男の人って……』

弥栄子様らしい最後のお別れ会、しかも弥栄子様にはあまり負担をかけず、できるだけたくさんの人に彼女のことを覚えていてもらうための、素敵なパーティ構成にする必要がある。

人生の折々のイベント、ほとんどの買い物を富久丸百貨店でお買い上げいただき、顧客として関わってくださったお客様の、最後のお買い物なのだ。店の名にかけて、いいや外商部の名にかけて、ありふれたただのホームパーティで終わらせることはできない。

芦屋市立美術博物館は、芦屋市という面積も住人もあまり多くはない市にしてはおどろくほどの充実したラインナップを揃えている。それは、近隣の住民が所有する貴重な美術品を無償で貸し出しているからであり、まさに土地柄であるとも言えるだろう。

隣接する谷崎潤一郎美術館、その谷崎がかつて住み、詩人の富田砕花が移り住んだ歴史的建造物である富田砕花旧居、そして俳人高浜虚子の記念館と、芦屋には文豪関係の記念館も多く、多くの阪神間モダニズム建築と合わせるととても一日では回りきれない。

この美術博物館のカフェで、と指定してきた葉鳥は、帰国すると一度はこれらの場所を見て回るという。静緒は今までこのカフェで彼と二度打ち合わせをしたことがある。

奥の展示室から学芸員に見送られて葉鳥が姿を現した。今までよりずっとラフなノータイ姿だが、フェルト帽と天気の日でも持ち歩く細い傘、そしてル・タヌアの飴色のバッグは健在だった。

「お待たせいたしました」

「お久し振りです。葉鳥さんもお変わりなく」

こうして顔を合わせて話すのは半年ぶりで、生声を聞いただけで皮膚が粟立ち、爪の内側まで赤らむのを感じる。男女の色恋とは関係なく、この人が自分にとって特別な存在であることがわかる。

「ミラノはいかがですか」

「それが、今年は老体に鞭打って世界中を飛び回っています。せっかくナヴィリオ近くのアパートを借りたのに、ろくに散策もできないままです」

ミラノのナヴィリオは運河を挟んで、毎月最終日曜日に大規模な高級骨董市がひらかれることで有名だ。マーケットがない日でも、アンティークショップやカフェなどが建ち並び、下町ならではの情緒が味わえる。静緒は大昔に、トランジットのため一日滞在し、大急ぎで観光したことがあったが、ビンテージ男性小物蒐集家の桝家に言わせると夢のような街なのだとか。

「富久丸のお仕事ですか？」

「半々、といったところです。もともとは仕立てを勉強するために入った訓練校で、親方と仲良くなり、トランクショーの紹介をしました」

トランクショーというのは、受注会のことで、テーラーが年に何度か大都市を訪れ、スーツなどの仕立てを受注する。ミラノといえばやはりオーダーのスーツの街であり、ナポリと並んでテーラーの数も突出している。

「葉鳥さんが採寸をされるのですか？」

「そうです。はじめは助っ人でね。何歳からでも仕事を始める人間はいますが、この歳で職人になろうと思う人間はやはり目立つらしく、最初はコンサルタントが職人のなり手を探しにきていると思われていました。やはり、どんな格好でいても、見る人が見ればどういう種類の人間かわかってしまうのですね」

「でも、アルマーニだって百貨店でバイヤーをしてから、四十一歳で会社を設立し世界のアルマーニになりましたよね。バイヤー経験がその後の成功に大きな影響を与えたとはいえ、キャリアに年齢は関係ないのだな、と思います」

「アルマーニと比べていただけるなんて、これ以上光栄なことはないですね」

いつも感情を完璧にコントロールしている葉鳥にしては、うれしそうな表情がにじみ出ていた。本当にスーツが、そして仕立てが好きなのだろう。

「どうして世界中を飛び回っておられたんですか？」

運ばれてきたコーヒーにまず口をつけて味わってから（これはコーヒーを淹れてくれた人に対しての最低限の礼儀である）、

「これから、フルオーダースーツなどの業界では生地の確保が大きな問題になると思います。鮫島さんもご存じかと思いますが、日本ではすでに外国のテーラーが店を続けられず撤退する事案が相次いでいます。そういうことを受けて、代わりにトランクショーをして受注を続けられるように手伝っているのが百貨店です。しかし、百貨店自体も店舗を閉めたり人員やフロアを縮小したりする昨今です。日本でミラノスーツをオーダーしたお客様が、なにかあってお手入れしたいとき、受注した店がもうすでに閉店していることも大いにありうるわけです」

トランクショーは百貨店外商部にとって大きなイベントであり、静緒も必ず毎年ここでスーツをオーダーされるお客様を担当している。すべてのお客様が英語を話せるわけではないし、やはりニュアンスや好みといった細かい言い回しは通訳が必要だ。テーラーサイドも、なにかあったときにトラブルになるのを恐れ、紹介しか受けない店も多い。その中で富久丸百貨店がテーラーから信用を置かれ、新規の客を受け入れてもらい、なおかつなじみにしていくための重要なポジションをになっているといえる。

昔、イタリア語の通訳がいまほどたくさんいなかった時代に紳士服を担当していた葉鳥は、独学でイタリア語をマスターせざるを得なかった。トランクショーがあるかぎり、葉鳥のような存在を店が手放せないのも頷ける。

「また、ビンテージの生地自体生産が終わっていることも多い。もうぼろぼろになってしまったジャケットを持って、これと同じ生地のものが欲しいとおっしゃるお客様があとをたたないのです。そうなるとどこかにストックがないか、世界中を駆けずり回ることになります。そうやって親方と客の信頼を得る。これだけ生地が集まれば、日本に行ってもいいという店もある」

スーツのことを語るとき、葉鳥はいつもよりやや情熱的になる。静緒はそんな彼の声を聞いているのがとても好きで、いつまでもこうしていたい気分になった。

定年間際になって単身イタリアに渡り、一から修業をすることとは、葉鳥にとって余生のようなものなのだと勝手に解釈していた。しかし、いまの彼の語り口を聞いているだけでも、それがまったく的外れであったことがわかる。

葉鳥は、日本人がミラノやナポリのオーダースーツを着る機会を守りたいのだ。日本でのトランクショーを守るには、百貨店を守るしかない。その性質上、一度切れた縁を復活させるのはとても難しいから、なんとしてもいまいる顧客と職人を繋ぎ、子や孫の世代にオーダーメイドのよさを繋げたい。そのためには百貨店の外商という富裕層との独自のコネクションをもつ大企業の存在は欠かせない。

静緒のキャリアである生菓子とはまったく世界が異なるからこそ、興味深く、相手が葉鳥であることをいいことにふとした疑問も投げかけてしまった。

「女性用のスーツを有名テーラーが仕立てるのは難しいでしょうか」

テーラーという言葉そもそもが、紳士服の仕立て屋という意味だ。女性ファッションの仕立てではドレスメーカーと呼び、今までは明確な区別がされていた。しかし、最近ではゼニアでもレディースのセットアップを手がけているし、型紙を用いないナポリ仕立ては汎用性が高く、レディースにも向いている。

「ドレスメーカーやメゾンによるスーツもたしかにいいですが、個人的には老舗のテーラーやサルトリアが女性用のスーツを仕立てるためだけのトランクショーを日本でやりたいです」

「なるほど」

言葉だけではなく、葉鳥は必ず動作を伴って頷く。

「ナポリやミラノから職人を呼んで女性用のスーツを仕立てさせるメリットはなんですか？」

「いままで男性が独占していた特権を開放し、多様化社会へいちはやく対応できることです」

「なるほど」

「もちろん、女性のメゾン文化もあります。シャネルやサンローランのオートクチュールを買うほうがずっとずっと高いでしょう。値段の問題ではなく、大事なことは、いままで男性が独占していた文化を、なに隔たりなく女性が享受できるようになることです。もちろん、いずれは男性のランジェリーのための受注会も開かれるべきでしょう。そうすることによって、中には文化や伝統が壊れるという人もいるかもしれません。ですが、なにかを受け入れ門戸を開くことは、なにかを壊すことにはなりません。選択肢を増やすことです。たとえ今までは性別を絞ることによって形成されてきた文化であっても、これからはなにごとも決して特権的であってはならない時代になったと私個人は考えています。そして、新しいマーケットの開拓は文化の継承に繋がります。決して、テーラーが消滅することにはならない」

女性がスーツを仕立てられる場所はいくらでもあるし、腕の良い職人は世界中にいる。そうではなく、トランクショーという文化を性別関係なく広く行うことで、百貨店をうまく利用できるのではないか、と静緒は考えた。

どのみちテーラーが日本の百貨店を通して受注会を行うのならば、一日女性だけの日があってもおもしろい。スーツを必要とする顧客名簿は百貨店が管理していて、需要を割り出すのも容易である。

百合子・L・マークウェバーのようにシャネルしか着ない女性の心理は、シャネルが（靴や革小物などを除き）メンズラインを持っていないことが大きいという。男性は、シャネルを着ようと思えば必ずレディースを着なければならない。ここまで徹底してレディースのみにこだわっているブランドはシャネルだけであり、そのブランディング戦略こそがシャネルをここまで成功させているともいえる。

これを裏返せば、女性はいままで同じことを男性サイドにされてきたということがわかる。テーラー文化は男性の特権であり、スーツ着用が求められる場に女性が進出してずいぶん経つ今になっても、いまだ門戸は完全には開放されていない。

百貨店によくある、紳士服、婦人服という区分けはもう古いのではないか、と静緒はなにかにつけて紅蔵に話すことがある。婦人服のフロアに男性がいるだけで目立つというのは今の時代よくない。しかし、男性がいられない雰囲気を保つことによって、女性が安心して買い物ができる、という店側の空間作りも理解できる。実際、多様化が進んだ欧米でも、いまだに紳士・婦人のエリア分けははっきりしている。

多様性に対応しつつ、いままでつちかってきたよい部分を残すことは百貨店のこれからの課題だろう。

「葉鳥さんが、ナポリではなくミラノを選んだのは少し意外でした」

「ほう」

「ミラノはもう、手縫いはほとんどないと聞いていましたから。それに、高温多湿の日本には暖かいナポリでよく使う生地のほうが合うのではとも。私はスーツについてそこまで知識はない素人ですが、なんとなくフルオーダーメイドで、曲線のあるナポリ仕立てのほうが日本人には売りやすいとも思っていました」

ナポリは手縫いで型紙を使わず、暑い気候にも対応できるよう袖や脇などに一工夫ある仕立て。一方ミラノはミシンがほとんどで、肩をかっちり作るストレートライン。

「でも、たしかに日本に来てくれやすそうなのはミラノのほうですね」

葉鳥の狙いが、スーツの仕立てを学ぶことではなく、日本での百貨店開催のトランクショー文化を継続させ、なおかつメンテナンスを容易にすることであれば、日本のテーラーと提携し、メンテナンスを気軽に受けられるミシン仕立てのほうが都合がいい。

「私も行ってみたいです。ミラノ。日本からのアクセスを考えればたしかにナポリは一手間かかりますしね」

「女性だけのトランクショーはおもしろい試みです。紅蔵に相談してみます」

紅蔵さんの名前が出たところで、話が流れないよう、本題を切り出した。

「清家様のホームパーティの件ですが、葉鳥さんにおまかせしたいとの奥様ご本人のご希望で私はサポートにまわることになりました」

「聞いています。よろしくお願いいたします」

　さっそくいくつかの確認作業がはじまった。お料理に関しては、長年清家の家に通っているお手伝いさんたちの希望で、どちらかの日には自分たちが作りたいとのこと。お客様の多いご友人たちの会ではなく、親族だけの日は業者を入れないことに決まった。

「ご使用されているお薬の関係で、あまり長くお話しするのは難しいけれど、できるかぎり密に交流したいとの奥様のご希望がありまして」

「それについては、私からひとつ提案があります。少し準備に手間がかかりますが、奥様はただ眺めているだけで済みますので、悪くない案だと思います」

　葉鳥から説明されたプランは、静緒がいまだ聞いたこともないようなパーティプランだった。欧米では古くから行われてきた歴史があり、弥栄子様もよくご存じだという。

「これは、実現すればなかなか大がかりなものになりますね」

「そうですね。日本ではあまり例がありませんし、お呼びする方々にもあらかじめこちらから説明が必要でしょう」

「でも、すてきだと思います。奥様のご希望にぴったりのプランです」

　特殊メイクを希望されていることは、あえて葉鳥には話さなかった。弥栄子様が静緒だけをわざわざ呼んだということは、そういうことなのだ。

「ではまず、清家のお宅にお伺いして、必要なもののリストアップを急いでします。葉鳥さんは、お客様がたへのアナウンスをお願いいたします」

ざっくりとこれからの手順を確認して、一息ついたころ葉鳥がコーヒーを再注文した。最初に飲んだときと同じコーヒーなのに、緊張感がうすらいでいたからか味がぜんぜん違う。

天井の高い空間でゆっくりしていると、自分の中の言語化できない日々のもどかしさが、湯気のように立ち上っていくのを感じる。初老の男性が目の前にいて、コーヒーの香りにつつまれながら話をする。そのシチュエーションだけで、もし父が生きていたらこうして二人で平日に会っていたのだろうか、との思いが満ちた。もう父は定年になって、ゆっくりしていただろう。電車の仕事についてからは、飛行機を見るのが好きだった。大昔に何度か父と飛行場へ行ったけれど、なにがおもしろいのかわからず、アイスクリームを買ってもらうのだけが楽しみだった。今ごろは母と、年に一度は海外旅行に出かけていたかもしれない。

そして、母は病気になっても父がいてくれれば、もっと心強かっただろう。都会のマンションになど移り住まず、郊外の一軒家でゆっくりと土いじりでもしながら、歳をとるのを楽しんでいただろう。

そう思うと、父のいなくなった穴を自分が埋められていないことを実感した。父が死んだ歳まであと少し、なのに静緒は頼りがいもなく、自分の意見も言えずただアイスクリームをなめて空を見上げていたころとなにも変わっていない。

「葉鳥さんにとって、一人でいることとって、何ですか？」

あまりにも居心地が良かった。葉鳥は冬の日に暖炉の側で温まった空気のようで、思わず口にしてしまった。

「すみません、変なことを聞きました」

「いいえ、いいんですよ。若い方の参考になるかどうかわかりませんが」

すっきりと背筋を伸ばして、外のほうを見る。

「私は愚かにも、少しも間違いたくなかったのです」

「間違う……」

「臆病で、頑固でした」

ああ、彼はいま静緒が直面しているような、自分を自分で評価し歯がゆく思うところをとおりすぎてきたのだな、と思った。いつか、彼にも訪れたことがあったのだ。いまの静緒と似た、子供の時に描いた大人像とのギャップや、到達できていないことへの敗北感が。

「ですが、今はそんな自分が愛おしく、なさけなく、また愛おしい。ああもっとうまく生きられたらよかったのにと思わないこともないですが、これが私。目の前にきらめくメリーゴーランドがあって、それをただ見送っている。何度も何度も白馬や馬車はやってくるのに、今度こそ、今度こそと思っても、思っているうちにまた過ぎ去ってしまう。それの繰り返しです。それが私。それが、私です」

美術博物館のカフェで別れたあとも、ずっと鼓動の高まりがやまなかった。

とても不思議なことだった。葉鳥を異性として意識するというよりは、静緒の目指す道のはるか先を行くマイスターを仰ぐという感じに近い。好きという言葉でしか表現できないし、愛にも近いが、セクシュアルな感覚はまったくない。

『それが、私です』

そう言い切った彼を、やはり好きだと思った。

同じように葉鳥を好きな桝家はよく、葉鳥への思いを『鑑賞用の愛』と評する。すばらしく尊く美しいものには、人は神聖さを見いだして簡単には触れられない。桝家にとっての葉鳥は、静緒にとっての葉鳥と似ているようで少し違う。でもそれでいいのだと思う。私たちは人に対して抱く愛の最大限の自由さを楽しんでいる。

愛は心の中でだけは自由であり、少しでも行動に移してしまえば自由度をすべて失う。その凶暴性をよく理解しておかなければ、ただの迷惑極まりないエゴでしかない。だから静緒も桝家も、同じ店に勤める先輩後輩、上司と部下としての範囲の中で葉鳥に連絡をとり、関係性を保とうとしている。ここから一歩でも踏み出すのはエゴだから。

でも、所詮愛といわれるもののほとんどはエゴに似たるもの。相手がいるから苦しむ。それは暴力団の男を愛するあまり、何もかも捨ててやってきた珠理であったり、奔放に相手を変えていたころの桝家であったり、不倫に走った元夫であったり、数々の愛のかたちを見てきて思うことである。

長い間、静緒は自分の愛を幼稚だと思っていた。尊敬や仕事というものさしでしか人へ感情を向けられないことが、精神的に未成熟なのだと。けれど、最近はそうではないのではないか、と自分を評価しつつある。

この世には、どのような愛があってもいいのだ。どのような感情があってもいい。たとえ自分の心の中だけであっても、そこにあるものはすべて肯定していい。ただ行動を律することができるのならば。

美しくなりたいと思ったり、愛されたい、求められたいと思ったり、勝ちたい、強くなりたいと思うこと。いつまで経っても古い親孝行感に縛られていること。一人でいたいと思うのに、人が大勢集まっているほうを見て劣等感をもってしまうこと。大勢になれないことへの不安。

なにもかもが急に書き換わらなくていい。

「それが私だ」

声に出して言うと、涙が出るほどの感慨が胸に押し寄せてきた。

東芦屋のマンションへ戻ってきて、桝家がまだ帰宅していないことを知って、たまには自分がおしぼりをレンチンして待っていようと思った。しばらくして、桝家が一センチぐらい浮いているような足取りで帰ってきて、両手にローストビーフとワインを抱えているのを見て、なるほど葉鳥に会ったのだとわかった。

「見ました〜？？　葉鳥さんの今日のスーツ、ちょっと着崩しているけど、A．カラチェニの北部ミラネーゼスタイル。ドメニコ・カラチェニの仕立てですって！　もうさいっこーすぎて鼻血噴きそうでした！」

さぞかし葉鳥と大好きなビンテージの話でもりあがったのだろう。ローストビーフもワインも、しっかり静緒のぶんまであった。

それが桝家で、

「おかえり。もっと聞かせてよ」

さっそく箸と皿を用意する。これが私だ。

第六章　外商員、走りまわる

鞘師さんをお誘いして、芦屋市立美術博物館をいっしょに見て回った。

長い間、美容整形について受けるか受けないか判断がつきかねている鞘師さんをここへお連れしたのは、静緒なりに伝えたいメッセージがあったからだ。

葉鳥と話し合ったカフェでカフェラテを飲むころには、鞘師さんの顔からいくらかの逡巡(しゅんじゅん)がはがれおちていた。

「美術館に来たのなんて、小学校以来かもしれない。でも思っていたよりいいところだね」

「はい、私もそう思いました」

「すぐ近くにあるのに、ドアを開けてみないとよさがわからないものね。知るっていう言葉は短くて簡単だけど、底なし沼みたいな深さがある」

美容整形の話はお互いに一度も口にださなかった。鞘師さんのほうも、ここへ誘った静緒の意図を察してくれていたのだろう。彼女がずっと探していたパテック フィリップの時計の話をして、店に戻り、そこで別れた。

その後、ランチパックのたまごを車の中でかじりつつ、佐村さんのお宅へ向かった。先日撮影した受験用の写真ができあがったためお届けする日を連絡した際、話を聞いてほしいという依頼があったのだ。

(そういえば、佐村さんの旦那様はミラノのトランクショーの常連でもあるなあ)

いよいよ、受験の日が迫っている。関西ではプレテストは十一月初旬から開始され、その結果を見て志望校選びの最終判断をする塾も少なくない。

慶太くんの成績は思ったように上がらず、何度やっても致命的に算数の点数がとれない。社会の点数がずばぬけていいのは記憶力がいいためで、総合点だと平均60くらいだが、二教科では話にならないくらいに点が落ちる。

よって、四教科で受けるのが望ましいのだが、一日目の本命日以降四教科のフルで試験を実施している学校がまず少ない。午前午後となるべくたくさんの学校を受験できるようにするためで、一番多い日で三校受けられることになる。

「午後のB日程が五時からですか……」

「そうなの。当日車が混まないといいいんだけど」

よって、芦屋にお住まいの佐村さんの場合、神戸の学校を受けたあと大阪の郊外に移動するのは大変だ。物理的に不可能な距離もあるから、慎重にスケジュールを組まなくてはならない。

「塾の先生は、やっぱりいまの本命は難しいから、一日目は確実に受かる茨木校しかないって言うのよ。で、本人は本命がいいって言う。子供の望むようにしてあげるべきか、確実に受かる方法をとるべきか」

超難関校以外は今年は女子校人気、共学人気など年によってばらける傾向があり、急に人気があがってきて偏差値が一年で十跳ね上がった新設校もある。いままでそこまでレベルが高くなかった女子校が、進学校や名門校と合併して急に偏差値があがることもあるのだ。とはいえ、いままでのイメージもありどれだけ受験者が集まるかは塾のデータをもってしても蓋を開けてみるまではわからない。

「問題は、本命校は第一日目の一回しかチャンスがないということ」

「豊中校の滑り止めに、二日目に茨木校を受ける生徒さんが多いんですね」

「そう。セット販売みたいになってる」

「ご本人の希望通りだめもとで第一日目に本命を受けるとすると、二日目の滑り止めを確実に受かる学校を選ぶ必要がありますね」

「……そうなの。だけど、二日目のAB日程（午前・午後）はもう茨木校の偏差値は

15も上がるのよ。だから、塾の先生はどうせ滑り止めで茨木校を受けるなら、一日目に確実に受けなさいって」

しかし、茨木校を受けるのはご主人のご両親が大反対。本人もあまり乗り気ではない。

「ほかの学校で、慶太くんが気に入った学校はありますか？」

「神戸のG大付属。ここは元女子校だったのが付属になってぐっと人気があがったの。だけど、うちからは遠くて」

ここの二日目のB日程も、ぐんと偏差値があがってしまう。

「あとは大阪のK校。ここは四教科で受けられて、四日目まで日程がある」

「いいですね！」

「だけど、最近すっごく人気で、今年はたぶんもっと人気があがるだろうって言われてる」

「N大付属大阪校はどうですか？」

「考えたんだけど、東大阪にあるのよ。うちからはちょっと通えないんじゃないかと思う」

塾からは義両親の意見も尊重して、二日目以降の日程で、地元の古くからある男子校を薦められてもいるが、本人が絶対にいやだと言っている。五年生のときにいじめられたいじめっこが複数人進学予定なんだとか。

「あそこは三回チャンスがあるけれど、八割は推薦で決まるらしいの」

「推薦？　スポーツ推薦とかですか？」

「それもあるけど、塾からの推薦とか、親の仕事とかね。親戚のOBからの推薦も強いらしいわ」

関東の大学を出てCAをしていた佐村さんも、いわゆる国立の超難関校出のご主人もそのルートを通ってきていない。すべては受け売りで噂、情報源は友人と塾、それとネットだ。

わかったことは、二日目以降はどの学校の偏差値もぐんとあがること、慶太くんが確実に受かるだろうと思われる学校で、本人の希望どおりで義実家の納得する学校がなかなかないこと。

安全策をとって、義実家ともめごとになってもいいと腹をくるか。

それとも、だめもとで本人の行きたい本命を第一志望にし、第二日程のランクをうんと下げるか。

「第二日程のランクを下げて安全策をとる方法だと、そのランクを下げた学校自体、ご両親が反対されているんですよね？」

「ランクを下げると、付属がほとんどないの。大学がついている学校で確実に受かるラインが圏外になってしまう。両親からは、こんなレベルの大学がついていても意味が無いって言われているの」

大学まで一貫で行ける学校の方が孫には合っているといいながら、大学のランクでNGを出す。これでは絞りようがない。佐村さんが考えるたびに堂々巡りになってしまうのも無理はなかった。

まず慶太くんの現在の実力を知るために、できるだけたくさんのプレテストを受けることになった。佐村さんと協力して、四国の全寮制学校、岡山、そして関西のプレテストを行っている学校をリストアップし、小旅行のように受けまくった。受験している間、待っている親を集めての説明会では、本試験で我が校を受けていただいた方には、十点プラスするとはっきり言い切った学校もあった。

一週間もすると、プレテストの結果が出始めた。思った以上に四教科の点数がとれていて、佐村さんも慶太くんもほっと胸をなで下ろしたようだった。

本人の意見もあり、やはりまだ本命校を諦めず、第二日程も説明会に参加してイメージの湧いた学校に絞ることになった。実際、六年間通うのは慶太くんで、あれこれ言う義両親ではないのだ。

「それに、共通テストになってどんどん世の中のしくみがかわっていく。六年後にどうなってるかなんてわからないわよね」

共通一次が廃止になってセンター試験が始まったころのことを覚えている佐村さんは、子供の六年間は決して短い時間ではない、と考えていた。

「親の人生じゃない。子供の人生だもの」

よく中学受験は親の受験、という言葉を聞く。情報戦であること。有名進学塾が直接学校とやりとりし、ある程度のとりひきがあること。推薦のある昔ながらの学校があること。合併したり、校名が変わって急にオトク感の出る学校があること。それらのメリットは、悲しいかな、お金がないと得られない。お金のない親は足で稼ぐしかないが、限界はあるだろう。

経済的問題がないのなら、慶太くんの気質的に、私学という選択肢があるのは望ましいと思われた。中学生になればどうしてもいじめの問題がある。そのときに、ほかに移るという選択肢があれば、親も子供も追い詰められなくてすむ。

「まずは、インフルエンザの注射を忘れずに。年末に向けて体調ととのえていきましょう」

一日中走り回って、リマインダーのアラームで時刻を知る。母の眞子に電話をし、体調を聞いて、家の内覧につきあえそうか重ねて尋ねた。

金宮寺に紹介してもらった物件のうち、静緒が絞り込んだのは、東山町（ひがしやまちょう）にあるビンテージマンション。JRの駅まで徒歩十五分だけれどほぼ直線距離で、近所はちょっとした商店街になっており、素敵なカフェもマートもある。銀行やスーパー、飲食店も固まっていて休日に息抜きする場所にも苦労しない。阪急より山側なので環境もよく、市立芦屋病院までタクシーですぐ。バスもある。

難点はビンテージということ。静緒の好きな足の伸ばせるバスルームが望めないということだ。もし、広げようと思えば大がかりなリフォームが必要になる。

もう一軒は、阪神芦屋駅の近くの平成築のマンションだった。五階で目の前が公園なので抜けており、展望も抜群である。

「このあたりはちょっと前までは地価がおてごろで古い家も多かったけど、いまはそのせいか新しいこじゃれたカフェや洋菓子店なんかが増えていて、便利なんだよね」

旧商店街の通りが、阪神からJRに向けて二カ所あり、旧通産省のレトロな建物や、パリのビストロを思わせるワインバル、おいしいバームクーヘンの店などが点在する。近隣にアンティークショップや雑貨店が多いのもお気に入りだ。静緒行きつけのイタリアンも近くにある。

こちらは平成築とあって静緒の好きな大きめのバスルームに、前の住人がリフォームした広めのリビングダイニングがあり、ウォークインクローゼットと隣接する寝室も今風のデザインだ。少し予算オーバーだが、なにより眺めと雰囲気がいい。

「ここ、いいね」

いままで後をついてくるだけだった眞子が、マンションの入り口をぐるりと見渡してぽつりと漏らしたのが決め手になった。

「ここ、買ったらお母さん、いっしょに住む？」

「ええ……？　あんた、いまいっしょに住んでる友達はどうするのよ」

「あそこは彼の親が買ったから気にしないでいいの。どっちかというと私が居候なんだから」

案内してくれた金宮寺と別れ、話をつめるために近くのベーカリーカフェに入った。神戸の人はとにかくベーカリーが好きで、例外なく母も「パン屋さんが多いのはいいね」と言う。

（もう、ここで決まりでいいんじゃない⁉　これは）

別れるとき、金宮寺から、決めるなら早くオファーを出さないと、と念押しされた。いい物件は流れるように売れていく。決めるなら今日明日に決めたい。

「あのね、私ここを買ったら、転職するかも」

「えっ、富久丸辞めるの？　あんたが？」

「……うん。じつは君斗から、新事業を手伝ってほしいって言われてる」

君斗の名前を出すと、眞子の顔がぱあっと明るく笑顔になった。

「そうなの。まあまあ、そうなの。すごいじゃない。君ちゃんだったら間違いないわよ」

「うん……。でね。お給料も上がるみたいなんだけど、なにせ新事業だから忙しくなると思う」

「そんなの。君ちゃんとならなんだって始められるでしょ。昔もそうやってやってきたんだから。気心しれているし」

母が君斗を気に入っているのは知っていたし、本当は彼と結婚してほしいと思っていたことも薄々わかっていた。でも、君斗とは、お互いにそういう事情を混ぜたくないほどの貴重な経験を共有できた。若くて、なにももっていなくて、体力だけはあったときに全ての情熱をささげてスタートアップした。打算も保険もなんにも考えなかった。いまはもう、あれだけの博打はうてないだろう。

だからこそ、お互いにビジネスパートナーだったのだと今ならわかる。実際君斗といてビジネス以外の話が楽しかった覚えがない。

(君斗が結婚向きの男だったら、もうとっくに家庭をもってる。あれだけの成功をしたんだもん。女のほうが放っておかない。でもいまだに一人だ。事業のほうが楽しくて、その足かせをもちたくないみたいなことを前にも言ってたっけ)

家庭を足かせと言ってしまう時点で、まったく結婚向きでないのは明白だった。そして、その気持ちは静緒もとてもよくわかるのだ。

「だから、富久丸の社員でいるうちじゃないと、家が買えないの。いましかない」

「買えばいいんじゃない。買えるなら」

「新長田のマンションは、賃貸に出してさ。いっしょに住もうよ。ここならバス一本で県立西宮病院まで行ける。私はもう結婚するつもりもないし、転職したら三年は仕事にかかりっきりになる」

口が裂けても、『この先どうなるかわからない』なんて言えなかった。静緒の仕事の将来についても、母の健康についても。

「まあ、新長田のマンションはお父さんがくれた家だけど、どうせあんたのものになるんだから、いいのかもね」

母の気持ちは、口よりも行動からわかることのほうが多い。カフェを出て、すぐに最寄りのスーパーはどこか、郵便局はどこかと言い出したので、きっと引っ越しには賛成してくれると思った。

ＮＩＭＡさんは、東京の先生と正式に契約書を交わし、代理人が交代した。

驚いたことに、代理人交代の通知がＦＡＸ（！）で先方に届くと、その日のうちに反応があった。先方の代理人が挨拶状を送ってきたのである。

『文面に、「B&B社とNIMA先生との間に信頼関係は損なわれておらず、円満に」なんて書いてあるから、そんなわけなくない?? って思わず笑っちゃったし、弁護士も会社も面の皮が厚くないとやってられないんだなあって思った』

新しい代理人の先生たちの指摘で、NIMAさんのいま置かれている状況がはっきりとしてきた。ネットやTVのCS・BSで配信する場合、一回につき、一年に複数回とさまざまな契約があるが、どのような形であれロイヤリティを受け取る権利がNIMAさんには当然ある。B&B社がイベントを製作するようになってから、何十回と配信・放映されたにもかかわらず一円も支払われていない。また、従来の日本の原作使用料は欧米と比べても格段に低いとされているが、それと比べても興行のたびの支払が低額で、きちんとした明細も出ていないのだ。

『お金がちゃんと支払われていないことは、さすがに私もわかってたんだけど、ファンの人が喜んでくれているならまあいいか、と思ってスルーしていたんだよね。今回のことだって、APの名誉毀損問題のときにきちんと謝って、それなりの対応をとってくれればそれで済んだのに、いきなり作品は俺たちのものだから謝る筋合いはないみたいなこと言い出したから、あーこれはだめだ、と思っちゃった。ああこの人たち、ずっとこうやって来たんだ。ここで私が折れたら、だれかの作品をまた盗んで同じことをやるって』

なさけないね、とNIMAさんは言う。当のB&B社だけではなく、彼らのやりくちを見て非難も忠告もせず、そんなやりかたを漫然と許してきた昔の人々も含めて、なさけないと。

『いい歳した大人が、多かれ少なかれそうやって弱者からむしりとることがあたりまえだったんだね。今はインターネットがあるから小さな声も届くことがある。私はインターネットによって傷つけられたけど、インターネットが弱者の立場をこれから変えていくんだと思うと、ある意味世の中は良い方向に向かっている気がする』

先生たちとよく話しあった上で、あまりにも酷い場合はすべてを公表することも視野にいれているという。良い機会だからと改めて自分の作品、自分のライセンスについて整理し、今後の運用についても相談している。

『なにより、著作権の専門の先生に「このキャラクターを描いた瞬間から、NIMAさんのものだという事実は揺るがない。NIMAさんはまちがいなく著作権者です」と言ってもらったことが、とてもうれしかった。向こうが、俺たちが作った！　って言い出してから、そんなわけないと思っていても、あまりにも何度も言われると頭の中ぐるぐるしちゃって、不安で夜も眠れなかったから』

脅迫の入り口は、人格の否定から入るという。いままで人格を否定され中傷され、それでも証拠を残す目的でひとつひとつ保存するためにログとむきあわなければならなかったＮＩＭＡさんは、一時は完全に気力を失っていた。そうやって、相手を無力化することがさらに脅迫を容易にさせ、クリエイターから作品を奪っていく。

『私の代わりに、ネットをサーチして、私の名誉が毀損されているツイートや書き込み、コメントがあったら黙々とログを保存してくれるサービスとかないかなあ。弁護士事務所内にあったら言うことないのに。私は絶対、泣き寝入りはしない』

電話のむこうから聞こえるＮＩＭＡさんの声は、いままで聞いた中でも一番はっきりと芯が通って、力強かった。

第七章　外商員、エステートセールをする

清家家のお別れ会の準備を進めながら、佐村さんの中学受験についてのあれこれに相談に乗り、自分でもいくつかの有名塾を回って今年の情報を集めた。どの塾も、『いま通っている塾で結果が出ず、転塾を考えている』と言うと、よくある相談なのか、詳しく現在の中学受験界隈の状況を説明してくれた。

なにより生活に張り合いが出るのが、毎日のように葉鳥と連絡を取っていることだ。顔を合わすたび桝家にも「なんだか、無駄につやつやしてきた」と言われる始末である。

「あー、羨ましい。うらやましい。妬ましい」

「いままで艶めいたことなんてなかったんだから、たまにはいいじゃん」

「代わってくださいよ。僕も潤いが欲しい。このままじゃクリスマスも一人だし、いっそ、マッチングアプリとか使ってみるかな」

今まで相手に困ったことはなさそうな彼が、今年のクリスマスの予定を聞いてきたので、いまは本当にパートナーがいないらしい。桝家がいるとなると、実家に帰るのもなんだか気が引ける。いっそのこと、うちの母と三人で過ごしてみるのはどうか、などと思ったりしてしまった。

金宮寺からは住宅ローンの提案書が来ている。気に入ったマンションが予想より五百万円ほど高かったので、頭金も含めてシミュレーションをし直したのだ。正式にオファーを出したら、桝家にも引っ越しの話はしなければならない。きれいにリフォームしてある物件だから入居前に大がかりな手入れは必要なさそうだったが、なにせいまの家に身一つでころがりこんできたので、もし万一母が同居しないならあらゆるものを買い直さなくてはならない。

『同じ芦屋にいるなら、近所みたいなものですよね。ま、職場はいっしょだしあんまり変わりないか』

桝家はそう言うが、静緒が金宮寺とローンだの引っ越しだのについて話しているのを気にしていることは知っていた。状況が状況なので、親との同居を止めるわけにはいかないが、寂しいと思う気持ちはどうしようもないのだろう。

（寂しいと思ってもらえるなんて、なんだか出世した気分……）

清家家のお別れ会の準備が一段落し、明日、まずはお友達をお呼びしてのガーデンパーティが行われる予定である。招待状を送った相手からはすぐに連絡があり、雪子さんに出欠状況もお伝えし、朝から会場のセッティングのために業者がはいるところを立ち会った。できるだけたくさんの人数を呼びたいという弥栄子様たっての希望で、当日の天候がよさそうなことから、リビングの窓をいったん外して、庭へとつづくフラットな動線を確保し、ガーデンパーティに変更した。

ちょうど、お孫さんのためにかつての日本風の庭園をつぶして、イングリッシュガーデン風にリフォームしていたことが功を奏した。十トントラックで運び込まれた土と木々、花を職人たちがどんどん植え込み、朽ちたアンティークの石のベンチが各所に設置され、もともとあった水道栓も活用して噴水と東屋（あずまや）も作られた。

明日のために、強い鎮静薬の使用を止めている弥栄子様の状態が心配だが、いまのところ激痛に襲われるようなこともなく、パーティの日を迎えられそうである。なにより、葉鳥が毎日顔を出すので、昔話に花が咲いて、彼が帰った後はまるで子供時代に戻ったようによく眠れるのだそうだ。

（弥栄子様が、葉鳥さんにもう一度会えるようになって、ほんとうによかった）

あれから、静緒は弥栄子様の悩みのために手を尽くした。なんどか清家の家に美容外科医を呼び、家族同席のもと、弥栄子様の希望と現在の体の状況を照らし合わせてできる施術はないか、話し合いがもたれた。

痩けた頬の治療に関しては、ヒアルロン酸による回復術が一番即効性があり、また身体に影響が少ないということで、主治医に連絡を取ったのちに注射による注入が行われた。先生の話によると、抗がん剤やそのほか強い薬によって急激に痩せ、肌のたるみやシミが出た人が、容姿の衰えから心を病むことも少なくないという。そういうときは、できるだけ本人の希望と治療内容を把握した上で、外見のケアを行うのだそうだ。このようなケアは自費診療以外にも、きちんと専門のアピアランス支援センターがあり、抗がん剤による脱毛を補うためのウィッグなどは市からの助成金も出ているという。

弥栄子様の場合は、エピテーゼ（人工義肢や顔面欠損部などを補うもの）を使うよりは、ヒアルロン酸の注入で十分見た目の回復が可能ということだった。

もともと作ってあったウィッグを使用し、目元と頬にふくらみが戻ると、それだけで弥栄子様の顔つきががらりと変わった。声まで変わったことに、静緒や同席していたほかの家族も驚いた。自分が納得する顔を取り戻したことで、弥栄子様はやっと葉鳥と会う決心がついた。ヒアルロン酸施術のことを知らない葉鳥は、弥栄子様の様子があまり変わっていないことに内心安堵しているようだった。

どんな外見をしていようと、それで個人や集団が非難されるようなことがあってはならないという考え方は、徐々に世間に浸透しつつある。人間社会がルッキズムという重い鎖を解き放つにはまだまだ時間が必要で、文科省からのガイドラインとともに、教育の場にはっきりとした名目でとりいれられるのもこれからだろう。

けれど、ルッキズムとはまたべつの支軸として、美しさというものには揺らぎがないこともある。

少し前、静緒は芦屋市立美術博物館で、鞘師さんとともに展示品を見て回った。世の中にあまたの絵画、彫刻、作品があるなかで、選別され、美術品として展示されているのは、美の基準がかならず存在するからだ。美しいモノは問答無用で美しいのだ。それは仕方がない。

だから、自分が自分の美の基準を決めることに関しては、だれに非難されることでもない。冷静に外部の声を切り離し、自分自身がどうなりたいか、どう変わりたいかと願い、そのために行動に移すことも、もとより非難されるべきことではない。

自分の顔は、自分のものである。自分の仕事は、自分のキャリアである。自分の家が自分の所有物であるのと同じ、自分の服が、バッグが、アクセサリーが自分のものであるのと同じ。変えるのも、このままでいるのも決めるのは自分の意思だ。美しさの基準を決めるのも自分だ。なりたい自分になっていい。一人で決めてもいい権利がある。だから、静緒は母に同居してほしいとは言ったけれど、家を売れとは言わなかった。あの家は、死んだ父が残してくれたお金で、母が買ったものだからだ。

人はなにものからも独立して確固としているとはいえ、それはあくまで定義であり、実際にみながそういられるわけではない。桝家ですら、家族とセクシャリティの問題を抱えて、かんたんには毅然としていられなかった。静緒もできなそうだ。がんだと言われれば母との残された時間を意識してしまう。ぺこぺこしてほしくないと言われれば転職を考えてしまう。

あれだけ自分の力で稼いでいる鞘師さんが、親の目を気にしてコンプレックスを解消できない。それとは正反対に、親がいないNIMAさんはいざ事件が起きたときに頼る相手がいないことで精神的にまいってしまう。

柱は一本だけでも立てるけど、支えがあるほうが風に強いんだよ、と昔母に言われたことを思い出した。父を突然失って、親戚もいない中で自分を育てていた母は、静緒が考えているよりずっと、自分というものが揺るぎないのだろう。

Gパンにウインドブレーカーという姿で、ガーデンデザイナーと職人さんたちに交じってあれやこれやを運んだりしているうちに、あっという間に時間が経ってしまった。土だらけになっている静緒を見て、雪子さんが慌ててタオルを持ってきてくれた。

「こんな状態で上がるのが申し訳ないので、今日は葉鳥に任せて一旦戻ります」

部屋からは、朗らかな弥栄子様の声が聞こえてきた。葉鳥と話がはずんでいるらしい。明日もきっといい日になるのだろうと確信した。

お車でのご来訪はご遠慮ください、と言うとたいていの人は次にこう聞いてくる。

『近くに駐車場はありますか？』

ということで、静緒は来賓の皆様百名分の駐車場をあらかじめ確保しておく必要があった。店と相談し、芦屋川店の地下駐車場を五十台分確保した。そこからタクシーで山の手へ向かってもらう。そのためにスタッフを動員し、応援をつのった。むろんのこと、桝家は立候補してくれた。

さて、清家のお屋敷は中も外も即席のイングリッシュガーデンに姿を変え、お客様を迎えて特別な会が催された。

「エステートセールを行います」

美術博物館で葉鳥が静緒に案がある、と言ったのはこのことだった。恥ずかしながら聞いたこともないワードだったので、葉鳥に解説を求めた。

「エステートセールは、主に個人の遺品をオークションにかけることです。日本ではだれかが亡くなった家を忌避する傾向がありますが、海外ではまったくそういうことはありません。亡くなったあとの個人の遺品は広く売りに出され、あとの持ち主の維持費になったり、寄付されたりします。ネガティブなイメージはまったくないのです」

女学校時代のお友達や、婦人会で長く役員をつとめたみなさまがメインのお客様だったこともあり、弥栄子様のお持ちの女性用ファッション小物をオークションにかけることになった。その旨は招待状にも詳しく記載されていて、売り上げはすべて義手義足などエピテーゼを作る工房とアピアランスを支援する団体に寄付されることも明記されていた。

午前十一時十分前、芦屋駅に待機している桝家から、数名のお客様以外のアテンドを終えたとの連絡が入った。念のため十一時半まで残り、そのあと応援に来てくれるという。

まずはお客様をお庭に案内して、お茶と軽食を楽しんでいただくことになった。山のようにあったクラブサンドイッチがみるみるうちになくなっていく。お手伝いさんたちがワゴンを押して紅茶ポットと清家家のコレクションであるアンティークの紅茶カップを運んでいく。

「皆様、おはようございます。このたびは清家家のアフタヌーンティにお運びいただきありがとうございます」

めったに聞くことのない葉鳥の、張り上げた声が庭に響いた。続いて、ご主人の押す車椅子に座った弥栄子様が奥の部屋から現れると、自然と拍手が起こった。

「わたくしは、清家様とお仕事をさせていただいております、富久丸百貨店外商部の葉鳥士朗と申します。この中には、わたくしの顔を長らく、長らくご存じの方もおられるのではないでしょうか」

甲南女子大学付属学校からのお友達がくすくすと笑い声をあげた。彼女たちは弥栄子様が中学生のころからのおつきあいがあるお嬢様たちだ。いまではみなさま名字も住む場所も異なるが、きっと若いころは学校帰りにこのお宅にやってきて、足繁く通う葉鳥の姿を見たことがあるのだろう。

「エステートセールは、二十世紀初頭から始まった北米の終活です。家主が家やもちものの値段を決めるガレージセールと、古物商であるプロが値付けをするエステートセールがあり、七〇年代から文化として根付きはじめました。いまではどこの街でも見られる風習になっています」

葉鳥の解説に、同伴したお友達のご主人方も興味深げに耳を傾けている。

「ですが、このような文化がいままで日本にまったくなかったかといえばそうではありません。古くは売立会(うりたてかい)と呼ばれ、事業そのものに百貨店がかかわってきた歴史がございます。言うなればわたくしはその世話人として任命され、目録作りを任されてまいりました」

なるほど売立か、という声が聞こえてきた。

「うちも大昔、じいさんのころに売立をやったことがあるらしい」

「昭和の金融恐慌のころは、このへんの大きな家もやっていたはずだね」

もっとも財閥の売立会ともなれば、メインは超高額の美術品になる。宋元画、日本絵画、古筆、墨蹟、有名茶器、道具類などが、プロの世話人たちによって売り買いされた記録が売立会目録に残されている。

今ではそのような美術品は、財団が管理する美術館などに収められていることが多い。今日のエステートセールはあくまで弥栄子様がお使いになっていた品々を、親しい方々にお譲りする会なので、葉鳥も売立という大仰な言葉を使わなかったのだろう。

「さて、皆様がいまお飲みになっているカップをご覧くださいませ。こちらはワイルマンのティーカップ。ワイルマンと言えばご存じの方も多いのではないでしょうか。英国陶磁器の有名窯、シェリーの前身にあたります。こちらのカップアンドソーサーは一八八九年のもので、二十客揃っている状態は世界広しといえどもめったにはございません。シェリー社も一九六六年に廃業になったため、いまではもうアンティークとしてしか手に入らない逸品であります」

一客三万円のカップアンドソーサーが、二十客揃っていることでさらに価値をあげ、百万の値がついていた。それでも、ほうぼうから入札の声がかかり、最終的には弥栄子様のごく親しい友人のおひとりがお買い上げになった。

(ああ、この場に鶴さんが呼ばれていたら、アタッシュケースに現金を詰め込んでハイヤーで飛んできたかも)

普段はアンティーク磁器にさっぱり興味がない静緒だが、二年も鶴さんの洗礼を受けるとシェリー社もワイルマンも基礎知識が頭の中に入っている。

「こちらのカップはすべて、藤田さまのものになりますので、どうぞいまのうちに味わってお楽しみください」

目録が弥栄子様から手渡される際、招待客は少しだけ会話をすることができる。話題にもことかかず、お互いに立場を気遣いすることもない。弥栄子様の体調と、お別れ会である主旨を考えれば、これがベターだと葉鳥が考えたのもうなずける。

「さて、つぎのお品に参ります。エルメス社のビンテージスカーフになります」

大物が出たあとは、少額（とはいえ数万だが）の小物の数を出し、話のネタとして楽しんでもらう。

「こちらのカレは、三枚ともプリーツスカーフになります。一枚は珍しい上品なパープルの占星術柄です」

カレというのは多くは九十×九十センチの正方形のスカーフのことを指し、プリーツスカーフは加工法からくる呼び名、エルメスのスカーフと言えば馬具柄が有名だが、弥栄子様のコレクションには一枚もなかった。

落札者がつぎつぎにやってきて、弥栄子様と短い会話をする。静緒が目録を渡し、弥栄子様がそれをご友人に渡して、みなさまがお戻りになったところで、葉鳥が次の品の解説をはじめる。

二十品ほど終わったところで、いったん休憩をはさんだ。弥栄子様は奥の部屋に戻っていかれ、お客様たちにシャンパンが振る舞われる。ここはスタッフ総動員だ。続いて、弥栄子様の娘さんたち三姉妹が、お子さんを連れて、あるいは結婚のご報告にお客様方に挨拶をする。弥栄子様の心残りは、とにかく娘さんたちの今後である。生まれたばかりの孫もいるし、結婚して間もない娘には付き添う時間がない。だからこそ、お葬式やお通夜の悲しい場ではなく、自然とご挨拶、顔つなぎができる機会を設けたいはず……。

シャンパンを配り終え、慌てて桝家とスタッフとでカメラを持って庭を回る。弥栄子様はいま、娘さんたちとお客様が歓談されている様子を別室でご覧になっているはずである。けれど、きちんと写真に収まっているところを見れば、それはそれでお喜びになるだろう。

「お写真よろしいですか？」

まるで結婚式会場のカメラマンのように、声をかけては写真をとりまくった。ときには娘さんやお孫さんを連れて、壁の花になりつつあるお客様に声をかけ、お茶をすすめ、会話がもりあがるようにつなぐ。四十分ほどして、ふたたび葉鳥の張りのある声がひびき、セールが再開される。

「パテックフィリップの総エメラルド・アンティークウォッチになります」

お着物にもぴったりなグリーンの腕時計は、ほかの高級メーカーでもめったに見られないデザインである。

なかでも、この日一番の高額商品であるカルティエ・アンティークのアールデコという一九二〇年代製造、プラチナに三百個のダイヤがぎっしり詰まった手巻きの腕時計は、そうそうたる面子のゲストの中でもおおっという声があがった。

（あれを、ぽんと手放してしまえる清家家の財力よ……）

（僕、入札できませんかね……無理ですかね……）

思わずバックヤードでひそひそ桝家と話してしまう。だれからも声があがらなければ、桝家は本気でカルティエを買いそうだった。残念ながらカルティエはしょっぱなから希望する声が飛び交い、最終的には六百五十万円で弥栄子様が普段から親しくされている方のもとに嫁いでいった。ものすごい値段がついているというのに、桝家はオークションに参加できず本気で残念そうだった。

（六百五十万あったら、いまの私ならマンションの頭金に回すな……）

当のマンションといえば、金宮寺に渡した書類が売主さんの元へ届いたようである。正式にオファーを出したので、住宅ローンと引っ越しがぐんと具体的になってきた。堂上にも、母の病気と家を買いたい旨は伝えてあり、無事に住宅ローンが組めたら転職の話をつめたいのでもう少し待ってもらえないかという話になっている。

（もしかしたら、これが、私がかかわる最後の大きな外商仕事になるかもしれない）

こぢんまりしたお友達同士の集まりとはいえ、動く額が額だ。その後も、西陣の帯や九代大樋長左衛門の茶碗などの茶道道具。日本舞踊の扇、オランダ・デルフトの花瓶。とても珍しい、スリップウェアという十七世紀の陶磁器。ティファニー製ファブリル・グラスのキャンドルランプなど、紛れもなくほんもののアンティークが、きちんとした証明書とともに売り買いされていくのだから。

全部で七十五点、三時間ほどのオークションですべてに買い手がついた。なんと総額で四千万を超える大商いである。これらをすべていったん店側で預かり、無事先方の財団などの団体に受け取ってもらえるまで富久丸百貨店が管理する。

バックヤードを兼ねる別室では、店から駆けつけた応援隊によって売れた品々の梱包作業が続けられている。まちがいなく取引が行われたかどうかの確認作業ののち、一部の品物はお引き渡しし、クレジットカードで決済する。昔はこれを小切手や現金で行っていたのだから、大変な労力である。

車留めに入る車の順番を、番号札ごとにふりわける。お客様がお帰りになるまでがまた一仕事である。クロークがわりの部屋からコートを出す役目は、時任さんと宝飾部のスタッフがやってくれている。お客様用に配ったカシミアのひざかけはお土産になる。なにもお買い上げにならなくても、今日のこの日を覚えていてもらえるように、小さく刺繍で日付が入っている。

なにからなにまで、細やかな気遣いがつまったエステートセールになった。

午後三時に閉会したはずなのに、お名残惜しいと挨拶をする人々の雑談で、あっという間に四時半を過ぎてしまった。すべてのお客様に商品とお土産を渡し、車留めからお見送りして下げた頭を上げたころには、すっかり辺りの日は暮れて、広い広い清家家では今日のために作った庭も飾り付けも夜と同じ色に沈み、ただ広々と開けた空には月と星と、瀬戸内海を縁取る街の明かりがきらめいて見えていた。

お疲れのご家族に気を遣わせないよう、富久丸の助っ人部隊は仕事を終えた順から早々にお屋敷を退去し、店に戻って行った。大量のゴミ出しと、会場になった庭とリビングの細かな清掃は明日専門の業者が入る。その時間を確認し、お疲れになった弥栄子様も部屋で休まれたので、これにて今日は静緒も葉鳥も本当の意味でお役御免。ご主人と娘さんたちに挨拶して、社用車で店へ戻った。

今日の報告と、大量の明細を事務方に回して、やっとコーヒーが飲めた。またあの坂を歩いて上がる気力が出ず、タクシーを呼んでなだれ込むように家へ向かう。

（足……、足がパンパンだ……。はやくタイツ脱ぎたい……）

しゃべりすぎて声が嗄れている。マンションに着いて、まわりにだれもいないのをいいことにパンプスを脱いでしまった。もう一歩もヒール靴で歩ける気がしない。

「今日は、綺麗なもの、いっぱい見たな……」

ブシュロンの時計や、江戸時代に作られた翡翠の帯留め。葉鳥の作った目録で初めて知ったようなメーカーもあった。それらひとつひとつ、どういうものでどういう成り行きで弥栄子様のもちものになり、なぜ手放すのか、彼が解説してくれた。富久丸百貨店を通して買い求められたものも多くあった。ということは、あれらは葉鳥が売ったのだ。

玄関でタイツを脱いで埃を払い、まずはうがいと手洗いをする。暖房の入った暖かい空気のリビングで、桝家がもうワインを開けていた。

「お疲れ様。今日はありがとう」

「静緒さんも、おつかれっした。ままま、上に上がる前に一杯飲んでいってくださいよ」

「だめ、飲んだら寝る」

「寝たらいいでしょ。自宅なんだから」

最近、桝家は静緒に甘い親のようだ。ワインとチーズで顔はすでにとろんとなっているのに、目がきらきらしているのは、きっと今日彼の愛するビンテージやアンティーク小物をたくさん目にしたからだろう。

「あのカルティエの……。夢に見そうです……」

「勇気出して競ってもよかったんじゃない？」

「んー、そうですよねえ……。こういうのって一期一会なんですよねえ……」

「私も、いくつか出たダイヤの時計はよだれ出そうになったなあ。普段はブレスレットタイプの時計って、華奢で、仕事用に使えない気がしてたんだけど、あれだけダイヤの力が強いと悪いものも振り払えそう」

最近は、ＮＩＭＡさんの影響か、すべてのファッションに強さを求めてしまう静緒である。

「今日のエステートセールさ。あれ、いい商品になると思わない？」

「あんなに忙しそうだったのに、そんなことまで考えてたんですか？」

心の底から呆れたように、桝家が言う。

「だって、いわゆる終活のお手伝いでしょ。まさにゆりかごから墓場までじゃない。エステートセールっていう新しい言葉があれば、ネガティブなイメージでとられにくいし」

「高級ランジェリーにお見合い旅行に、次は終活。店のためにそんなにがんばらなくてもいいですよ」

「店のためにじゃないよ。単にそう思っただけで」

「ああ、そういうとこ。そういう人ほど安く買い叩かれるんです。自分の労働力を安売りしちゃだめだって言ってるじゃないですか。あきらかにあなたは働き過ぎ。これからの僕らは、いかにして給料分だけ働きながら、給料以上の働きをしてるように見えるかバランスをとって、過剰に働かないことですよ。もしくは、すんごい働いたらそれだけ報酬をもらえるところで働くか」

「そんなことばっか言ってるあんたが転職しない理由もわかるよ」

「今日みたいな仕事、やっぱりまだまだ個人じゃ請け負えないですから」

レディースのアンティークウォッチを欲しいと思う桝家、クラシコスーツに合わせて自分でつけたいと思う桝家のことを、最近とてもすてきだと思う。だから考えてしまうのだ。性別に特化して発展してきた文化を否定するのではなく、ただ選択肢を増やすことはできないのだろうか。そうすれば市場は単純計算でも倍になるはずなのだ。

そんなことを、いつか桝家とゆっくり話してみたいと思ったが、チーズの塩味が口の中に広がると、疲れという傷口に沁みた。ああこれはもう風呂に入っていったんバッテリーを落とさなければいけない。あとでどっときて喉風邪をひくアラームだ。

「桝家さ、週末の夜、ちょっと時間とれる？」

「特に大移動もないし、九時には戻ってると思います」

「了解。じゃ、明日ね」

おやすみ、と言う相手がいることは、当たり前ではない。夜に親が働いて家にいないこともある。静緒は父にほとんど、おやすみなさいと言わないまま死に別れた。死ぬまで添う気でも、叶わないことがある。結婚したいと思う相手に、ふたたび出会わないこともある。日本の法律では、結婚は愛のかたちの延長上にある契約にすぎないから、そもそも恋愛にともなう男女の関係がなければ成立しない。

セックスがなくなれば、離婚の理由として正当に評価されるのならば、結婚にはセックスが必要だということになる。けれど、静緒は性行為自体を嫌いでもなければ好きでもなかった。求められなければなにもない、凪（なぎ）のような状態がつづくだけだ。

（べつにそういう関係でなくても、一緒に住んだり生活をフォローし合ったりすることはできるだろうに、異性間のセックスを含めた長期契約関係でしか結婚を許可しないなんて、それこそマーケットを無駄に縮小しているだけだと思うけどなあ）

などなど、つらつらと考えているうちに、風呂の湯が溜まる前に何度か寝落ちしそうになり、かろうじてまぶたが落ちきらないうちに髪を乾かして寝た。たぶん、乾ききる前に寝てしまったのだろう。朝起きると、ドライヤーを抱きしめていた。

十一時に清家宅に直行なのをいいことに、次の朝は八時までたっぷりと寝て、朝シャワーを浴びた。仕事が入っていれば朝出社しないでいい外商員の特権を最大限に利用している桝家も、同じく朝のランニングを終えてシャワーを浴び、湯気をまとわりつかせながらリビングにやってきた。

「おはよう、コーヒーいる？」

「カフェラテください。牛乳切らしてて」

「エスプレッソショットは？」

「ああ、濃いの最高」

最近は二人とも朝から炭水化物をとらないので、ハムとコーヒーの朝食。最近、こんにゃく米が進化してほぼ白米にしか感じない食感なのだという話でもりあがった。

「こうなってくると、我々は白米が食べたいのか、白米のようなモノを食べたいのかわからなくなってくるね」

「白米を食べたという満足感とドーパミンさえ出れば、実際のところは何であってもいいってことですよね。複雑だなあ」

YouTubeのピラティス動画を十分やって、奇跡のような理想の出勤になった。恐ろしいことに桝家はまだ家でゆっくりしている。この面の皮の厚さとメンタルに負担をかけない生き方こそ、これから日本人に必要なのだと思う。

清家の家には十一時十分前に清掃業者が到着し、一時間ほどで原状回復が終了した。エステートセール用に設置した庭のベンチなどはそのまま据え置かれ、室内の清掃とゴミの回収が完了する。もともとパーティ以前に一度お掃除をしていることもあって、時間もかからずにあっという間に終わった。

「また改めてご挨拶に参りますので、今日はみなさまゆっくりされてください」

お疲れになっている弥栄子様のことが心配だったので、するべきことだけ確認してさっと退去した。雪子さんからは、すばらしい会で家族全員が満足していること、いままで母が病気をしてからなかなか連絡が取れずに途絶えがちだった旧縁が復活して、なにより弥栄子様ご自身が喜んでいることを感謝されて、充実感がこの時期の六甲おろしの冷たさをしばし忘れさせてくれた。

清家屋敷でエステートセールに取り組んだことは、営業一課のフロアでももう噂になっていた。

「それ、うちでもやれないかな」

「うちも、終活を口にするお客さんは多いんだよな。だけど、こっちから切り出すのもなかなか難しくて」

葉鳥がわざわざ外来のエステートセールという言葉を使った理由がよくわかった。日本では売立会という呼称があるにもかかわらず、はばかりがあるのは、売立は事業に失敗した華族や、金に困った富裕層が先祖の遺産を二束三文で売りに出すというネガティブイメージがあるからだ。

百年以上前に確立したイメージのせいで、海外ではごく当たり前のように行われている取引ができず、結果どこにどんな名物があってだれのものなのかわからないまま紛失してしまうケースがあとをたたない。しかし、今になってみれば売立会のために作られた目録は貴重な文化財、文化的資料として評価されている。目録のおかげでこの美術品がだれの手に渡ったのかはっきりとわかるからだ。

たんなる形見分けでは、のちのちにご友人の輪の中でも序列ができてしまうだろう。それに、あまりに高価なものを形見分けといって譲っても、それは贈与税の対象になってしまう。のちのちにご家族に迷惑をかけないためにも、ここできちんと値付けして目録を作り、事業として申告し、現金で寄付をすることが重要だった。

「課長、富裕層のエステートセール事業、もっとやれると思いますよ。仕入れもなく、いまあるものとマンパワーの提供だけで、新たな顧客候補とコンタクトがとれます。美術品の目録作りは外商ならではの事業かと」

さくっとPDFで作った事業案を邑智に見せつつ、CCで企画室へもメールで送付する。葉鳥の手腕がよくわかるような、清家家のエステートセール・レポートである。

日本の富裕層に高齢者が多いことはまぎれもない事実であるし、外商の顧客の平均年齢が六十歳以上であることも大きな問題になっている。一方で、顧客はすぐには育たない。だからニューリッチ層が外商の太い客として定着するまで、いまいる顧客に向けて商品開発をすることになる。

終活という死を連想させるワードを、店側から提案することは難しいが、エステートセールと言えば角はたたないだろう。売立を知らない世代も多いし、そもそも財閥や華族の財産を現金化する本来の売立事業と、北米ではごくごく一般家庭でも行うエステートセールは本質から違う。

次の清家家の会は親族だけの会。エステートセールはやらず、こぢんまりと集まってお孫さんたちとゆっくり過ごされることになっている。

（どうか、弥栄子様にとって少しでも長く、穏やかな日々が続きますように）

雪子さんの話だと、弥栄子様はエステートセールを終えて肩の荷を降ろされたようにこんこんと眠り続けているのだという。状態は悪くないので、疲れが出ただけだろうとのことだった。

あとは葉鳥がついているし、静緒にできることはそっと見守ることだけだ。仕事を離れれば、プライベートのやるべきことが山積みになっている。金宮寺には今後のことも含めて、転職の相談に乗ってもらおうと思っている。新居については、まだ申し込んだだけだが、ローンの仮審査は通った。いよいよ持ち家への期待感とプレッシャーが現実的になってきた。

引っ越しである。

「新居のリビングには床暖房があるから、ラグは小さめでもいいか」

いつもの如く、社用車の中でランチパックでランチを食べながら、家の間取りを眺めて家具の配置を考えた。二洋室と十六畳ほどの南向きのリビング。広めのルーフバルコニーからは公園の木々が見渡せる。それでも五階なので完全なグリーンビューというわけでもない。

（バルコニーに大きな鉢植えの木をいくつか置きたいな。お母さんのためにプランターもたくさん置いて……）

前の住人が置いていってくれたカーテンのおかげで、広々とした窓に特注のカーテンを新調しなくてもいい。そのぶん、ドラム式洗濯機とソファを思い切って買い換えて、ついでにソファに合わせてラグも買って、足の悪い母のためにオットマンも買って……。

経費のことを考えなければ、あれこれ妄想するだけで胸が躍った。お客さんのお宅へ持参するものを選ぶついでに、七階のインテリアコーナーで掛け時計を探してしまったり、ベッドマットレスを見てしまったり。

（ローンを組んですぐは退職できないから、いつごろまでなら待ってもらえるかも含めて、堂上さんと話をしなきゃ）

家を買う以上、やはり転職によって年収が倍近くになることは大変望ましい。四十のラインを越えて、出張ばかりのライフスタイルができるのもあと数年だという思いもある。静緒にとっては家が思ったより早く手に入ったことで、一気に転職に前向きな気持ちになっていた。唯一気になるのが母の病気のことだ。

せっかく同居しても、静緒がスタートアップでバタバタしていれば、母はまたなんでもないフリをして無理をするかもしれない。そのことを考えるたび、清家家の三姉妹が、一生懸命に母親を見送ろうとしている姿が思い出された。ギリギリまで治療をして諦めないでほしいと泣いて訴えたという家族が、母親のお別れ会を率先して手伝うまでに、どれほどの葛藤と悲しみと寂しさと戦ってきたのか、それを考えてしまう。

仕事と母親、という単純な選択問題ではない。ここで転職を諦めて母といることを選んでも、来年どの部署に飛ばされるかはわからない。富久丸百貨店という枠組みの中でのスタートアップを任される可能性もおおいにある。そのときは、いまの給料のままで、死ぬほど働くことになるだろう。

母の望み通りにしてやりたいけれど、母がなにを望んでいるのかわからない。聞いても本音では話してくれない。唯一、本音らしいことを漏らしたのが「お母さんが死んで、あんたが病気になったら、だれがサポートしてくれるのかは、ずっと心配だ」と。

両親に結婚を迫られ、経済的に自立する道を選んだ鞘師さんも、「おまえが心配なんだ」という言葉を雨のように浴びせられてきたと言っていた。それは彼らの本心かもしれないけれど、ものすごく精神的に負担だったと。

親の望んだように生きられない、だけど親に安心していてほしいと願う子供。心配だ、という言葉を使って、子供の人生にプレッシャーを与える親。けれど、その心配は愛情のべつのかたちでもある。子の側にもまったくそれが欲しくないという人もいれば、そうでない人もいる。静緒もそうだ。母に心配されることは、まったく嫌なことではない。自分にとっては。

（心配、という、愛情のようなものの発露の仕方によって、負担にも喜びにもなる。難しいな）

多様性時代が叫ばれるようになり、家族社会の否定が一般的にも浸透し始め、シングルでもLGBTでも、旧来型の結婚や家族観にとらわれず個人を尊重する傾向にある。どのような生き方をしてもいい時代に、人や家族とどのような関係性を結ぶのか。その悩みは、きっと一般人にも富裕層にも共通してあるのだろう。

では、そこに商機があるのではないか。

そう考えて、いまは仕事のことは切り離すべきだ、と思い直す。ちょっとしたプライベートの悩みですら、仕事と結びつけて考えてしまうのは静緒の悪いくせだ。

クリスマスとお正月に向けて、フード関連の商品がいっせいに売りに出されるシーズン。静緒たち営業一課も、山のようにおせちの注文をとる季節が始まった。それと同時に外商客向けの特選会も、高級チーズやワイン、寝具やインテリア関係の商品を集めたものが多くなる。MOF（フランスの最高級職人に与えられる称号）チーズとワインを集めた会は毎年人気で、パリ・チーズアワード、インターナショナルチーズアワード、モンデュアル・デュ・フロマージュなど、数々の賞を受賞した日本初輸入のチーズやスペイン産のデュロック生ハムが並び、ほとんどのお客様がボルドーのワインと合わせて年間購入してくださる。しかし、しょせんチーズは大量に消費するものではないから、会のメインは単価の高いインテリアや美術品だ。

その日もシモンズのベッドを売りまくり、シルク絨毯が想定外な数出てバックヤードで驚いているうちに、あっという間に時間が経っていた。最後の一人のお客様をホテルの玄関口で見送ったあと、伝票を事務方に回して、今日くらいは贅沢を許そうとタクシーを呼んで帰宅した。

「おかえりなさーい」

同じ会場にいたはずなのに、もう同居人は帰宅していて、ソファの上でシートパックしたまま横になってぴくりとも身動きしない。さすがに疲れたのだろう。

「なにか食べました？」

「いや、地下をのぞく元気もなくて」

「アヒージョ食べます？」

「えっうそ、どこにあるの？」

「いまオーブンの中です。あと一分ぐらい」

ブラックスーツを脱いでブラッシングしているうちに、オーブンがピーと鳴った。

「最近、ウーバーイーツが届けてくれるので便利ですよね」

「あの坂、自転車上がれるの？」

「さあ……」

ＪＲ芦屋駅にほど近いイタリアンからの出前で、シーフードアヒージョと黒鯛（くろだい）のアクアパッツァ。アクアパッツァのあとは冷やご飯ととろけるチーズをぶちこんでチーズリゾットにして食べる。今日のように寒い日は特別胃と心にしみておいしいメニューだ。

「あー、家に帰ったら即行寝たいと思っていたのに、こんなごはんがあったら、テンションあがっちゃう」

「それが食の力ですよ。料理人がいかに偉大かって話です」

明日は休みだから、桝家に引っ越しの話をするなら今晩がいちばんいいと思っていた。なんとなくメールが来て、なんとなくスケジュールを聞かれただけで、きっとこういう展開になることが予想できる。

（なんて楽なんだろ。ありがたい）

　二年前、葉鳥にルームシェアをすすめられたときは、こんな風になるとは思いも寄らなかった。生まれも育ちも考え方も性別もセクシャリティも、なにもかも違う相手に家族や前の夫以上の居心地良さを感じるなんて。

「新居って、芦屋モノリスの近くですよね」

「うんそう」

「申し込んだんですか？」

「した。ほかにも内覧したお客さんはいたらしいけど、私が一番早かったたって」

「なら、決まりかあ」

「まだわかんないけどね。ただ、メリーゴーランドをずっと見てるより、自分も乗りたいって思った。そのためには少しは動かなきゃ」

　とっておきだというオー・メドックのコルクを器用に抜いて、香りを嗅ぎながら、

「じゃ、お祝いですね」

　寂しげなことを隠そうともしないことに、彼らしさを感じた。

「でも、こんなにすぐ出て行かなくたって」

「私だって、こんなにすぐ見つかるとは思ってなかったから」

「家ってどんなです？」

　間取りをスマホで見せると、狭すぎません？　と不遜なことを言い放った。

「母と二人で住むんだし、ちょうどいいよ。広すぎると固定資産税も高くなる」

「固定資産税とか言って……。高給取りになるんじゃなかったんですか」

「うーん、なれるといいよね」

　桝家がかまをかけにきていることはわかったので、間を置かずにごまかした。こういうことはいくら親しい仲でも、堂上が桝家に漏らすはずがないからだ。

「でも、まあ、ローンが組めて引っ越して落ち着いたら、そのうち転職はするかも」

「おっ。勝負に出るんだ」

「頭がまわるうちに、大きいことに挑戦したい、とは思う。いつまでも白馬に乗れないし、カボチャの馬車だって、タイミング良く目の前に止まってくれるとは限らないじゃない？」

　旬を大きく過ぎた食材はただの生ゴミだという百合子・L・マークウェバーの言葉が刺さっている。どんなにおいしい食材もおつとめ品にならないうちに買ってもらわなければ意味は無い。

　薄切りにしたフランスパンの上にあつあつのシーフードとマッシュルームをのせて食べる。鉄鍋の中でオリーブオイルと出汁に浸かってぐつぐつしているエビが最高においしそうだ。

　思えば、桝家とは食の好みもよく合った。お互いに飲まれない程度にアルコールを好むし、和食よりは洋食派。食べに行くのも好きだけれど、お取り寄せにお金をかけて家でゆっくりするのも同じくらい好きである。

「電子レンジで温めれば良いのに、わざわざ鉄鍋をオーブンにかけるなんて、マメだなあ」

「昔、ロンドンに留学していたときに、ほとんど電子レンジを使わなかったんです。みんな冷凍食品も古いオーブンで温めてて、結局は慣れるしかなかったですね」

「オーブン文化が長い国あるあるだね」

アヒージョがなくならないうちに、アクアパッツァの再加熱が終了し、今度ははふはふ言いながら黒鯛を味わうことになった。バゲットとエビと鯛を往復するだけの幸福なルーティーンに、どうってことのない世間話がサンドされて、週末のオフタイムがゆっくりと過ぎていく。

「次、行くあて決まってるんですか？」

「なんでそう思う？」

「や、なんとなく。あなた、動くときには一気に動いちゃうから」

「そういう噂でも聞いた？」

「一課では聞いたことないです。ほかの人の転職の話はチラホラ。ボーナス出たあとには増えるじゃないですか」

「いまはとくに、百貨店は不景気だからね」

「安藤(あんどう)さんているでしょ、あの人、引き抜きにあってもっとECに強いところに行くって話です」

「へえ、あの人外商長いのに。ずっと営業畑だよね。たまに人事に行ったりしてるから、出世する人だと思ってた」

「近江菊池屋(おうみきくちや)との合併話が出てますからね。このまますんなり合併しちゃったら、規模からいって外商はひとつになるし、菊池屋チームと顧客の取り合い、ポストの取り合いになるでしょ。そういうの、もうイヤだったみたいですよ」

　出世を目標にしている人にとっては、合併は一か八(ばち)かの大ばくちだ。自分の所属するほうがイニシアチブをとれればいいが、外商部のトップが合併先出身だと、こちら側の出世の道は険しくなってしまう。

「桝家は気にしないの？」

「出世ですか？　うーん、まあ特には」

　おそらく会社の給料よりもずっと多い資産運用収入のある彼にとって、仕事は趣味の延長上にあるもので、出世のためではないようだ。

「外商とかバイヤーまわりを任せてくれるなら、だらだらいてもいいかなって感じですね」

「堂上さんは、海外の百貨店で修業したらいいのにって言ってたよ」

「大昔のバブルのころなんかはそういう丁稚奉公みたいな海外出向は多かったみたいですけどねー。どこの世界も小売業はＥＣに押されて、わかっちゃいるのに、まだいまいち打開策を見いだせてないですから」

　キャリアアップ転職をするなら、四十三歳までが目処であると言われている。特に三十代なら、結果を出してさえいれば引く手あまただ。静緒はいまそのギリギリのラインの上に立っている。

「あーあ、あなたが仕事が速い人だって知ってたのに、読み間違えたなあ！」

　桝家が突然大きな声を出したので、びっくりしてワイングラスをテーブルに置いた。

「読み間違えたって、なにがよ」

「動くときは大胆でも、動くまでは慎重じゃないですか、静緒さんは。なーんにもしないようで、きちんと情報収集して、周りを味方で固めてる。そんなあなたが、一ヶ月か二ヶ月かそこらで転職する方向に意識を向けているなんて、答えはひとつしかないんだもん」

「答えって」

「古巣に帰るんでしょ」

　ずばり言われて口ごもり、しまったと思った。今度はうまくごまかせなかった。

「あーー、やっぱりそうなんだ！」

「かまかけないでよ。あんたにならちゃんと答えるよ」

「ローベルジュに帰っちゃうんでしょ。もしかして、ついに上場するんですか？　そのためにEC強化するとか？　別会社作ってあなたにまかせるとか」

あたらずとも遠からずなのが桝家のカンのすごいところだ。思わず感心してしまう。

「詳しいことは言えないけど」

「もちろんです」

「手伝ってほしいとは言われてる」

「好待遇でね」

「……そう」

桝家はあーーっと叫びながらくせ毛をくしゃくしゃっとかき混ぜた。

「そんなの勝てっこないじゃないですかー！　くやしい」

「なんでくやしがるのよ」

「だって、俺は親と住むより静緒さんと住みたいけど、あなたはそうじゃないし、俺はいまの仕事も同僚のあなたも給料以外は気に入ってるけど、あなたはそうじゃなかったんだもん」

「だって、あんたとじゃそもそもの生活設計が違うやん。うちは私が働かないと収入がないけど、あんたんちはそうじゃないでしょ」

「まー、そうなんですけどぉ……」

感情的になったまま、桝家が静緒のワイングラスにおかわりを注ぐ。

「くやしいなあ。来年のいまごろは、あなたは富久丸を辞めて、新会社の社長にでもなって世界中を飛び回って、カードもぜんぶプラチナになって、JALの高級会員になっちゃって、大桝町（おおますちょう）のマンションで優雅に親子水入らずの生活をはじめちゃうんだ。もう無理してルブタンのパンプスを履かずに、ジミー・チュウのハイカットスニーカーにマックイーンのスーツ、みたいな格好でご出勤しちゃうんだー！」

「…………」

給料が上がったら叶うかな、と妄想していたとおりのことを桝家に言い当てられたので、ぎょっとした。所詮静緒だってハイブランドが好きな俗物である。

「せっかく、ここまできたのに……」

だいぶ酔いがまわっているらしく、桝家の目の下はチークをいれたようにピンク色に染まっている。もしかしたら静緒が帰ってくる前にビールを入れていたのかもしれない。

「ずーっとずーっとずーっと、諦めきれなかったんですよ。もし俺たちがお互いに恋愛範疇（はんちゅう）内なら、とっくにつきあって同棲して結婚してたかもしれないし、パートナーシップを結べてたかもしれないのに、って。名前がないばっかりに一緒にいられない、一緒にいられるためのスキームが社会にない。婚約指輪を渡すのも違う、結婚してくださいも違う。俺はね、あなたがお母さんと暮らしたい気持ちはよくわかるから、家を買って、自分のキャリアのために転職するのを応援するよ。絶対。やめてほしいなんて思わない。だけど、このままだと、あなたとはただの友達になっちゃう。会社でも会えないし、家でも会えないし、忙しいあなたと御飯ができるのは一ヶ月に一回？　二ヶ月に一回？　そんなのいやだ。あなたの元旦那は元旦那っていう唯一のポジションがあって、ビジネスパートナーはビジネスパートナーっていう肩書きがある。俺は、そいつらに負けるのもいやだし、同列の友人にされるのもいや。だけど、あなたと会社を作るのも違う。ビジネスパートナーになりたいわけじゃない。子供の父親になりたいわけじゃない。いまが恵まれているのはわかるから、努力できることならなんだってやる。そのために弁護士事務所まで行ったんだから」

「……はい？」

立て板に水のごとく解説される桝家のあけっぴろげな本心にわりと驚きながら、要所要所に飛び出すパワーワードに面食らった。

「弁護士……、なんで？」

「こういうとき、なんか良い制度はないんですかって。プロに聞くのが一番だから」

「それで、弁護士はなんて？」

「静緒さんに養子縁組してもらうか、もしくは静緒さんのお母さんに息子にしてもらうのはどうですかって」

「はいいいぃいぃ!?」

　ワインを吹きそうになって喉を絞めたら、今度は咳き込んだ。

「静緒さんの息子になってもいいし、お母さんが許してくれるなら、俺、弟になってもいいよ」

「いや……、だから、あんたたちは気軽に養子とか言い出しすぎ！」

　資産家の家は、相続税対策に孫をあえて養子にとって子供にすることがよくあるし、桝家がそうであったように、男子が親戚の家に養子に行く代わりに将来的に資産管理を任されることもめずらしくはない。

　しかし、とくに相続すべき財産もない一般家庭では聞かない話だ。もちろん静緒もそんなことは考えたこともない。

「やっぱ重いです？」

「重いとか重くないとかじゃなくて、いきなりなにを言い出すのかと思えば……」

「弟が重いなら従姉弟とかでもいいんですよ。でも合法的に従姉弟になれる法律がないらしいんです！」

目の下がまっピンクだろうと、目が据わっていようと、言ってることがぶっとんでいようといま桝家が真剣なことは確かだった。

「なんで合法的にペットになれないんだろう。俺、あなたの飼い猫とかでもいいんですよ、いっそ。どうです？　有名人の飼い猫がすんごい遺産相続してることもあるじゃないですか。ああいうやつ！」

「どういう発想なんだ……」

息子、弟、従姉弟ときて最後は飼い猫になりたいと言う桝家をなだめ、むにゃむにゃ言い出した眠たそうな彼を、ベッドで寝なさいねと寝室の入り口まで送って、上の階へ戻った。

（私は、本当に欠陥人間なんだな……）

あんなに情熱的に、いっしょにいたいと言ってくれる相手に対して、同じように情熱的な言葉をかけられない。桝家のことが心配だけれど、彼になにかをしてもらいたいとは思えない。なにしろ彼の背後に広大に広がる自分とは縁の無い世界が、静緒を尻込みさせてしまう。

こういうとき、どうすればいいのか皆目見当つかなかった。なにかあったとき、病室に入れるくらいの関係性を友人以外で表現することはできないのだろうか。

静緒はいつか、桝家にはいい人が現れてきちんとしたパートナーシップを組んで人生を共に歩んでいけると信じている。そうなってほしいと願っている。だから、自分は彼の人生という港に一時寄港した船で、いずれべつの遠い場所へいくのだろうと思っていた。

でも、気がつけばもう四十だ。人生は折り返し地点にきている。これから先、どのような出会いがあるかはわからない。確かなことは、彼と同居した二年間、とても楽しく得がたい時間だったということだ。名残惜しいほどに。

（桝家の言うように、彼が弟とかだったらよかったな……）

合理的に法律を活用して気軽に養子縁組をしてきた彼らと、静緒との間には制度に対する大きなギャップがある。言われて気づいたが、静緒が桝家の家に入るのではなく、桝家が弟になってくれるのなら、（四季子奥様が許すかどうかはさておき）こんなにいいことはないのに、とも思った。

（っていうか、なんで結婚しないのって言われそう。でも結婚じゃないんだよな……）

そう考えてしまうのは、静緒自体が結婚という制度に対して、まだまだ古いイメージを抱いているだけかもしれない。四季子奥様にも桝家にも言われたとおり、とりあえず結婚して、桝家に良い人ができたら離婚すればいいだけなのかも。なにしろ、彼は元夫という肩書きですら欲しいと言ってくれたのだから。

ワインの酔いと疲れに勝てず、シャワーをして髪を乾かしているうちに意識が無くなった。

次の朝、少し喉が痛かったので慌てて加湿をして、喉に温かいタオルを巻いてしょうが湯を飲んだ。ぼうっと鼻に湯気をあてながらバルコニーから瀬戸内海を眺めていると、金宮寺から着信があった。きっと家のことだろうと思って電話に出た。

「おはよう。早いね」

『おはよう、静緒。申し訳ないけど、秋晴れにはほど遠い残念なお知らせよ』

「……えっ」

『家、買えなかった』

にわかには信じられない言葉を聞いた。一度耳からスマホを外し、画面を見つめ、また聞き返す。

「ど、どういうこと……。だってローンも通ったし、申し込みだって一番だったし、ほかにライバルもいないって話で……」

『それが、おととい横やりが入ったの。現金一括払いで』

「…………うぇ」

変な声が出た。

「もしかして現金に、負けた？」

『そう。キャッシュの力に負けた。いい物件だったからとっても残念よ。こういうこともある』

「うそーーーーー！」

我ながらため息のような悲痛な声だった。ついさっきまで間取りに合わせたＩＫＥＡの家具をネットで見ていたのに、期待も思い描きつつあったキャリア設計についても、一瞬でふっとんでしまったのだ。

『おちこまないで。こういうこともある。特に芦屋にマンション買おうって客はキャッシュで挑んでくる』

「……想像もしてなかった。これって振り出しに戻ったってこと？」

『すぐに探してあげるから、あんまり嘆かないで』

電話を切ったあとも、今度はやや呆然と瀬戸内海を見つめていた。

「ええと、つまり、家が買えなかったってことは、……転職も、いまはなにひとつ具体的に話せなくなったってことか」

ローンを通すには、どんなに給料がよくても五年の勤務実績が必要になる。つまり家が決まらない以上、店は辞められない。

ローベルジュとヨージ・イザキの合同ＥＣブランドについては、スタートアップ要員としての雇用になるから、あまりに遅すぎる合流だと先方に迷惑をかけてしまう。

「は………」

へたへたとその場にうずくまった。すぐに膝が痛くなったので、バルコニーに設置されているソファに座り直した。根が生えたように動けない。

「いやー、まいったな……」

しばらくの間顔をおおってがっくりきている間に、しょうが湯はすっかり冷めてしまい、体も冷たくなったのでスマホを握りしめて室内に戻った。そのままベッドにダイビングし、死んだように呆然としていた。

(なにも考えたくない……)

しばらくして、LINEに立て続けにメッセージが送られてきた。金宮寺がはや、次の候補を見繕ってくれたのだ。けれど、開いて確認する気力もでない。

(これって、あれだな。ポッキーを食べる気まんまんで一本袋から出したら、折れていて軸のところしかなかったってやつ)

意味不明なたとえで自分を納得させても、湧き上がってくるがっくり感はどうしようもない。

再びベッドから這い上がって水を飲みに行く。桝家は二日酔いで寝ているのか、下の階は静まりかえっていた。だらだらするのにも呆然とするのにも飽きて、仕事用のスマホを充電していなかったことを思い出し、慌ててケーブルを差し込む。

鞘師さんからＬＩＮＥが入っていた。また、珍しい美容整形の相談かと思って内容を確認した。

『こんばんは。突然ですが、家を買いました。家具を選びたいのでいいお時間ありましたらおつきあいください』

驚いて二度見した。

『なお、今日から新居で寝泊まりするつもりなので、家具がすぐに欲しいです。いまから店に行きます。新居の場所は芦屋市大桝町のこのマンションです』

続いて送られてきていた画像は、静緒も何度も見た間取りのチラシだった。なんなら頭の中に細かい寸法も入っている、あのマンションだ。

「ああああああーーーー！！！」

めったに出さないうなり声のごとき叫びに、下の階の寝室のほうから物音がして、主が飛び出してきた。

「ど、どうしたんです⁉　なにかありました」

「負けた……。キャッシュに負けた……！！！！！」

スマホを投げて、もう一度寝室に戻った。

第八章　外商員、買いしめる

　とはいえ、いつまでも現実逃避のふて寝をしていられないので、早々に立ち直って身支度をした。こんなときまでお客さんのことを優先させてしまう自分は、はっきり言ってドMなんじゃないかと思う。

　インテリアを買いに店に来ているという鞘師さんと連絡を取り、社用車で堂島の本店へ直行する。当然ながら帰りは大荷物になるのではないかと思ったからで、事務方に頼み込んで別のバンを借りた。

「おはようございます。急に呼び出してごめんなさい」

　店のインテリアフロアで、完全にハンターの目をした鞘師さんが待っていた。すでに買う物はいくつか目星をつけているようだ。

（これは、……すごいことになりそう……）

　芦屋川店ではなく、開店と同時に堂島にまで来ている鞘師さんからは、なみなみならぬ買う決意が感じられた。この商売を長くやっていれば、本気で買うオーラを出している人間はひと目見ただけでわかる。

「えっと、ラグとカーテンとソファとベッドを買いたいの。それから日用品」

「はい。買いましょう」

「あそこの店のあのへん、あのへんまるっと欲しい」

「買いましょう」

　ディスプレイごと欲しい、と鞘師さんは言った。アンティークのシェルフに、ベンジントンのソファとオットマン。コーヒーテーブル。それからなんといっても「あのへん」の目玉はKLUFTの超最高級マットレスベッドである。

「こちらはBeyond Luxury Collectionのラインナップ、『Palais Royale Vie De Luxe』のマットレスとボトムのセットになります。こちらのマットレスはマットレスの層が、天然カシミアと馬の尾の毛、厳選されたオーガニックコットンとジョマウールなどになっておりまして……」

「うん。すごいすてきです。寝心地もよさそう。ください」

　鞘師さんはください、と軽く言うが、こちらのお値段は約六百万円である。

「今日持って帰りたいんですが」

「持って帰る⁉」

驚くスタッフに、静緒が慌てて間に入った。

「すぐにベッドが必要なお客様なんです。簡単な梱包でかまいませんから、見本品を出してもよろしいですか？　あ、くわしいサイズを教えてください。あ、いやいいです、自分で測ります」

クイーンサイズなら、あのマンションのエレベーターもギリギリ入る。ベッドフレームがないタイプだから寝室の入り口も突破できるはず……。などと頭に入っている新居（のはずだった）のサイズがここで役にたった。

「すみません、急いでいますので、手配できましたら私に連絡をください。これが電話番号です」

スタッフに自分の名刺を渡して、片手でスマホにボイスメモをとりながら移動。鞘師さんはもうすでにベッドを買った気分で次の店へ向かっている。あのベッドはさすがにバンに乗らないので、トラックを手配することになる。ベンジントンとベッドだけですでに引っ越しサイズだ。しかし、外商部はこのようなお客様への対応も慣れている。

店は、すぐに稼働してくれる運送屋さんとのおつきあいがある。いまごろ事務方がほうぼうに電話をかけまくっているだろう。

「ソファがレザーのベンジントンですから、カーテンもクラシカルなほうがいいですね」

「うん。コットンの……白のね、外国の田舎にあるようなものってないのかな」

「窓が大きいですから。とりあえず、いまあるカーテンを使用して、好きな柄をオーダーするのがいいかと」

「そうだね。ベッドとソファさえあれば、あとは日用品だけで済むし。……鮫島さん、うちの新居にカーテンがあるってよく知ってるね」

どきっとした。幸い、内心が顔に出にくいたちであることに感謝する。

「……カーテンはサイズがまちまちなので、引っ越しの際、置いて行かれる方も多いんです……」

「そうなんだね。新居は日当たりがいいけど、良すぎるから、ないのは困るんだ。あっ、収納のシェルフはあれがいい！」

結局、オーガニックコットンの店で展示品のシェルフと、壁かけの鏡、ガウン、バスタオル、スリッパ、パジャマ、カトラリー類をまるっとお買い上げ。次にその店の前を通ったら、いまから閉店するのかという勢いで品物を梱包、運び出していた。

「あのシャンデリアが欲しい。ダイニングにつるしたい」

鞘師さんに言われるままに店のスタッフと交渉する。

すか」

「ソケットはどうなっていますか？　標準で取り付け可能か、それとも工事が必要ですか」

内心申し訳ないなと思いながらも、こちらも仕事なので質問する。バイトのお姉さんがあわてて店長を呼びに行った。

「今日持って帰りたいのです。今日が無理なら、ほかをあたります」

そう言うと、動く値段が大きいのでたいていの店からＯＫが出る。火事場泥棒のようにフロアからディスプレイされている商品が消えていく。

「ほかに何が必要だと思う？」

「ソファ、コーヒーテーブル、ラグでリビング一式はＯＫ。シャンデリア、カトラリー、タオル類ＯＫ。ベッドとシーツはＯＫなのであとは枕と掛け布団ですね」

フロアを一周して寝具コーナーに戻ってくると、スタッフが十人くらい集まってベッドを梱包していた。となりのアロマオイルのお店の店長さんまで手伝っている。

「……あとでアロマオイルも買いましょうか」

鞘師さんは判断がとにかく早いので、枕も掛け布団も五分で決まった。

「お鍋やパン、包丁などのキッチン用品類は必要ですか？」

「料理はしないの」

「では、おいおい揃えるとして、まずは電子ケトル、電子レンジ、洗濯機ですね」

「あっ、ちょっと待って。あれが欲しい！」

静緒の腕をつかんで引き留めた理由は、アンティークの楽譜台だった。

「ソファのそばでiPadを立てるのにちょうどいいの。これ、三つください。在庫あります？」

突然楽譜台などという、めったに動かない真鍮製品を要求されて、スタッフさんが困惑しながら聞いてきた。

「音楽家さんですかね……。もっと本格的なものじゃなくてもいいんでしょうか」

「いいみたいです。iPad用なので」

一時的に忘れていたが、鞘師さんのお仕事はトレーダー……。デスクが必要だ。いつもソファでだらだらやってるんだけどね、と言う鞘師さんも、いちおうデスクの必要性に同意したので、またもやセレクトショップに戻り、今度は書斎っぽくコーディネートしてある「あのへん」をまるっとお買い上げ。陶器の北欧製置き時計や、額絵やクッション、ちょっとした小物まで一つ残らず買ったので、最終的にその店は閉店セール中のようになってしまった。

地下の電気製品フロアに向かうまでの間に、事務方に再度連絡をいれる。「すみません、トラック、やっぱり二十トンのがいりそうです」

いったん電話をきって、すぐに事務方から折り返し連絡があった。土曜日だというのに奇跡的に、洗濯機をこれからすぐに配達、設置してもらえることになった。大手量販店だとこうはいかないので、いままでのおつきあい、言い値で交渉、店の名前の威力をひしひしと感じる静緒である。

「ドラム式洗濯機のドアは、右あきですね」

「そう。鮫島さん、詳しいね」

「…………。コーヒーメーカーはどうされますか？」

「ネスプレッソを買う。あ、マグカップも買わないと。そうだ、観葉植物も欲しい！」

「引っ越しの時に忘れがちな必需品はトイレットペーパーです。買っておきますね」

「ありがとう。助かります。本当に詳しいね！」

「…………」

おなかがすいたという鞘師さんを店内のイタリアンに案内して、トイレに行くフリをして事務方にまた電話。二十トントラックがつかまらないが、十トンを三台用意できそうとのこと。iPhoneにすがりつくようにして感謝を伝える。

「ありがとう‼　あと、ごめんだけど現金用意しといてもらえない？　店の封筒に五万円ずつ封筒にいれて十人分！　そうだ、引っ越しじゃないけどトラックの運転手さんには必ず東からマンションの入り口に入ってって念を押してね。みなさんによろしく！　ありがとう‼　運送屋さんの連絡先写メって送ってください。じゃ、またあとで」

　今日は休日なので事務所にはそんなに人数がいない。なのに、今日に限って外商部にばんばん明細書があがってきているのだ、今日の当番の子は運が悪い。なのであとで絶対に差し入れをしよう。

「Siri、リマインダー、事務方と店に差し入れ」

　階段の踊り場からイタリアンに戻ると、鞘師さんがパスタを食べているところだった。静緒の席にたのんだものは来ていなかったが、席につくとすぐに出してくれた。いい店だ。

「カーテンなんですが、六甲アイランドにある富久丸インテリア館にいくつか既製品であいそうなものがあるそうです。フィスバ社のフィリグラーナというレースカーテンは、ブルーグレーで品があって、ベンジントンのソファにもあいそうです。いかがですか」

　iPadで鞘師さんに確認してもらうと、とてもすてきなので見に行きたいとのこと。ちなみにフィスバ社のインテリアファブリックは超高級で、一メートル単位で二万四千円。鞘師さんの新居の窓は六面あって、横幅が十メートル以上ある。

「おとといから竹園に泊まってるの。キャリーケース一つで家を出たから。あそこは巨人軍の常宿で野球のないときは泊まりやすいって聞いていたけれど、今日からライオンズクラブの団体客が入っているんだって。だからできるなら今日から新居で寝起きしたい」

「…………いつ、マンションをお買いになったんですか？」

「二日前かな？」

鞘師さんが言うには、どうしても家にいられない事情ができて、着の身着のままで飛び出したというのだ。

「なんかむしゃくしゃして、もう絶対家にはいられないと思って。それで不動産屋さんに駆け込んで、その場で選んでその場で買った」

「内見せずにですか？」

「ううん。不動産屋さんが驚いて、いまからすぐ見られるように手配するから早まるなって。それで案内してもらったら、すごく良い場所だったから、そのまま銀行に行ってキャッシュで払って、次の日鍵をもらった」

「家ってそんなにすぐに買えるんですね……」

鞘師さんの場合、物件をオーナーさんから預かっていた不動産屋さんにたまたま駆け込んだことと、その人がオーナーさんに事情を話せる間柄だったこと、オーナーさんがすでに東京に転居済みで、少しでも早く手放してキャッシュを受け取りたかったことなどが功を奏したようだ。

（さすが、判断が早い……）

四千万円のキャッシュの威力で手に入れたマンションには、午後になるとトラックが三台横付けされ、引っ越しさながら大型の家具が運び込まれた。がらんとしていたリビングにベンジントンの重厚なソファが置かれ、トランクケースのようなコーヒーテーブルにラグが敷かれ、天井からはシックな木製のデザインシャンデリアがつるされる。十畳の寝室は、KLUFTのベッドを置いただけでもういっぱいになった。

母の部屋にと考えていた八畳の洋室は、納戸にするのだそうだ。ファミリーならダイニングセットを置くアイランドキッチンの対面のスペースには、窓のほうに向けて仕事用のデスクが置かれた。一人暮らしなのでダイニングセットは必要ないし、鞘師さんのライフスタイルから言っても、家に友人を呼ぶような方でもない。仕事用のiPadを何台も持っているので、テレビも必要ない。もちろん固定電話もだ。

キッチンには炊飯器すら置かれず、ネスプレッソとマグカップ、それに一人分のフレンチ・カトラリー。反対に、一人暮らしでも必要なのが冷凍庫が大きい冷蔵庫だ。家具が入ったと同時に電化製品が届き始め、ドラム式洗濯機の設置が始まった。

「エアコンは二台ついているし、オール電化だからガスの開栓連絡もなし。水道と電気はすぐ使えて、……あっ、お風呂の椅子と桶(おけ)は必要ですか？」

大型の家具や電化製品が入って、シャンデリアやベッドの設置が終わり、すべてのものの梱包が解かれて引っ越しが終わったころにはすっかり日も暮れていた。

（ゴミを全部持って帰ってもらえてよかった……）

事務方からむしりとった現金の封筒を、運送屋さんや電気屋さん、水道屋さんに渡して回る。これがあるから皆、急な対応にも嫌な顔をせずにすぐ動いてくれるのだ。金の力は本当に偉大である。

（そして、ショップの店員さんのインテリアコーディネイトの力も偉大だ。〝あのへん〟をまるっともってきただけで、モデルルームみたいな家になってる）

これから大工さんを手配して、カーテンレールをアイアン製にするのだという。それからルーフバルコニーにもウッドデッキを敷き詰め、テラコッタの大きな鉢植え植物を置いて、素足のままバルコニーに出て朝食がとれるようにしたいと言った。

「じゃあ、明日そのへんを手配しに、インテリア館に行きましょうか」

口にしてから、ああ、今週の休みがまたしてもなくなった……と、ドMな自分の所業を心で噛みしめた。

夕食はウーバーイーツが配達してくれた味噌ラーメンになった。日頃からラーメン好きを公言していて、地方への講演も地元のラーメンを食べるのが楽しみでオファーを受けるという鞘師さんおすすめの、近所の店だった。

カーテンの開けられた開放的な窓。ルーフバルコニーの向こう側は、遮るものがないので、いまは人気の無い公園の木々が頭だけひょっこり見えているのみ。夜の間に流れていこうとする雲をかき分けて、新品のプラチナのような月が顔を見せては強烈な光を放つ。その下で、同年代の女が、高価なインテリアに囲まれて、二人バターコーン味噌ラーメンをすすっている。

めちゃくちゃおいしかった。

(私が思い描いていたより、ずっといい部屋になったから、諦めもつく。この部屋は、きっとこうなりたくて鞘師さんの元へお嫁に行ったんだ)

鞘師さんの希望で、運送屋さんには明日も来てもらうことになった。鞘師さんの実家の離れで使っていたマッサージチェアと、大量の衣料品を運び出すためである。

「もしかしたら、パニックになってる親が待ち構えてるかもしれないけど、そうなったらドアを壊して中に入る。大丈夫、ログハウスだからチェーンソーでいける」

鞘師さんの仕事部屋は、自宅の庭の一角に建てられたログハウスの別宅なのである。

「うちは、両親が過保護でさ。子供のころ庭にログハウスを建ててくれたの。家で遊べるようにって。そのままそこで寝起きして、いつのまにか仕事部屋になってた」

静緒もそのログハウスのことはよく知っている。室内にはブランコやハンモックがあって、鞘師さんはその仕事部屋をとても愛していたし、よく両親に感謝していた。

「昔は滑り台もあって、雨の日はよく友達が遊びにきてた。両親は、私に友達がいないことを気にして、みんなが家に遊びにきやすいようにわざわざログハウスを建てたのね。私も最初のころは『ウチに遊びにおいでよ、ログハウスがあるんだよ！』なんて誘ってたけど、そのうちだれも来なくなった。そうだよね。公園で遊ぶような歳じゃなくなったら、とくにブランコなんて必要ないもん」

不登校になった鞘師さんは、家で一人でブランコに乗っていたそうだ。ハンモックで寝るのは楽しかった。そうやって過ごしているうちに、自分にはとくに友達は必要ないんじゃないかと思い始めた。

「両親は、とにかく私に友達がいないことを心配していたけれど、おやつや遊び道具でつっても、限界は来る。それに私が楽しくない。一人でブランコに乗っているときのほうがずっと楽しかった」

ご両親が、鞘師さんに友達を作ってほしくて建てたログハウスは、皮肉にも鞘師さん自身、一人でいることのほうが好きだと自覚する場所になった。

「両親のコネで、派遣で働いても長続きしない。人間関係がめんどうくさくて、しかもこんなに働いてるのにもらえるの月に十万もないの？　って思うと、ばかみたいだった。みんなお金を十分にもらえないから、あの人がどうだとか、仕事ができないとかかんじわるいとか、だれかの悪口を言ってウサを晴らしてる。人間関係をめんどうくさがっていると、そういうののターゲットにされるから、長続きしない。親は結婚すればいいと結婚相談所を三つ掛け持ちして婚活もして、でもそれもしっくりこない。『家事手伝い』ってことで『大丈夫』な歳のうちに結婚すれば『大丈夫』だから、って。でも、『大丈夫』ってなに？」

味噌ラーメンのスープをシンクに流して、スポンジがないことに気づいて、台所用品を買おうとリマインドを入れる。シャンプーとボディシャンプー、ブラシは買っておいて正解だった。

今日買ったばかりのマグに、今日買ったばかりのネスプレッソでコーヒーを淹れて、しみじみと美しい月を見ながら、鞘師さんがこの家を衝動的に買った理由を聞いていた。

「どうしても『大丈夫』のために結婚したくなくて、自分で運用をはじめたら思いのほかうまくいって、一気に人生が楽しくなった。親の『大丈夫』のために揃える男受けするワンピースを買わなくてもいい。好きなブランド品を買える。結婚相談所の人に言われたの。ブランド品のバッグを持って行くと、男の人に金遣いの荒い女だと思われますよって。金遣いの荒い女でなにが悪いの？　結婚してもお財布は別にすればなんの問題もないよね。見も知らぬ異性に『大丈夫』の基準をつくられるのも気持ちが悪かった。いままでは、親のお金だったから、親の決めたガイドラインに従うしかなかった。でもこれからは違う。なのに、親は言うの。『痩せろ』って」

鞘師さんの記事が載っている雑誌はいち早く買って、お友達たちに自慢するくせに、必ず最後は容姿をディスる。

『家で仕事してるから、太りやすいのよね。痩せなさいっていつも言ってるのよ』

『太ってるとだらしない女だと思われてしまうわよ』

『お見合いもそれで決まらなかった』

『あなたは痩せさえすればかわいいいんだから』

『運動しなさい』

『ジムに通いなさい』

『もうちょっと顔がシュッとすればねえ』

口にして容姿を非難するのは主に母親だ。父親は黙っているが、内心同じように感じていることは明らかだった。

「ずっと、心の中でもやもや、もやもや、うまく言葉にできない煙のような不満がくすぶってるのはわかってた。でもくやしいのは私も、太っていることは自覚してたから、親のいうことも一理あると思って黙ってた。ジムが続かなくて、家でエアバイクを買ってもやっぱり運動できない。親をランチに誘っても、食べ終わったあとで、外食は体に悪いとか言い出す。ケーキを買ってきたら、こんなもの食べてるから痩せないって笑う。指輪を買ったら、14号なんてサイズじゃ婚約指輪をもらえないって笑う。

服を買っても……、靴を買っても……。化粧品を買っても、美容院に行っても、『太ってたら意味ないわよ』。なにかするたびにやいのやいの言われるから、それで……」

美容整形で痩せよう、鞘師さんがそう思い詰めたのも無理はない。

「でも、脂肪吸引は恐くて。痛いのも恐いし、なにより親に知られたら、もっとうるさく言われる」

それで、最初はレーザーや脱毛や、ヒアルロン酸といった小さい施術から様子を見ていったのだ。親が気づかないので、鞘師さんはこれはいけるかもしれない、と手応えを感じ、もっと効果の出ると言われている施術法を試すようになった。

「今週から、母の姉が遊びにきてるの。その人は昔私をかわいがってくれていたらしいけど、あんまり記憶はない。だけど、顔を合わせるたびに言う。母よりキツい、『痩せろ』。なにをしても痩せろ。あんまりにもしんどいから、ついにメールでキレた。口では言えないのが私が弱いところなのよね。『なぜ私に対してそんなに無遠慮な言葉を吐くのか。人の容姿をどうこう言うことが、どんなにマナー違反で相手を傷つけるのかなぜ考えないのか』。そしたら、すぐにこんなふうな返事がきた。『あなたがかわいいから言ってるのよ。他人だったらこんなことを言わない。あなたのためを思って言っているのよ。家族だから』」

『家族だから』相手が傷つくことも平気で言うし、だれかの前で無遠慮に自分の子や姪を貶める。それが謙遜で、人間関係を円滑にまわす術だと、長らく日本の社会はあたりまえのように受け止めてきた。

「百歩譲って、自分のことを自分で下げるのはいいよ。だけど、自分の子供や娘を他人の前で貶めて、なんで自分が謙遜したフリをするわけ？　私は、お母さんや伯母さんたちの謙遜の道具じゃない。謙遜したいなら自分を下げろ。私を使うな！」

途中から、鞘師さんは涙を拭おうともしないで泣いていた。ボタボタと大粒の涙が彼女の顎をつたって、膝の上におちてデニムにシミをつくった。

「そのときに、もうこのログハウスにはいられないと思った。トランクに通帳と服と化粧品とiPadを詰めて家を出た。幸いまだ不動産屋が開いていたから、駅前の目に付いた感じの良い店に飛び込んだ。運用に使ってない銀行の口座には五千万円あったから、それですぐ買える家が欲しいと訴えた。理由も話した。あの家を出られなかったのがすべての元凶なんだってようやくわかった。きっと私が稼いでも、痩せても、結婚しても親はいつまでも私を謙遜の道具にする。だから、私が変わるんじゃない。親が変わらなきゃならない。私はこれ以上しんどい思いをする必要はない。太っていてどうこう言われることも、健康的によくないこともぜんぶひっくるめて、私の人生だから、プラスもマイナスも含めて私の人生だから。ラーメンをがまんして、白米をがまんしてそれで得られるプラスとマイナスをどう判断するのか、それは私の人生だから。だれかにどうこう言われることじゃない。もちろん痩せたいし、きれいになりたい。もっと健康的な暮らしを送って、雑誌にあるみたいに朝スムージーだけでヨガとかして暮らせればいいとは思うけど、こんな夜にラーメンをバターをたっぷりのっけて食べてしまうのが好きなのが私」

それが、私です、と静かに、ぎゅっと閉めたはずの蛇口からしたたり落ちる水滴のように言った葉鳥の言葉がふいに思い出された。

「私は私が選んだことのマイナスを受け止めて生きる。下がるときは自分で下がる。そのほうがずっといい」

夜は冷えるので、床暖房をつけてくださいねと鞘師さんに言い置いて、静緒は自分が買うはずだったマンションを出た。

「ああ、それから、買ったアロマキャンドルを焚いて、ゆっくりお風呂に入ってくださいい。ドライヤーを買うのを忘れたから、今日は髪を洗わないで。風邪をひきます。明日いっしょに選びましょう」

名残惜しさがないわけではなかったが、自分の思い描いていた以上の家に鞘師さんがしてくれたこと、なにより自分より彼女のほうが切実に家を求めていたことがわかって、諦めがついた。

頭の中に完璧に各所のサイズが入っていたからこそ、あそこまで的確に買い物ができたのかと思うと、転んでもただでは起きない自分を褒めてあげたくもなった。

なにより、鞘師さんの語る親や親戚とのいきさつが、静緒の心をもうひとつの鼓動のように強く打ち続けていた。

「私は、親の謙遜の道具じゃない」と鞘師さんは言った。まったくもってそのとおりだと思った。あの世代は、挨拶のように自分の子供や身近な人を貶め、無遠慮な言葉で傷つけることにためらいがない。そうすることが当たり前の世の中で生きてきたから、自分もそうされてきたから違和感がないのだ。けれど、他人の前で自分の子供の容姿や職業や独身であることをあげつらうことは、普通に攻撃である。まさか自分の親から攻撃されることはないと信じ切っている子供は、これは攻撃でない、これは愛情なのだ。逆に、こんなことを言われてしまう自分が悪いのだと思い込む。そうして、鞘師さんは何千万という年収を稼ぐようになっても、親の愛情の具現化された敷地内のログハウスをなかなか出ることができなかった。

これから、あの家はどんどんすてきになるだろう。今日は買えなかったカーテンと植物が運び込まれ、もっとインテリアが増えて、親が決めたログハウスではなく、鞘師さんの好きなもので埋め尽くされていく。親の目がなくなったことで、鞘師さんは思い切って脂肪吸引の手術も受けられるだろう。あるいは、親のディスりがなくなったことで、痩せなければという強迫観念から解放され、美容への興味も薄れるかもしれない。

埃だらけになって帰宅した。桝家の差し出す温かいおしぼりで思わず顔を拭ってしまったが、正直気持ちよかった。一度やってみたかったのだ。化粧ごと、温かいおしぼりで顔を拭うことを。

「やっぱり、大桝町の家、静緒さんのお客さんが買ったんですか？」

「うん。そこの引っ越し手伝ってきた」

「うわー」

「いろいろ事情があって夜逃げ同然だったから、なにからなにまで新調してくれた。本店のインテリアフロアを荒らしてきたよ」

週明けに、営業一課に上がってきた伝票を見て、邑智が腰を抜かしていた。鞘師さんの買い物は、一日でゆうに一千万を越えていたのだ。

「明日インテリア館に？」

「そう。あの大きな窓にフィスバのレースカーテンがかかると思っただけで、もう満足」

「ああ、それはいいですね。大桝町のマンションが一気にパリの十一区になる」

ブルーグレーのレースカーテンは、まさに貴婦人の物憂げな朝だ。鞘師さんならきっと、トイレットペーパーホルダーもバスタオルハンガーもすべてあのカーテンのためにとりかえるだろう。

「……振り出しに戻っちゃったけど、いろいろ気づきもあってよかったよ。親のためにマンションを買おうとするのは、あんまりよくないね。親に引っ越しを強要させる前に気づいてよかった」

「じゃあ。引っ越しは……」

「当分ないね！　もちろん次、探すけど」

「やった！」

桝家はひゃっほうと飛び跳ねて、作りたての炭酸水とスマホを握りしめてバスルームに飛び込んでいった。いつのまにか、家で炭酸水を作れるマシンを購入したらしい。

次の日、開店と同時に、昨日お世話になったショップを挨拶に回った。特に静緒たちが大型家具を買った店は、あるコーナーがまるごとすっぽりと消えていて、店員がなんとか商品がないように見えないようあれこれ苦心している様子が窺えた。

「昨日は大変お世話になりました。またお客様が商品を見たいとおっしゃっていますので、その際はよろしくお願いいたします」

昨日搬出の手伝いをしてくれたスタッフ全員にスタバのカードを配り、満面の笑みで見送ってもらう。最大の功労者である事務員には、昨日店を出る前にジョンマスのヘアケアセットを渡しておいた。なんといっても効力があるのは現金で、昨日五万円の封筒を渡された配送スタッフさんたちは、どの店も「なにかあったらすぐに呼んでください」と意欲的だった。なので、鞘師さんは今日もトラックを一台出してもらって、実家を強襲することにしたのである。

『荷物は運び出せたんですが、怒り狂った父親が車で追いかけてきたので、撒くために高速に乗りました。なので、少し遅れます』

鞘師さんから仕事用のスマホにＬＩＮＥが入った。巣立ちするほうよりも、巣のほうが現実を受け入れられないのもままあることだ。時間ができたので、鞘師さんの家に必要なものをいくつか揃え、車に積み込んで芦屋に向かった。

（なるほど、巣立ちの手伝いって、意外と売り上げになるなあ。今度企画書出してみよう）

しばらくして、鞘師さんからは、『父を撒きました！』という清々しいＬＩＮＥが入った。

第九章　外商員、中学受験を迎える

師走に入ってしばらくは、正月用品とお蕎麦(そば)を持ってじゅんじゅんにお得意様を巡る毎日である。中でも一年で百貨店がもっとも活気があるのが、この年末からバレンタインまでの冬の期間だ。クリスマス、お正月、バレンタイン、卒業式……。お金が動くのはイベントであり、イベントは人の人生である。

外商部といえば、冬は顧客が忙しいため訪問の機会は多くなく、いつも決まったものをお届けしてご挨拶して終わりのお宅もあれば、クリスマスパーティのお手伝いを仰せつかることもある。正月休みはサラリーマンと同じようにもらえるので、忙しそうな店のにぎわいとはまったく違って、いつもは会えない東京の友人と新年会もできる。今年は、金宮寺が家を買えなかった静緒のために、専門時代の同期を集めてホームパーティをしてくれるという。

ことの顚末（てんまつ）を母に話すと、「別に家がなくなるわけじゃないし、いいわよ」とあっけらかんとした答えが返ってきた。母はいつもこうなので、大事なサインを見逃しがちなのだが、今後は家を内見するたびに会うという名目ができた。

どんなに深く考えても、静緒の人生において家族は母しかいない。病気が治っても、そうでなくてもいっしょにいられる時間がそれほど長くないのなら、そばで過ごしたいという思いに変わりはなかった。

人間一人ひとりの容姿や心の形がすべて違うように、その複合形である家族やパートナーシップの様態も無数にある。一人娘だから、親の面倒をすべてみなければならないというのはあやまりで、個々それぞれの事情があるはずである。

古い時代からの押しつけ的な「～せねばならない」をとっぱらって考えれば、「いっしょにいたい」かそうでないかというシンプルな問いかけしかない。いっしょにいたければ、他人とでもいっしょにいればいいし、いたくなければ家族であっても離れればいいだけ。そんなことがわからなくなるほど、長い時間をかけて伸びた余計な枝葉が視界を見にくくしてしまっている。

桝家がいっしょにいたいと言ってくれて、静緒自身もそう望むなら、次の変化が訪れるまで、このままでもいいのかもしれない。自然と、そう思えた。

「ねねね、たとえば隣同士で家を買うとかどうですか」

「いやいや、あんたの基準の『家』なんてとても買えないから」

「さっさと転職しちゃって、静緒さん自身が高給とりになっちゃえばいいんですよ。家はCEOになってからでもいいんだし」

たしかに桝家の言うとおり、給料が上がれば頭金が増える。せっかく正社員になって、住宅ローンも組めるようになったのに、また一から出直しなのはもったいない、せめて家でも買わねばと気ばかり焦っていたが、ローンのことばかり考えてほかの選択肢があることに考えが及んでいなかった。ようは、自分が上がって、鞘師さんのようにキャッシュで買えばいいのだ。

「発想の転換か」

「そうそう。なんだってポジティブにとらえたほうが特ですよ。事実は変わらないんだもの」

思い詰めると視野が狭くなる。いつのまにか、静緒も木々の生い茂る森に迷い込んでいたのかもしれない。

清家さん宅の親族の会も無事終わった。ひととおりのイベントを終えてほっとしたのか、翌日すぐに雪子さんから、陣痛がきたという連絡が入った。あっという間にお産がはじまり、病院に運び込まれてたった三時間で息子さんが誕生した。清家家にもたらされた大きな喜びが、これからやってくる別れの悲しみを少しだけ癒やそうとしているかのようだった。

正月休みには母と二人で別府に行った。どこか観光をするわけでもなく、ひたすら二人で部屋の温泉に浸かって海を見ていた。別府は、両親が新婚旅行で訪れた思い出の地で、昔は父の勤める会社の保養所があって、新婚旅行も安く済ませたのだと聞いた。

「お父さんはね、朝日を見るのが好きでね。真夜中の鉄道の仕事はつらいけれど、きれいな朝日を見られることだけが特権だったってよく言ってたわ」

父の思い出話を、上人ヶ浜に打ち寄せる波の音とともに聞きながら、「親のために、べつに家を買ったり同居したりしなくても、これでよいのではないか」とも思った。

休みのうちに、友人たちと同じように、ちょっとだけスケジュールを無理して集まって、だらっとして飲み食いした。いろんな話も尽きないけれど、やっぱり思い出話がいちばん盛り上がる。

「うちらの世代が、恋愛とか仕事とかプライベートとかにいちいちキラキラ感を求めるのは、ドラマとかの刷り込みなんじゃない？　本当にそんなものを求めているか、ゆっくり考えたら、実際そうでもなかったりね」

「そうだよねえ、そこまでなにもかもキラキラじゃなくてもいい。お洋服は欲しいけど、本当に必要なのは着心地のいいジャージってことか」

遠く異国にいる友人たちとも、気楽に顔を見て電話できる。金宮寺の家のホームパーティは、七人が集まり、五人がスカイプで参加。そんな形も今風でありなのかもしれない。

今年は成人式と中学受験が重ならずに済んだので、静緒は成人式当日のみアテンドして、大きなトラブルなく済んだ。

このころになると、清家弥栄子様は毎日鎮静が欠かせなくなり、目覚めてもうつらうつらでほぼ眠ったままの状態が続いた。もともと、お別れ会を終えたあとは状態が悪くなれば鎮静をはじめると聞いていたから、雪子さんの出産が無事終わり、孫息子の顔を見て安心したのではないか、と聞いた。

いよいよ弥栄子様の最期のときが近付いている。こうなると、もう静緒の出る幕ではない。別室にはつねに看護師が待期しているし、ご主人も忙しい中休みをとって家にいる。葉鳥も一日一度は顔を出す。雪子さんは新生児をかかえて、孫たちの顔をできるかぎり見せに来ているようだが、誰が呼びかけても弥栄子様は目覚めない。ゆっくりと、まどろみの中であの世に旅立とうとしているのだ。

「最期に母とゆっくり話はできました。あとは苦しまないようにして、見送ってあげるだけ」

出産を終えて、孫の顔を見せてあげられるかどうかが雪子さんの最大の懸案事項だった。パーフェクトな見送りができたと彼女は言った。

「あれから、母の元にたくさん手紙が届いたの。エステートセールに参加して、母のものを買われた方々から。みなさん、母が身につけていたものをよく覚えていらして、思い出の話をされて、母はとても楽しそうだった。母のお礼状を代筆しました。そのときに、とても心に残っている言葉があって……」

〝人生はめまぐるしすぎて、母親にならねば、妻にならねば、ばかりで、私というものがなんなのかわからないまま、終わってしまう。あなたはそうはならないでね〟

繰り返し、繰り返し雪子さんはこの言葉をメッセージカードに書いたのだという。

「母の本心だったのだと思います」

不思議なことに、そのお返事を出すと、またすぐに手紙が届いた。この二十一世紀に、まるで女学校時代みたいだと、弥栄子様は喜んで届いた手紙を枕の下に入れて眠ったのだという。

いま、彼女の枕元には枕の下からあふれた手紙がたくさん散らばっている。

「きっと、夢の中で母は、甲南女子に通っていたころの少女になって、あれこれおしゃべりしてるんじゃないでしょうか。まだだれの妻でも母でもなかったころに戻って、気楽に……、夢のようなことばかり無責任に口にしても許されていたころに……」

お見送りの日のことは、葉鳥が責任を持ってご主人と話をしているということだった。静緒の仕事は、弥栄子様のお見送りではない。弥栄子様が望んだのは、娘たちと新しいかたちの取引、おつきあいをしてほしい、ということ。だから、いま静緒が気を配るべきは雪子さんの体調と、娘さん、息子さんたちのことだ。

「娘のときとは全然違って、息子はもう六十センチのロンパースがきついの。だから、買わなくちゃ。それから、娘のときはなかったけれど、液体ミルクにも挑戦しようと思って」

「明日お持ちしますね」

「……不思議ですね。こんなに寂しいのに、息子の服の話をするだけでうれしいのは。母を失うのに、やりたいことも喜びもある。こんなふうに時は流れるんですね」

弥栄子様が亡くなったという連絡を受けたのは、一月二十日の夜中のことだった。

その日は、関西の中学受験の第一日目で、静緒は前日から佐村慶太くんのフォローに回り、午後の試験が無事に終わったと聞いてほっと一息、万全の風邪対策をしてから家で寝る準備をしていた。

「こちらは大丈夫です。私たちも、通夜もせずにこのまま眠ります。なにもするなが母の望みだったので」

雪子さんの声は落ち着いていていて、それだけでも、この日のために積み重ねたことが無駄ではなかったと思った。

昔ながらの通夜もお葬式も行わず、家族だけで送ってほしい。負担のないようにという遺言どおり、次の日一日だけ、娘たちが最期にお顔を見るための時間を設ける。準備する時間は十分にあったので、だれもパニックにならず、花と軽食の手配だけで済んだ。

当日、ゆったりと姉妹三人で話している様子を遠目で見て、これが弥栄子様が望んでいた光景であると確信した。いままで、葬式も結婚式もすべて親や女性の仕事だった。男性が広間で飲み食いをしている間、女性は台所に籠もって、乞われるまま酒を温めたり、おつまみを作ったりする。そんな古い風習に終止符を打ち、残された人々がゆっくり話ができるよう、弥栄子様が娘さんたちに贈った最後の贈り物がこの時間なのだろう。明日、すぐに出棺、火葬ができるということで、その日は三時には解散し、あとのことは葉鳥に任せて佐村さんと連絡を取った。

本当にたいへんなのは受験の二日目だ。たいていはAB日程の二カ所を回ることになる。そして、週明けの月曜日にはすぐに第一日目、本命校の合否が発表される。

「朝十時に発表なんです。どきどきします。差し支えなければ、鮫島さんにもいっしょにいてほしくて」

弥栄子様の出棺の時間は午後二時なので、合格発表に立ち会うことくらいはできる。葉鳥にも了承をもらい、明日はまず佐村さんの対応をすることになった。

同じ受験でも、鶴さんのお孫さんの勇菜ちゃんの場合はまったく違う。はじめからお金持ちの子女だけが通う学校に決めており、すでにプレテストで内内定をもらっている。彼女の場合は、留学内容や海外の提携校が重要なので、モナコの学校と交換留学制度のある地元のミッションスクールに絞っていた。鶴さんから、無事合格の知らせを受けてこちらは一足先に胸をなで下ろした。

きっかけは、静緒にごちそうしてくれたお手製のスコーンだった。そこからフランスへの旅につながり、偶然訪れた田舎で同世代の子供との交流があり、彼女はフランスへの興味をますます深めていった。一口にフランスといってもいろいろあるが、外国の言語を習得することと、海外の人々とコミュニケーションをとることで、今まで狭かった視野が爆発的に広がっていく。

「フランス語を話せると、スイスにも留学できるんだって！　あとはカナダとかも。いろんな国に行ってみたい！　理由はわからないけど、外国の人と話しているだけで楽しいから」

フランスというおおざっぱなくくりで始まった勇菜ちゃんの知識欲は、いまも彼女に快い刺激をもたらしつづけている。この前会ったときには、すでに静緒よりも流ちょうなフランス語を話していた。ただただ無我夢中に好きになるときのパワーはなんであってもすごい。

なにか良いことをしたような気分になって、バスタオルを抱きしめて眠ってしまった。加湿器が「水がないよ」とアラームを発している。その音で起きた。

（今日は、弥栄子様の出棺の日だ）

良い天気になればいいと思っていたが、あいにくどんよりとした雲が六甲山の峰から空を覆い隠す曇り空で、午後からは小雨が降るとのこと。毎年このあたりは大雪が降って、センター試験がたいへんなことになりがちだから、雪にならないように、昨夜は即席ティッシュてるてる坊主をつるしておいた。

佐村さんからは、本命校近くのタイムズに車を停めて待機しているとのＬＩＮＥが届いた。昔ながらの学校内の張り出し式なのだ。思ったより道が混んでいて到着するのは十時過ぎになりそうだった。

「本命校の結果を見て、系列校の結果を見て、それから、次は大阪市内のＦ校か」

本命校を受けて、その後面接、さらに系列校に移動して午後五時から二教科の試験。次の日も朝からＦ校に移動してフルの四教科。大急ぎで移動して夕方から系列校のＢ日程。このあたりになると、それぞれの本命校の滑り止めになるので、もっと上の偏差値の上位校を受験した生徒たちも交じって受ける。慶太くんにとっては、ひたすら問題アタリがいいかどうかの賭けでもある。

佐村さんはギリギリまで出願先を迷っていた。塾からは本命校は受けるだけ無駄だと言われていたからだ。義両親からの圧力もある。しかし、実際学校に通うのはお姑さんでも自分たちでもない、慶太くんなのだ。

　あらゆる神社、パワースポットにお参りし、占いも験担ぎもして万全の体制で、慶太くんの選んだとおりの本命に出願した。その後の第二希望、第三希望は本人の希望と、副教科の点数がとりやすいことをふまえて、四教科で受けられる学校を探して日程を組んだ。そして今日、第一、第二志望のA日程までの結果が発表される。

　十時が近付くにつれて、ドキドキと胸が高鳴った。センター試験を受けなかった静緒にとっては、高校入試以来のひさびさの感覚だ。百七十一号線が思ったより混んでおり、なかなか信号をパスできない。そうこうしているうちに十時になった。

（……LINE来ないな……、混んでるのかな）

　一抹の不安を覚えつつ、とにかく目的地へ向かった。

　ナビの示す学校近くのタイムズに、見覚えのあるBMWが停まっていた。到着しましたのLINEを送るとドアが開いて、佐村さんが飛び出してきた。静緒が降りるより早く助手席のドアをノックし、すべりこむように中に入った。

「落ちた」

「えっ……」

「全部落ちた。茨木も豊中も落ちた。どうしよう」

静緒は佐村さんを見、佐村さんが乗ってきたＢＭＷを見た。

「慶太くんは……」

「乗ってる。動揺してて、ゲームやらせてる」

「明日、大阪のＦ校の三日目ですよね」

「そう！　だけどきっと無理。さっきオンラインで昨日のテストの合格発表確認したけど、落ちてた。だからこれからもう一度なんて無理よ」

三校四回受けて全部落ちた。これからは、当日体調が悪かった子やもっと上位校を僅差で落ちた子たちの受け皿合戦になる。

「塾に、……塾に連絡して、対策を」

「辞めた」

「ええっ」

「だって、慶太が豊中校を受けるの、許してくれなかったから。辞めるしかなかった」

「そんな。だって三年以上大手の進学塾に通っていたんですよね？」

「そう。講習も有料で何度も受けたし、最後は個別の家庭教師もつけた。だけど豊中校を受けるならうちを辞めてくださいって言われて」

塾は進学率が全てだ。自分たちの言うとおりにコントロールできない生徒に、〇〇塾出身と言われたくないのだろう。昨今では公立の高校受験もそうだと聞くから、珍しい話ではない。

それでも、自分の人生なのに。と静緒は思う。塾の言い分もわかる。中学受験は半分以上親のがんばりで決まるという。つまり子供はそこまで、私学へ行くことのメリットを理解しきれていない。もしそこで先生や同級生にいじめられ、不運な境遇に置かれても、お金があれば転校できる。公立から私立にはめったにないが、逆は多い。それが選択肢が多いというメリットであり、経済格差が作ったアドバンテージなのだ。だから最後は塾が判断する、という塾側の主張もわからないではない。でも佐村さんはそこに違和感を覚え、子供の人生なんだから子供の行きたい学校を受験すればいい。落ちても受かっても肥やしになるだろう、と慶太くんの希望を叶えた。実際、直前の模試ではいい点数が出ていたし、滑り止めで受けた茨木校はB日程でもA判定だった。なのに。

塾はもう頼れない。塾の言うとおりにしなかったからだと言われて終わりだ。実際、昨日の朝、大手塾の講師たちが花道をつくる中、送り出される生徒の列に慶太くんは並ばなかった。

となれば、いまから打開策を考えるしかない。

「日程表をもう一度見ましょう。今から受けられる学校を探すんです」

B4のコピー用紙に印刷された今年の中学受験日程。何度も顔をつきあわせて検討してきた。問題は、すでに受け付けを締め切っている学校は受験できないこと。だが、少しでも落ちてきた生徒を拾おうとすることに積極的な学校は、ギリギリまで願書を受け付けてくれるところもある。

「大学がついている学校は、A学園大付属とD中学です。ただ、H中学の四日目日程は、枠が五名です」

iPadで学校のホームページを確認する。当日受験開始一時間前まで願書を受け付けるとある。

「A学園大付属もまだ受けられます。最終日程は、今日!?　今日です!　今日の午後一時から」

佐村さんがあわててBMWに戻り、なにごとかを運転手に伝え、慶太くんからゲーム機を取り上げている。受験の意思を確認しているのだろう。すぐにドアが閉まり、BMWが先に発進した。佐村さんがこちらに戻って来た。

「鮫島さん、芦屋に戻って!」

「大丈夫ですか。A大付属を受けるって?」

「どこでもいいから合格したいって」

ああ、と嘆息した。その気持ちは痛いほどよくわかる。かわいそうに。でもこの波乱の日が、いつか彼の人生の良い肥やしになるよう、いまは全力を尽くさなくてはならない。

「何本か電話をかけますがいいですか？」

BMWのあとに続いて、神戸方面へ車を走らせる。走らせながら葉鳥に連絡をいれる。

「申し訳ありません。お客様の受験に今日も明日も付き添うことになりました。本日は伺えそうにありません」

『こちらは大丈夫ですから、任せてください。未来あるお子さんのためにがんばってください』

一から説明しなくても、葉鳥には何が起きたのか十分にわかったのだろう。きっと外商経験の長い彼なら、中学受験にまつわるあれやこれやは、何度も経験したトラブルなのかもしれない。

（ああ葉鳥さん、感謝！）

百七十一号線を来た道とは逆に走りながら、「Siri、A学園大付属中に電話して！」と叫ぶ。

「いま少しお時間よろしいですか。願書をまだ提出していないのですが、受験料と願書はいまから伺って間に合いますでしょうか。はい、……ええ、できれば。少々お待ちください」

スピーカーをオフにして、佐村さんに、

「いま、現金ありますか？」

「あっ、受験料ね。あります、二十万くらいなら！」

丁寧に礼を言って電話を切った。

「今日はこのまま神戸に戻って、A大付属中を受験しましょう」

佐村さんが、よれよれになったB4の日程表を穴があくほど見つめて言った。

「偏差値三十八だけど」

「絶対受かります」

「茨木中ですら五十五なのに！」

「いまは絶対受かることのほうが大事です。あと、今日の午後受けられる日程がほかにありません」

「義両親がなんて言うか。A大付属はボンボン学校って言われてる……」

「失礼ですが、慶太くんは完全なボンボンです！」

三日目の午前日程から、受験できる学校が格段に少なくなる。女子校はいくつか残っているが、慶太くんは進学できない。

「今日、A大付属を受けてプレッシャーを取り除くんです。そしたら、明日どこを受けることになってもリラックスして臨めます」

「そ、そうね」

「それに、今時の中高一貫校は大学が指定校推薦の枠をもっているところも多いんです。これから少子化が進みますから、入ったときには六年制でも、そのうちに指定校推薦枠が増えたり、大学の付属になったりする学校もあるはずです。Hey Siri！　近くのコンビニを教えて！」

願書を印刷するためにローソンに寄った。

「佐村さん、印鑑はありますか」

「ある！」

いついかなるときも印鑑の押し忘れがないように、受験期間は認め印を持ち歩くのが鉄則である。

（ああ、面接用に上品に見えるカーディガンを選んでいたころが懐かしい……）

あのときは、決戦の一月がこんなことになろうとは思いも寄らなかった。

再び車を発進させる。十二時まで受験費用と願書を受け付けに出せないとアウトである。

（あと一時間！）

佐村さんは窓ガラスに願書を押し当てながら、必死に記入している。

「父親の職業のところに、かならず会社名と代表取締役社長って書いてくださいね！」

Ａ学園大の前に到着したときには、受け付け期限十五分前だった。佐村さんと慶太くんが校門を通過して受け付けでスタッフと話しているのを祈るように見守る。やがて、慶太くんだけが建物の中に入り、佐村さんがほっとした顔で戻って来た。

「受けられるって」

「よかったですね。何時に終わりますか？」

「二教科だけだから、三時半には」

「それまでに明日の対策を練りましょう」

西宮浜（にしのみやはま）のスタバでコーヒーとクラブサンドを購入し、路駐中の佐村家のＢＭＷ内で対策会議が始まった。

「明日二時までＦ校ですよね」

「そう。でも難しいと思う。ここは豊中校と同じ偏差値で人気もあがっていたから、今年は足切りの点数が高いのかも。……ああっもう、うるさい、電源切りたい！」

さっきから佐村さんのスマホから着信音がひっきりなしにする。

「義両親よ。無視してるの」

それどころではない佐村さんは、スマホをバッグの奥に押し込んで、さらにクッションで蓋をした。

「明日のＦ校を捨てて、ほかを受けるという手があります。Ｆ校は四教科ですからフルで受けると、次の受験場所への移動時間に差し障りがでます。F校を受けないのなら、午前と午後に二回チャンスがあります。京都や東大阪からでも移動できます」

「……私もそれがいいと思ってた。でも受けるとしたら、どこがいいのかな。もうどこも残ってないよね……」

難しい問題である。ぶっちゃけF校くらいまでは進学校だが、残っている受験可能校はどこもお世辞にも進学校とは言えない。偏差値は四十がいいところで、五十五や六十の学校を目指していた慶太くんにとっては受け入れがたいだろう。

「でも、こことここには進学クラスがあります。毎年必ず上位校に落ちた子が何人かは入学するはずですから、そういう子たちを集めて進学コースを作り、特別扱いしてくれるんです」

「大手の進学塾みたいね。下のクラスの子からお金を集めて、上位の子たちに使って受験結果を宣伝するCMを打つ」

「大学がついていなくても、進学コースのある学校には必ず指定校推薦枠があります。K大やD大を目指すなら、逆に狙い目かもしれません」

慶太くんは大手進学塾でも上位クラスに入れず、あまり大事にされてこなかった。しかし、ここは逆転の発想で、これから進学コースを育て名前をあげようとしている学校に入ればほかの生徒よりも現時点での学力は上、大事にしてもらえるに違いない。

「明日の午前に、H校の四次日程があります。これを受けるか受けないかです。H校はA学園大付属よりも偏差値は上ですが、大学がついていません。去年の高校の進学内容を見ると、関関同立への進学が百人、国公立を受験するクラスもありますから、半分の五十人くらいが指定校推薦で進学したと思われます」

「詳しいね、鮫島さん」

「……じつはお客様のお孫さんで、ここを受験される予定だった方がいらっしゃいまして」

そう、すべて、鶴さんの受け売りである。こんなところで鶴さんの自信たっぷりな立て板に水の解説が役に立とうとは。

「その方は、偏差値ではなく留学内容で学校を決めていらっしゃいました。最終学歴が外国の大学のほうが便利だからと」

「……それは、そうだわ」

元客室乗務員の佐村さんには思い当たるふしがあったらしい。

「だって、採用担当も地方の国立のほうがレベルが高いって、都会の私大より国立重視だったもの。早稲田(わせだ)でも書類で落とされてたわ。でも海外だとそこまで細かく見ないの。あれって不思議議だった」

「慶太くんのコンディションによっては、このまま公立という手もありますが」

「ううん。ぜったい中高一貫には入れたい。あの子はゆっくり伸びるタイプだから、とにかく猶予を与えてあげたい」

中学受験のメリットは、間口の割にライバルの数が少ないことである。これが高校受験、大学受験になるとライバルの数がふくれあがり、受験教科数も塾の学費もぐっと増える。予備校に高い学費を払うくらいなら、中学から私学に入れるほうが安いとも言われているのだ。

「でしたら私学を受けましょう。二十五日まで、受けられる学校はあります。ここで受けるだけ受けていくつか可能性を残し、それでもまだ慶太くんに気力があれば……、東京の中学を受けるという手も」

もちろん、合格した学校の入学金を払わなければならないが、この際佐村家にとって入学金の百万二百万ははした金である。

(ぶっちゃけ、佐村の名前があれば、いまから東京のそこそこの学校にならば根回しもできるはず)

悲しいかな、いくらテスト重視とはいえ、寄付金と親の職業が決め手になる学校も少なくはないのだ。チャンスはまだある！

「S学院中は共学になったばかりでいまは全校生徒の九十五パーセントが女子ですが、慶太くんはどうですか」

「……受けるだけ受けてみようか」

　ものの十秒ほどで佐村さんは決断した。あれほど茨木校か豊中校か迷っていた人と同一人物とは思えない。

「だめもとというなら、H国際と県立大付属という手もあります。こちらは公立ですから受験日が三十日です。問い合わせればまだ出願できるかもしれません」

「そうね。中高一貫なら、県立は、義両親への建前にもなるし、いいかも」

　土気色をしていた佐村さんの顔がじょじょに和らいで、ときおり笑顔が見られるようになった。

「ああ、本当に鮫島さんがいてくれてよかった。一人だったらきっとパニックになってたわ。本当にありがとう」

「いえ、お役に立てたかはわかりませんが、私も戻って情報を集めてみます。もうちょっとですからがんばりましょうね」

　三時を少しまわったところで、慶太くんが「テストめっちゃ簡単やった〜」と笑顔で戻ってきた。聞けば受験する生徒は二十人くらいしかいなかったらしい。

「明日はF校をやめて、ここところを受けたらいいんじゃないかなって、お母さんは思ってるんだけど、慶太はどう？」

「うん。F校受かる気しないし、もういいや」

「そっか。じゃあ、やるだけやろっか」

「H校の問題はホームページで無料配布されているみたいです。赤本を買う時間はないので、いまコンビニでぜんぶ印刷してしまいましょう」

これで、明日八時にH校の四次試験を受け、午後にS学院中の三次試験を受ける。今日の結果は明日出るから、そこからN学院を検討してもまだ間に合うし、それが体調不良でだめだったときは、大阪のR付属と尼崎（あまがさき）のS田学院の四次に当日行けばいい。

セブン-イレブンで過去問の紙束を印刷したころには日も暮れかけていた。慶太くんは食欲も戻ったようで、車の中でおにぎりを食べ始めた。午前中の合格発表直後はボロボロだったのが、半日でメンタルを立て直し、予定になかった学校の試験を受けてきた慶太くんは本当にがんばったと思う。

コンビニの駐車場で佐村さんを見送ったあと、静緒は時計を見た。いまから火葬場にかけつけてもきっと間に合わない。

西の空に向かって、しばらく黙禱（もくとう）した。

（きっと、今日のことが今後も生きるはず。雪子さんや、弥栄子様のほかの娘さんたちとのよいおつきあいの肥やしになるはず。そう願って、葉鳥さんは私に引き継いだし、弥栄子様も望んでいらっしゃった。ただ火葬場に来てお見送りするよりも、困っている若い人や子供たちのためにと）

できることはすべて、尽くしてきたからなにも後悔はない。

いつでも目をつぶれば、ともに腕を組んで見た屋上のメリーゴーランドが思い出を運んで来てくれる。

青い目をした白馬が駆けてきて、金色の車輪がめぐるカボチャの馬車が目の前に現れて、あっと思っている間に行ってしまう。きらきらと輝きながら巡っている人を、遠くからただ見ている人もいる。やってきた白馬にとうとう乗って逝ってしまった人もいる。

そんなこともある。

「そんなこともある」

〝人生はめまぐるしすぎて、母親にならねば。妻にならねば、ばかりで、私というものがなんなのかわからないまま、終わってしまう。あなたはそうはならないでね〟

弥栄子様が、雪子さんに何度も何度も代筆させたメッセージは、すべての人に対する、早く去らなければならなかった人間の想(おも)いだ。忘れないようにしたい。

どんなに長い一日でも暮れていく。巡り巡ることだけが真実だ。

顔を上げて、車のエンジンをかけた。

エピローグ

佐村さんの中学受験にみっちり張り付いた一月の末。慶太くんは無事、A学園大中、H校、S学院中と三連続の合格を受け、大学がついているほうがいいのか、それとも、近年レベルがあがってきている学校にするか、女子九十五パーセントの新興校か悩みに悩んだすえ、S学院中に進学することになった。A学園大は地元すぎて顔見知りが多く、おつきあいが大変そうだという佐村さんの意見、H校はこれからどんどんレベルはあがりそうだけれど、なにせ男子ばかりで本人が共学志望だったので及び腰になり、結果的に（いちおうは）共学のS学院中を慶太くんが希望した。

「まあでも、本人もぼんやりさんだし、それくらいでいいのかもね」

ここは二年前から、神戸の超進学校の系列学校になった老舗の女学校なので、義両親の反応もそこまで悪くはなく、その点に佐村さんはほっと胸をなで下ろした。男子が少ないので男子加点もあったのではないか、とか、これから上位の系列校とセット受験が可能になるので、必然的にレベルがあがるのではと佐村さんも期待している。

早々に入学金を振り込んで、やれやれと思っていたらすぐに保護者会、合格者説明会があり、制服の採寸やら教材の購入で、受験が終わってもしばらく一息つく間もなかった。それでも小学校三年生のときから塾に通い、最後までどたばたのすえやっと手に入れた安息であったのか、佐村さんは感無量で何度も何度も頭を下げられた。

「鮫島さんの必要なときに、がつっと買うからいつでも言ってね」という気遣いつきで。

がっつり、というならば絵である。ビキューナの衣類もいいが、いまから家も建つかという額の絵画をおすすめできるのかと思うとワクワクする。

絵画といえば、かつて出向先から戻ってくるなり、名画をバンバン売ってまたたくまに外商部で有名になった堂上は、アートと投資を結びつける勉強会を開いて、それがたいそう流行っているらしい。

なるほど、かつて外商部に入りたてのころは、こんなに絵画ばかり売ろうとしていったいどうするのかと思っていたが、それは静緒の感覚の話で、経済的に余裕のある人々の家は一般庶民の我々よりもずっと大きく、したがって空間があるのである。ベッドルームだけでも二十畳ほどもあれば壁に画ぐらい飾りたくなるし、飽きればとりかえたくなるだろう。そのとき、まだ新人だがこれから伸びそうなアーティストの作品を買っておけば、うまくいけば何十倍にもなるし、そうはならなくてもインテリアとして使用できているのならなんの損もない。

そんな堂上に、これまでのいきさつを話す機会があった。桝家も誘ったが会いたがらなかったので、二人だけで近場のイタリアンの半個室。ここの名物の黒鯛のアクアパッツァに舌鼓を打ちながら話がはずんだ。以前、桝家がウーバーイーツで出前をとった店である。

「なんだか、ぜんぜん余裕なさそうなのでちょこっと修平に話聞いたら、思った以上に修羅場でしたね。連絡を控えていたんですよ」

お葬式の準備をしている、と聞いたときは、静緒の母の病状が悪化したのかと思って、なかなかうち合わせを切り出せなかったらしい。

「まさか、予定していた家をお客さんに買われるなんて。そんなこと、そうそうないですよ、鮫島さん」

「そうなんですよね……。でも頭の中にあらゆる寸法が入っていたので、めちゃくちゃ役に立って。ベッドとかも玄関から入るのかどうか、何度も何度もシミュレーションしましたから」

トレーダーの鞘師さんの家は、思った通りのカーテンがついてから十倍すてきになった。インテリア館で気に入った絵を買い、テラスにウッドデッキを敷いて、寒い朝も一度は窓を開けてコーヒーを飲むそうである。

家を買ってからの鞘師さんは、ストレスから解放されたのか、前ほど美容整形の話をしなくなった。それよりも、勢いで買った家のカスタマイズに夢中で、週に一度はＩＫＥＡだのインテリア館だのに赴き、彼女の家が素敵になっていくお手伝いをしている。

不思議なことに、鞘師さんのご両親はまだ鞘師さんの新居がどこにあるのか知らないらしい。家を出るとはいえいきなり東京などには出ず、西宮と芦屋、市内ともいえる近距離で探した鞘師さんの心境、いままでの親子の距離感も理解できた。

「最近は、親戚からもやいのやいのメールが入るの。どこで見つけたのか仕事用のアドレスに親が詫びメールを送ってきたりしてね。でも、ここのことは言わない。もしここが見つかって、ああだこうだ言うようなら、こんどこそ遠くへ行ってやる」

そのときは売ってください、と喉元まで出かかった。ともあれ、これはと見込んだ部屋が最大限に素敵になっていくのを見るのは、たとえ自分の家でなくても楽しい。

あともうちょっとで手に入るはずだった家が、目前でかき消えてしまったことから、気が抜けたペプシのようになっていた静緒だったが、逆に母の眞子のほうが家さがしに精力を出している。実は、うさぎを飼うのが長年の夢だったらしく、うさぎをおもいっきり撫でて過ごせるなら、新しい家に行くというのだ。

ペット可マンションとなるとぐんと範囲が狭まるが、それほどまでに母が飼いたいならうさぎと暮らすのも悪くはない。大昔、静緒の服やらレッスンバッグやらをやたらとうさぎのキャラクターで揃えようとしていた理由を、四十年目にして知った。

「じゃあ、もうぜんぜん転職のことは頭にないですか？」

「いえ、そんなことはありません。もうすぐ異動があるので、それ次第かと」

「すてきな家が見つかれば、いつでも動ける、ということですね」

「はあまあ、……でもスタートアップ要員なら、そんなにお待たせするわけにはいかないですよね」

「うーん、それはどうかな。先生も雨傘さんも、とにかくあなたを信頼してるから、いつになっても来てくれるならばんばんざいなのではないかな。それに、あなたならスタートアップだけじゃなく、どんな仕事でもやるでしょう？」

やれるでしょう？　ではなく、やるでしょう、と言うところが、とても堂上らしい。

「お母様のこともあるでしょう。なににおいても家族が大事です。返事は急ぎません。いまのあなたの話を聞いていたら、あなたが辞めるとなったらお客さんたちが大騒ぎしそうだ。紅蔵さんに睨まれたくはないので、僕からはこれ以上……」

「堂上さんは、退職されるんですか？」

そもそも、富久丸百貨店の社員であるのは堂上も同じのはずだ。なのに、彼は堂々と転職コンサルタントのように動いている。奇妙なことだ。

「そうです。この三月で」

「なるほど。その後はどこに？」

「自分で会社を作りました。これからはフリーランスでいろいろやります。幸いなことに、独立を支援してくれるエンジェルもいますし、事業内容から富久丸と完全に切れてしまうようなこともないので」

エンジェルというのは、起業を後押しし支援する個人投資家のことだ。君斗たちの新ECブランドを手がけるのも、彼の新事業のうちのひとつなのだろう。

清家さんのお宅で手がけたエステートセールの噂は、お正月というイベントをはさんだせいかもう界隈（かいわい）ではよく知られている。うちでもやってほしいという声も少なくはないので、正しい値付けができる専門家と組んで、正式に商品化しようという動きがある。それも、いくつもの会議を経て、いちばん上に届くまでにどうなるか。

そうこうしているうちに、今年もGWあわせの『御縁プロジェクト旅行』の案内がはじまった。今回は、豪華客船を貸し切って小笠原諸島まで行くプランで、美食コースと、帰ってくるまでに五kg落とすダイエットピラティスコースが選べる富久丸百貨店のオリジナルプログラムである。これならば、婚活がうまくいかなくても、体を絞るという意味で参加した達成感がある。ダイエットはいまや、老若男女共通の関心事なのだ。

懸案事項といえば、前回の御縁プロジェクトでおつきあいが始まりながら、いまだ結納にいたっていないカップルがいること。

「今度、ゆっくり話を聞いてみようと思っています。結婚に失敗した私がなにかできるかはわからないですが、うまくいかないときには理由がある」

以前はいわゆる恋愛至上主義者で、休みのたびに出かけ、彼氏の切れ目を極度に恐れていたのに、母親との確執がなくなったとたん、家で幸せそうにごろごろしはじめた桝家や、独立して生き生きとしはじめた鞘師さんを見ていると、目に見えている問題の根っこが、まったく別のストレス要因であることが少なくない、と感じている。

「子供のころに、将来の夢を何度も聞かれるじゃないですか。あれって、ちょっと残酷だなって思うんです。子供のころからまっすぐな夢があってその道をつきすすんでいるならばいいけれど、いったん言語化してしまうと、『叶えられたか』『叶えられなかったか』が明確になるんですね。べつに、夢を持たずに生きていたっていいし、なにかにならなくてもいい。〝〜のようなもの〟で十分なんじゃないかって」

「ああ、なんとなくわかります」

堂上が静緒の倍のペースでワインをあけながら言った。

「夫のようなもの、妻のようなもの、会社員のようなもの、家族のようなもの、友達のようなもの。なんでもそうですね、ようなもの、をつけるとたんに気持ちが楽になる」

「定義をどうこう言うと争いの種になるので、いっそ、ようなもの、みたいにふんわりしておけばいいんじゃないかと思って。夢のようなもの、仕事のようなもの」

「楽ですね。それはいい」

人間が、複数のものをまとめて名前をつけ、カテゴライズするのは、そのほうが把握しやすいからだ。生きていくのには時間がないし、働くようになれば自由な時間は半減する。だからわかりやすいほうに寄る。自分の理解しやすいように、覚えやすいように、大きな引き出しの中になにもかも放り込んでしまう。

その引き出しは、たしかに必要なものだから難しい。しかし引き出しに入れないと自分の中がパンパンになって混乱し、強いストレスを生む。だからある意味、カテゴライズは自己防衛本能ともいえるだろう。

けれど、だからといってむりやり引き出しに入れてラベル付けすると、本質が違うのでバグを起こす。娘だからといって言いたい放題言っていた鞘師さんの親や、夫婦だからと、言われるままに子作りして流産したとたんに破綻した自分のように。

（あのとき、夫婦のようなものでいられたら、ヒサともきっと今もいっしょにいられ

たのかもしれないな）

　ぼんやりとワインのおかわりを頼もうか視線を泳がせていると、ふいにドアのベルが鳴って、どこかで見たことのある、芥子色のビンテージエルメスのコートが目に飛び込んで来た。

「あー、やっぱりここだった。どうせここでアクアパッツァ食べてると思ったんですよ！」

　思わず堂上と顔を合わせて、

「来た来た。弟のようなもの」

「又従姉弟のようなもの」

「同僚のようなもの」

「いや、同僚でしょう」

　静緒たちが内輪で笑い合っているので、桝家が怪訝そうに眉をきゅっと寄せる。

「なんです、なぞなぞみたいに」

「まあ、いいから座りなよ。ごはんは？」

「カップラーメンの蓋開けようとして、あなたたちはおいしい御飯食べてるんだろうなと思うとくやしくて」

　食べていないらしい。あまりにも桝家らしすぎて声を出して笑った。

「なになに、なんなんです。二人して僕を肴にして、悪口言ってたんでしょう」

「言ってないよ。四十代が楽に生きる方法を模索してただけ」

女のようなものでもいいし、男のようなものでもいいし、人間のようなものでもいい。仕事のようなことをして、居場所のようなところでおいしい御飯を食べて、眠れれば。夢のようなものがぼんやりとあれば、それで申し分ない。

「あ、また仕事のＬＩＮＥだ」

ＮＩＭＡさんから、またもや切羽詰まった様子のメールが入っていた。やれやれ、ようやく清家さんの四十九日も終わって一息つこうと思っていたのに、また一悶着ありそうだ。

こんなことをしている間に、どんどんと時間は過ぎていく。四十代としてちゃんとした社会人を目指している間に自分を見失って、バグを起こす。それはいやだ。

「よーし決めた！」

新しいワインのコルクを抜いて、三人で乾杯する。骨だけになった黒鯛のアクアパッツァが、チーズリゾットになるために厨房に下げられていく。

「葉鳥さんを、デートのようなものに誘うぞ！」

メニューを選んでいた桝家が、そこから目を離して、

「えーっ、ずるい。急にどうしたんですか。やる気になっちゃって」

「いままで、同僚でもないし、友人でもないし、先輩後輩というには恐れ多いしで、自分でも葉鳥さんとの関係性を言葉にできてなかったの。それで自分から誘う名目が見つからなかったんだけど、ふっきれた。もういいや。ファジイに生きる」

なにかもっともらしい理由付けがないと行動しづらいのは、長く生きてきた弊害のうちのひとつだ。大人はもっと、自由になっていい。

子供のころは、メリーゴーランドに乗りたい！　と口にするのは簡単だった。いつからだろう、それを口にすることは、夢を語るのと同じで、子供っぽい、子供にしか許されないと思い込んでいた。キラキラしたものに混ざって、本当のことを口にすることから遠ざかっていた。いろんな人が乗り込んでいくのを、ただただ端で見ているだけだった。あんなに白馬も馬車も好きだったのに。

今も好きだ。メリーゴーランドが。

もう一度メリーゴーランドに乗りたいのだ。いま。

黒鯛が盛られていた皿に、あつあつのチーズリゾットが盛られて戻ってきた。桝家が自分も注文しようとメニューを必死に見ている。

「まあ、料理なんてみんな〝ようなもの〟でも立派な商品になってますからね。ミラノカツレツ風、とか、地中海風オムレツ、とか、〝風〟ってなんなんだよって、だれもつっこまないですから」

「思い切りましょうよ。おいしければいい。生き方も、つきあいも。ここにいる我々、もはや同僚のようなもの、だけど、ほかのだれもそんなこと気にしない」

大事なのは時間だ。大切にしたいのは今だ。

今、心地いい人々とテーマのない話をする。将来のような、冗談のような。夢、のような。

ピロン、と受信音が鳴って、美術館に行きませんか、というお誘いの返事がきた。

喜んで、という内容に、思わず拳を握りしめた。

「やった！」

静緒の目の前に、一番好きな青い目の白馬が止まった。

END

解説

南沢奈央

「普段、どこに買い物に行く？」

半年に一回は誰かから質問される。毎度、答えに窮する。わたしはあまり買い物が好きではないからだ。

得意ではない、と言ったほうが正しいだろうか。わたしの性格上の問題だ——慎重で、優柔不断なうえに、気を遣いすぎる。

何を選ぶにも時間が掛かってしまうのは言うまでもなく、〝これ良いかも〟というものを見つけても、すぐに冷静になる。本当に、今必要なものなのか。店内を一周してまた元の場所に戻る。そして手に取って吟味し、やっぱりまた今度にしようかなと置こうとすると、わたしがその品を気にしているのを察知した店員さんが声を掛けてくる。そうなるともう、早く決断せねばという焦りと断ることへの罪悪感によって、買うことに……。

そもそも物欲があまりないということもあり、「これ、必要！」とならない限りは、漠然とした目的では買い物には行かなくなった。ネットでなんでも見つかる近年は、「これ、必要！」なものほど、すぐにスマホで注文してしまうから余計に。

「行くとしたら……最近は百貨店が多いかな」

買い物は苦手だが、百貨店に行くのは好きだ。事あるごとに、百貨店へ行く。まずはデパ地下。ここは例外だ、用がなくても入る。地下鉄を下りてそのまま、吸い込まれるようにして入ってしまうことがしばしば。スイーツコーナーは、いるだけで気持ちが華やぐ。高級感のあるお弁当、お惣菜コーナーでは、立ち並ぶさまざまな名店を覗き、お酒のコーナーに行けば出会ったことのないおつまみに出会えたりする。ここでは慎重さより好奇心が勝って、つい色々と買ってしまう。誰かのお宅にお邪魔するときの手土産や仕事の現場への差し入れ、誕生日ケーキなども、大抵デパ地下で揃える。

誰かへのプレゼントを買おうと思ったときも、百貨店へ行こうとまず思いつく。赤ちゃんからおじいちゃんおばあちゃんまで、全世代へのプレゼントが買える。「これ」というものが決まっていなくても、「この人」へのプレゼントという目的さえあれば、向かうべきフロアは絞られる。

厳選され、でもたくさんの選択肢が用意されている商品の数々。百貨店の落ち着いた雰囲気だと、わたしも不思議と落ち着いて選ぶことができる。リラックスとはちがう、居心地の良さがあるのだ。どきどき、わくわく。上品な空間に対する少しの緊張と、どんなものと出会えるのだろうという高揚……。百貨店は、そこにいるだけで特別な気持ちにさせてくれる。

〈夢の宝石箱〉。本作の主人公・鮫島静緒が百貨店のことをそう表現するのがよく分かる。キラキラとした憧れが詰まっている。

そしてその宝石箱の中に、さらに秘められた場所がある。それが、外商だ。

外商の仕事とはなんぞや。其の一を読めば、外商部に配属されたばかりの静緒とともに知ることができる。外商の仕事とは、文字通り、百貨店の外での商い。年間百五十万円以上の買い物をしてお得意様カードを保有している、限られた人が対象。そのお客様のお宅などに直接出向いて、注文を取ったりその場で商品を売ったりする。わずか一割の富裕層相手で、百貨店の年間の売り上げの三割から四割を叩き出すという、まさに〈百貨店の柱〉だ。

商品を売る営業職、のはずだが、実際には顧客からのあらゆる注文に応える。結婚式やお葬式の準備、ホームパーティの手伝い、家のリフォームの発注、時には旅行の段取りをして同行したりもするというのには驚いた。仕事の一環なのかもしれないが、一緒に食事をしたり、一緒に料理教室に通ったり、本作では美容ケアを代理で受けに行ったり、息子さんの受験の情報収集やアドバイスをしたり、ネットでの誹謗中傷とたたかったりと、顧客の要望とあれば、売り上げが出ないようなことでもする。其の二では、ヤクザの愛人である女性の逃亡を手伝ったりもしていたっけ。

ベールに包まれている外商の世界というだけでも興味が惹かれるが、ぐいぐいと読ませる展開と、物語を引っ張っていく静緒のエネルギッシュなキャラクターが良い。

失敗しながらも前向きに〈外商の仕事は接客の基本そのもの〉だと奮闘した一年目（其の一）、静緒ならではの今までにない突飛な発想で力を発揮し始めた二年目（其の二）、〈どれだけお客さんに親身になれるかを売り物にしている〉というポリシーと自信をもって進んでいる三年目（本作）。走り続けてきた静緒は、ふと気が付けば四十代目前。仕事の方もそれなりのキャリアまでたどり着いている。

慣れない外商の仕事にいっぱいいっぱいだった時期を抜けて、ようやく自分の年齢や会社での立ち位置、能力を客観的に見られるようになり、仕事だけではなく、今後のライフスタイルを見つめ直していく。どんなに忙しくとも、時に寝落ちしながら（笑）、パワフルに考え続ける静緒から目が離せなくなり、その様子にいつの間にか元気と勇気をもらう。

ところで、本作を読んでうれしかったのが、静緒と桝家がまだ同居を続けている、ということ！

其の一から考えると、静緒と桝家の関係性の変化を追うのもおもしろい。〈生まれも育ちも考え方も性別もセクシャリティも、なにもかも違う〉、初めはいがみ合っていた二人が、外商部の先輩である葉鳥からの勧めで同居を始め、会話もほとんど交わさなかったはずなのに、徐々に外商部の同期として、葉鳥に憧れる者として、〝同志〟のような絆が生まれる。家に帰れば、ときどき一緒に晩酌をして仕事の相談をしたり。仕事でもプライベートでも苦楽を共にしているうちに、お互いがお互いのことをよく理解し合っている。そしていつしか、家族以上の居心地の良さを感じるようになっている。だからといって結婚に直結するような単純なものではなく、どんな言葉でも括れないような関係性、というのがまたこの二人らしいなと思う。

外商とお客、静緒と桝家、娘と母。〈人や家族とどのような関係性を結ぶのか〉。本作で暗に掲げられているこのテーマは、人生の節目節目ですべての人がぶつかるもの。そして同時に、〝自分がどう在りたいか〟ということに立ち返ることになる。

自分はもっと変わるべきなのか。〝私〟ってなんなのか。

日々忙しなく誰かのことを一番に考えてきた静緒が、自分自身に目を向け、静緒なりの〝答えのようなもの〟が導き出されるラストは、実に清々しい。もっと曖昧に、楽に生きたっていい。読んでいるこちらも肩の力がフッと抜ける。そのときに初めて、自分がいかに力んでいたかと気づくのだ。

外商は、物を売ればいいというだけではない。それ以上の何かを必要とされる。きっと、一つ物を売ったら、むしろそこから始まる仕事なのだ。

物を売る側、買う側の間に生まれる、何か。時間。知識。体験。信頼。感動。幸福……。形のない〝何か〟があるから、人生に寄り添った買い物が実現する。

百貨店に足を運んで得られるのは、モノだけではない。外商部という側面から見ただけで、わたしが百貨店に魅力を感じる訳が分かった。

でもきっと、百貨店以外のどんなことでもそうあるべきなのかもしれない。提供する側と受け取る側。女優の仕事もそうだし、読書という行為でもそうだ。作者、又は作品と読者の間には、物語だけではなく、何かが生まれる。本作から受け取ったのは、真心だった。

（みなみさわ・なお／女優）

―――本書のプロフィール―――

本書は、書き下ろしです。一部を小学館小説ポータルサイト「小説丸」に掲載しました。

小学館文庫

上流階級(じょうりゅうかいきゅう)

富久丸百貨店外商部(ふくまるひゃっかてんがいしょうぶ)Ⅲ

著者 高殿 円(たかどの まどか)

二〇二一年三月十日 初版第一刷発行
二〇二三年十月二十二日 第六刷発行

発行人 石川和男
発行所 株式会社 小学館
〒一〇一-八〇〇一
東京都千代田区一ツ橋二-三-一
電話 編集〇三-三二三〇-五一三二
販売〇三-五二八一-三五五五
印刷所 ―― 中央精版印刷株式会社

この文庫の詳しい内容はインターネットで24時間ご覧になれます。
小学館公式ホームページ https://www.shogakukan.co.jp

ISBN978-4-09-406892-4